gross.druck

K · G · Saur

Bücher in größerer Schrift

Utta Danella

Der schwarze Spiegel

Roman

gross.druck
K · G · Saur

Die Deutsche Bibliothek - CIP-Einheitsaufnahme

Danella, Utta:
Der schwarze Spiegel : Roman / Utta Danella. - München : Saur, 2002
(gross.druck)
ISBN 3-598-80003-7

Lizenzausgabe mit freundlicher Genehmigung
© 1987 by Autor und AVA-Autoren- und Verlags-Agentur GmbH, München-Breitbrunn

© dieser Großdruckausgabe by K.G. Saur Verlag GmbH, München 2002

Umschlaggestaltung: Zembsch' Werkstatt, München

Gesamtherstellung: Bookwise, München
Printed in Slovakia

ISBN 3-598-80003-7

Inhalt

Coras Abschied

Im Osten schimmerte das erste Sonnenlicht über dem Wald, als sie das Schloß verließ. Sie schlich lautlos wie eine Katze, blieb an der Tür stehen, blickte sichernd umher, lauschte, alles war still, nichts rührte sich.

Keiner hatte sie gesehen und gehört, sie schliefen wohl alle noch. Es war spät geworden am Abend zuvor, das Essen zog sich lange hin, Rosine hatte ihr Bestes getan, denn sie wußte um die gespannte Atmosphäre im Haus und hoffte wohl, durch eine ausgedehnte und üppige Tafel die Gesellschaft friedfertig zu stimmen. Viel genützt hatte es nicht. Zwar saßen sie nach dem Essen noch zusammen in der Halle, die Stimmung blieb gedrückt, das Gespräch war mühsam. Jochen hatte vorgeschlagen, nach Hause zu fahren, aber seine Frau widersprach. Wenn Irene schon einmal hier sei, dann wolle sie auch den Rest des Abends mit ihr verbringen. Aber dann fiel ihr doch nichts anderes ein, als Irene mit dem Gejammer über ihre Kinder zu langweilen, das die anderen schon zur Genüge kannten. Daß das Gespräch nicht ganz erstarb, war Gisela zu verdanken, sie war klüger und geschickter als Hella, verstand es gut, kleine spöttische Bemerkungen anzubringen und direkte Fragen elegant zu servieren.

Aber von Irene war nicht viel zu erfahren, sie wirkte abwesend, schon während des Essens hatte sie kaum gesprochen, dann schwieg sie überhaupt, blätterte in einer Zeitschrift, nippte an ihrem Whisky. Jochen und Bert unterhielten sich leise über geschäftliche Angelegenheiten, solche nebensächlicher Art. Über die Gesellschafterversammlung, die an diesem Tag stattgefunden hatte, würden sie erst sprechen, wenn sie allein waren.

Felix setzte sich immer wieder vor das Radio und drehte daran, fand er eine Musik, die ihm zusagte, drehte er auf volle Lautstärke, bis jemand Einspruch erhob.

Ihr wütender Blick hatte schließlich die beiden jungen Männer aus der Halle verscheucht, die mit gekreuzten Beinen vor dem Kaminfeuer saßen, leise miteinander flüsterten und hin und wieder albern kicherten. Die Familie beachtete sie nicht, genausowenig wie diese einen Blick an sie verschwendeten.

Als die Jungen verschwunden waren, fragte Hella ungeniert:

»Sag mal, schläfst du eigentlich mit beiden, oder treiben die es nur miteinander?«

Jochen sagte verärgert: »Bitte!« und blickte seine Frau strafend an.

Gedacht hatten sie das wohl alle, und Felix meinte sanft: »Aber laß sie doch. Das sind doch wirklich zwei niedliche Typen. Die könnten mir auch gefallen, wenn ich auf so was stände.«

Das war deutlich genug, sie merkte, wie die Wut in ihr hochstieg. Dieser Nichtstuer, dieser hochnäsige Fixer, der noch nie im Leben eine eigene Mark verdient hatte, wagte es, hier in ihrem Haus den Mund aufzumachen.

Irene blickte von ihrer Zeitschrift auf und sah ihren Bruder nachdenklich an, dann seine Frau, die still und stumm neben ihm saß in ihrem albernen Schlabberkleid, die langen Wimpern über die farblosen Augen gesenkt.

Dann stand Irene plötzlich auf, warf die Zeitschrift auf den Sessel und sagte, an niemanden gerichtet, daß sie müde sei, und ohne noch jemand anzusehen, ging sie lässig durch die Halle und stieg langsam die Treppe hinauf. Das war Irenes Art, ihre Ablehnung, ihren Verdruß an der ganzen Situation merken zu lassen.

Cora hatte Irene nachgesehen. Wenn es einen Menschen in dieser Familie gab, zu dem sie sich hingezogen fühlte, dessen Freundschaft sie gern gewonnen hätte, so war es Irene. Aber sie hatte nie eine Chance gehabt, Irene näherzukommen. Sie hatte sich mit Hella oft gestritten, es gab bissige Auseinandersetzungen mit Gisela, mehr oder minder notwendige Gespräche mit den Männern, eine wechselvolle Beziehung zu Felix, je nachdem, in welcher Stimmung er sich gerade befand, er war launisch wie ein Kind, manchmal liebenswürdig, ja zutraulich, doch dann wieder gereizt und verdrossen.

Eins nur stand fest: Jeder Mensch in dieser Familie haßte sie. Mochte es anfangs nur Abneigung, Ablehnung gewesen sein, mit der Zeit war es Haß geworden.

Sie empfand es so, fühlte es geradezu körperlich, und darum war es Zeit, sich zu lösen, fortzugehen. Sie würde nie zu ihnen gehören, und das, wonach sie verlangt hatte, ein wenig Liebe und Geborgenheit, würde sie hier nie bekommen.

Aber nun war es vorbei. Sie hatte ihnen gesagt, was sie tun würde, und danach konnte ihr die ganze Sippe gestohlen bleiben. Als sich endlich alle zurückgezogen hatten, war sie hinaufgegangen in ihr Zimmer, hatte eine Weile nur so dagesessen, hatte geistesabwesend ihre Lippen nachgezogen, die Nase gepudert, und gedacht: Warum haben sie mir nie geglaubt, daß ich Karl wirklich gern hatte. Er gab mir, was ich nie besessen hatte, Liebe und Geborgenheit, und darum liebte ich ihn. Nicht nur, weil er Geld hatte.

Ach, zum Teufel mit diesen sinnlosen Gedanken!

Schluß jetzt. Vorbei.

Sie stand rasch auf, ging über den Gang in Roys Zimmer, und wie nicht anders erwartet, war der Neunzehnjährige bei ihm, sie saßen auf dem Boden und spielten mit Würfeln.

Ohne weitere Einleitung warf sie Roy die Puderdose, die sie noch in der Hand hielt, an den Kopf, der Puder stäubte über sein Gesicht, sein Hemd und auf den Teppich.

»Hatte ich nicht angeordnet, daß ihr verschwunden sein sollt, wenn die Familie hier eintrifft? Habe ich mich nicht deutlich genug ausgedrückt?«

»Angeordnet!« Roy klopfte sich den Puder von seinem reinseidenen Hemd. »Bella mia! Was für Töne! Sind wir hier beim Militär?«

»Du machst mich lächerlich. Zwei von mir ausgehaltene Schwule, die hier auf dem Schloß herumschmarotzen, das ist ein fabelhafter Eindruck, den ich auf die mache.«

»Das kann dir doch egal sein. Es ist dein Schloß, dein Zaster, deine Fabrik. Die können froh sein, daß du sie mal einlädst und in dem Laden wurschteln läßt. Wenn du willst, kannst du sie alle an die Luft setzen. Das hast du doch neulich erst gesagt. Dir gehört die Mehrheit der Firma. Wenn du dein Geld rausziehst, können sie sich ihre Küchen an den Hut stecken.«

»Halt dein dummes Maul, du miese Schwuchtel, was verstehst du denn davon?«

»Für 'ne feine Dame hast du ja komische Ausdrücke. Erinnert dich an frühere Zeiten, wie? Und was hast du auf einmal an mir auszusetzen? Warst du mit meinen Diensten unzufrieden?«

»Wenn ich gewußt hätte, daß du von *der* Sorte bist –« Roy grinste unverschämt. »Na, das weißt du ja nun schon eine ganze Weile. Begabt muß man eben sein. Es gibt Leute, die können sowohl dies wie das.«

Der blonde Junge lag rücklings auf dem Teppich und blickte zur Decke. Er war schön wie ein Engel. In seinen Augen standen Tränen.

»Ich wünschte, du würdest es mit ihr nicht tun«, flüsterte er.

Die Wut erstickte sie fast. Sie war selbst schuld daran, sie hatte geduldet, daß Roy diesen sogenannten Freund mitbrachte, und hatte mit Erstaunen zur Kenntnis genommen, daß ihr Liebhaber eine echte Doppelbegabung war.

Sie spuckte alles aus, was sie auf dem Herzen hatte, und sie tat es nicht auf feine Weise, es wurde ein lauter heftiger

Streit, sie ohrfeigte Roy, er ohrfeigte sie ebenfalls, der blonde Junge schluchzte verzweifelt, umklammerte Roys Knie, sie trat nach ihm mit voller Wucht.

Ermattet gab sie auf.

»Ihr frühstückt auf dem Zimmer, dann steigst du in deine Karre, und ihr verschwindet, so schnell es geht. Ohne daß euch einer sieht. Das ist keine Anordnung, das ist ein Befehl.«

»Sehr wohl, Geliebte. Und wann sehen wir uns wieder?«

»Gar nicht.«

Mit einer geschmeidigen Bewegung legte Roy die Arme um sie, seine Lippen berührten ihre Schläfe. »Aber Bella! Bellissima! Das kann dein Ernst nicht sein. Was tust du ohne mich?«

Der Blonde heulte auf, und nun trat Roy mit dem Fuß nach ihm. »Sei still, du Esel. Wovon willst du eigentlich leben?«

Unwillkürlich mußte sie lachen. »Du bist wenigstens ehrlich. Aber ich würde sagen, die Talente, die er hat, kann man ja wohl auch zu Geld machen.«

»Du willst mich wirklich nicht wiedersehen?«

»Nein. Und wage es nicht, hier noch einmal aufzukreuzen. Ich werde wieder heiraten. Und zwar einen richtigen Mann. Einen, der mir die ganze verdammte Sippe vom Leib hält.«

»Hast du schon einen in petto?«

»Klar.«

»Aha. Darum kannst du dich so leichten Herzens von mir trennen.«

»Das wäre mir noch nie schwergefallen.«

»Und das Wägelchen darf ich behalten? Wirklich? Nicht, daß es nachher heißt, ich hätte es geklaut.«

»Ich habe es dir geschenkt«, sagte sie kurz.

Dann verließ sie das Zimmer ohne ein weiteres Wort.

Es war drei Uhr morgens, und sie war betäubt von Ärger und Müdigkeit.

Das Wägelchen, einen fast neuen Porsche, hatte sie ihm wirklich geschenkt. Sie mochte nicht mehr darin fahren, seitdem sie auf der Autobahn die Herrschaft über den Wagen verloren hatte und beinahe verunglückt wäre.

Als sie in der Morgenfrühe aus dem Haus schlich und hinüber ging zum Stall, war sie trotz der Müdigkeit voll von wilder Entschlossenheit.

Endlich wußte sie, was sie tun würde. Fortgehen. Schluß machen mit allem hier. Sie hatte so oft daran gedacht, aber nun war es soweit. Viel zu lange hatte sie sich die Unverschämtheiten dieser Leute gefallen lassen.

Gesellschafterversammlung! So ein Blödsinn. Sie konnten ihr erzählen, was sie wollten, was verstand sie schon von der Fabrik? Aber sie würde heiraten und ihnen einen Mann vor die Nase setzen, der sehr wohl verstehen würde, wie die Geschäfte liefen. Und vor allem mußte sie das alte Gemäuer loswerden. Schloß! Lächerlich. Eine Bruchbude war es, in die sie nicht hineinpaßte. Das unter anderem hatte sie ihnen heute in aller Deutlichkeit erklärt. Die Familie hatte es schweigend hingenommen.

Sie blickte dem Hund nach, der vor ihr herlief. Es würde ihr schwerfallen, sich von ihm zu trennen, ebenso von den Pferden. Wenn es ihr so beliebte, konnte sie die Tiere mitnehmen.

Wer sollte sie daran hindern? Alles gehörte ihr.

Das waren törichte Gedanken. Sie würde reisen. An die schönsten und teuersten Orte, die es auf der Welt gab. Und irgendwo auf diesen Reisen würde sie auch den Mann finden, den sie brauchte. Was ging die Fabrik sie an? Total überflüssig, daß sie gestern dabeigewesen war.

Und Felix ebenso, er hatte sich seinen Anteil in bar auszahlen lassen und längst verpulvert.

Sie öffnete leise die Stalltür, und sofort wieherte Gero, als habe er nur auf sie gewartet.

»Pst! Sei still! Ich kann jetzt keinen hier gebrauchen.«

Erleichtert stellte sie fest, daß Hartwig noch nicht da war. Das hatte sie befürchtet, denn er stand immer sehr früh auf. Aber für ihn war es gestern auch spät geworden, er liebte den leichtsinnigen Felix und vor allem die stolze Irene, und wenn sie im Schloß war, was lange nicht vorgekommen war, wollte er keine Minute versäumen, in der er sie sehen oder gar mit ihr sprechen konnte. Hartwig war der einzige, dem Irene zulächelte, wenn er durch die Halle ging. Und Felix hatte gestern lange bei den Hartwigs in der Küche gesessen und ihnen seine herrlichen Lügengeschichten erzählt. Das tat er immer, wenn er da war.

Sie schob Gero die Trense ins Maul, strich ihm über den glatten seidigen Hals, legte ihm dann den Sattel auf und zog den Gurt fest. Die Stute bekam nur ein Halfter mit der Schnur dran, Geros Halfter hängte sie sich um den Hals.

»Ich habe keinen Zucker dabei, entschuldigt. Aber dazu war keine Zeit mehr. Ich habe die ganze Nacht nicht geschlafen. Und es durfte keiner merken, daß ich zu euch komme.«

Sie trug auch keine Reithosen, nur Jeans und weiche Slipper. »Ihr kriegt wunderbares Gras. Ich bringe euch auf die obere Koppel hinter dem Wald, da könnt ihr grasen und seid ganz ungestört.«

Denn das fehlte gerade noch, daß es einem von denen einfiel, auf den Pferden herumzujuckeln. Sollten sie sich selbst Pferde halten, wenn sie reiten wollten.

Noch im Stall schwang sie sich auf Gero, nahm das Seil der Stute in die Hand. Unter dem Stalltor mußte sie sich ducken. Jetzt kamen ein paar gefährliche Schritte, denn der Boden vor dem Stall war gepflastert, die Eisen klickten laut durch die Morgenstille. Doch gleich danach begann ein weicher Feldweg, der jeden Pferdeschritt verschluckte.

Natürlich würde Hartwig schimpfen, weil sie die Pferde mit Eisen auf die Koppel brachte, aber die beiden taten sich bestimmt nichts, und die Koppel würde es überleben. Er würde auch sagen, es sei zu früh im Jahr, das Gras noch zu jung, es war erst Mitte Mai. Aber das Gras war gut gewachsen in diesem Frühling, und auf der oberen Koppel hinter dem Wald war es sowieso am bekömmlichsten, das hatte Karl immer gesagt.

Erstmals seit langer Zeit dachte sie an ihren Mann. Besser gesagt an den Mann, der sie geheiratet und von heute auf morgen in ein Luxusleben versetzt hatte. Na ja, Luxus. Das alte Schloß, das Land, das dazu gehörte, die florierende Firma – es gab bestimmt eine ganz andere Art von Luxus auf dieser Welt. Für sie aber war es ein ungeheurer Aufstieg gewesen, und viel mehr als seine Kinder hatte sie selbst sich darüber gewundert, daß er sie geheiratet hatte.

»Liebe!« sagte sie laut, sie sprach zu den Pferden, »Liebe kann man das nicht nennen. Er hätte ja mein Vater sein können. Aber ich werde euch etwas sagen, es war von allem, was ich zuvor erlebt hatte, und das war nicht wenig, das Beste. Es kam dem, was man so Liebe nennt, vielleicht am nächsten. Sie denken alle, ich habe ihn nur aus Berechnung geheiratet. Habe ich, ist ja klar. Aber ich habe ihn liebgehabt. Und er mich auch. Für ihn war ich –«

Was war sie für ihn? So etwas wie dieser Frühlingsmorgen, der jetzt den Wald durchdrang mit goldenem Licht. Und es war egal, was sie vorher getan hatte und was sie vorher gewesen war. Ein Mädchen, das man kaufte. Das hatten die anderen getan, das tat er. Aber da war ein großer Unterschied.

Irgendwie hatte es doch mit Liebe zu tun, eine Art Liebe, die sie nie zuvor kennengelernt hatte.

»Heute nachmittag«, erzählte sie den Pferden, »hole ich euch wieder. Dann sind alle weg, auch die zwei Schwulen.

Ich muß verrückt gewesen sein, mir einen halbschwulen Liebhaber anzuschaffen. Früher wäre mir so etwas nicht passiert. Er hat den Wagen. Damit ist er ausreichend bezahlt.«

Die Pferde schritten lautlos über weichen Waldboden, es ging ein Stück aufwärts, dann abwärts, der Weg bog bei der großen Blutbuche nach Westen. Sonnenlicht sickerte durch die Stämme, ein Stück entfernt verharrten zwei Rehe, trollten sich dann ohne Eile in den Wald. Der Hund war stehen geblieben, stand vor, witterte. Aber er rührte sich nicht von der Stelle. Er war abgerichtet und gut erzogen, er würde niemals selbständig auf Jagd gehen. Gero schnaubte zufrieden, die Stute lief, den Kopf neben seinem Hals, geduldig mit. Es hätte des Seils nicht bedurft, sie wäre auch von selbst mitgelaufen.

Der Wald wurde dichter, der Weg schmaler, dann senkte er sich, die Bäume ließen Raum, blieben zurück. Vor ihnen, im vollen Sonnenlicht, lag die obere Koppel.

Sie stieg ab, nahm Gero Sattel und Zaumzeug ab, löste das Seil aus dem Halfter der Stute.

»Nun lauft!«

Gero stob davon, es war das erste Mal in diesem Jahr, daß sie auf die Koppel kamen. Zunächst interessierte ihn das Gras weniger, mehr die ungewohnte Freiheit.

Die Stute galoppierte ihm nach, ein wenig schnaufend, einzuholen war er nicht. Aber er wartete am anderen Ende der Koppel höflich auf sie, sprang dann mit allen vier Beinen in die Luft und kam zurückgerast, und dann noch einmal das Ganze von vorn. Doch die Stute hatte begonnen zu grasen, er gesellte sich zu ihr und neigte nun auch den weißen Kopf, um das Gras zu kosten. Sie stand am Koppelzaun und sah den Tieren zu. Der Hund saß neben ihr, sein Kopf berührte ihr Knie.

»Du bist zu groß, ich kann dich nicht mitnehmen, du würdest dich auch in einem Hotel nicht wohl fühlen, weißt du, du bist an ein freies Leben gewöhnt. Ich weiß auch noch gar nicht, wohin ich fahren werde.«

Sie legte den Kopf in den Nacken und blickte in den blauen Himmel hinauf. Das hellblonde Haar fiel ihr über die Schultern. Der leise Wind, der hier oben über die Wiesen strich, ließ es tanzen.

»Ich fahre irgendwohin, wo es ganz toll ist. Ich kenne nichts von der Welt. Und ich habe Geld, und ich kann es ausgeben, wie ich mag. Sie müssen mir Geld geben. Und wenn ich die Klamottenburg verkaufe, die mir ganz allein gehört, kriege ich noch viel mehr Geld. Ich fahre an die Côte d'Azur, da ist es im Mai bestimmt sehr schön. Oder nach Rom. Oder gleich nach Amerika. Ich werde die wunderbarsten Sachen einkaufen. Und ich werde in den teuersten Hotels wohnen. Und ich werde so viele Verehrer haben, wie ich nur will.«

Sie wußte, wie schön sie war. Wie effektvoll ihr Auftritt, wo immer sie hinkam. Überhaupt nun, da sie so vieles dazugelernt hatte. Solch ein Streit wie in der vergangenen Nacht, so etwas paßte nicht mehr zu ihr. Das würde ihr nie wieder passieren. »Heiraten werde ich nur, wenn ich einen Supertyp finde. Einen, der die ganze verdammte Sippe in die Pfanne haut. Verstehst du?« Der Hund blickte anbetend zu ihr auf. Er verstand nicht, was sie sagte, aber er hörte ihre Stimme, das genügte, um ihn glücklich zu machen.

»Jetzt gehen wir zurück. Sicher sitzt ein Teil der ehrenwerten Familie schon beim Frühstück. Ich werde ihnen Gesellschaft leisten und unerhört charmant sein, zu jedem einzelnen. Aber zuerst muß ich nachsehen, ob die beiden Typen weg sind. Wenn nicht, gnade ihnen Gott. Sie sind nicht weg, klar. Die pennen sicher noch. Von mir aus zusammen, stört mich nicht, stört mich nicht im geringsten. Das ist vorbei. Mehr als vorbei. Ich habe Roy schon vergessen. Komm, wir steigen hier quer durch den Wald ab, da sind wir schneller unten.«

Sie schnalzte mit der Zunge, Gero hob zwar den Kopf, kam aber nicht mehr an den Zaun. Das Gras schmeckte zu gut.

Das war auch etwas, was sie Karl Ravinski verdankte. Bei ihm hatte sie reiten gelernt. Vorher hatte sie nie im Leben auf einem Pferd gesessen. Zuerst hatte sie gedacht, sie müsse Angst haben. Aber sie hatte nicht die geringste Angst gehabt. Er setzte sie auf die Stute, die war brav und nicht mehr jung, es war ganz einfach, reiten zu lernen, nicht zuletzt weil sie einen so guten Lehrmeister hatte.

»Geritten bin ich schon viel in meinem Leben, aber noch nie auf einem Pferd«, hatte sie einmal gesagt. Er zog die Brauen zusammen, und sie verstummte erschrocken.

Solche Dinge durfte sie nicht mehr sagen, das wollte er nicht hören. Sie begriff, sie lernte schnell, nicht nur reiten. Sie wußte nun, wie sich eine wirkliche Dame benahm. Wohin ihre Reise sie auch führen würde, sie hatte keinerlei Bedenken, es würde ein Kinderspiel für sie sein.

Eine Frau, jung, schön, mit viel Geld – sie konnte die Puppen tanzen lassen.

Im Augenblick, als sie sich von der Koppel abwandte, traf sie der Schuß. Er traf sie seitlich im Hinterkopf, gleich hinter dem Ohr. Es war ein Meisterschuß, wenn er so geplant war. Ein Meisterschuß von Meisterhand aus einem erstklassigen Gewehr. Gute Gewehre gab es genug im Schloß, denn das Jagdrevier, das dazu gehörte, war groß.

Sie kam nicht mehr dazu, darüber nachzudenken, wer von ihnen ein so hervorragender Scharfschütze war.

Sie kam nicht einmal dazu, sich zu wundem, denn sie hatte den Schuß gar nicht gehört. Sie war sofort tot, sank langsam auf das weiche Gras neben dem Koppelzaun, die winzige Wunde blutete kaum, färbte gerade eine Strähne ihres hellen Haars mit sanftem Rot. Der Hund hatte den Schuß gehört. Er stand auf, blickte zum Waldrand, sah den Schützen, der unter der hohen Esche stand und eben sein Gewehr sicherte.

Der Hund gab einen kurzen freudigen Laut von sich, lief mit großen Sprüngen zum Waldrand und begrüßte den Schützen erfreut. Der beugte sich, klopfte ihm die Flanke, strich ihm über den Kopf und kraulte ihn hinter den Ohren.

»Brav! Braver Hund. Ganz brav. Aber nun geh.«

Er ging einige Schritte mit dem Hund auf die Koppel zu, blieb stehen, streckte den Arm aus.

»Dort! Platz!«

Der Hund trollte sich zurück zu der regungslosen Gestalt im Gras. Der Schütze verschwand im Wald.

Der schwarze Spiegel I

Gestern, vor dem Abendessen, habe ich den schwarzen Spiegel entdeckt. Offenbar das einzige Stück der ehemaligen Einrichtung, das sich noch im Haus befindet.

Nachdem Vater sie geheiratet hatte, veränderte Cora nach und nach die Einrichtung im Schloß. Zunächst kamen ihre eigenen Zimmer dran, dann das große Speisezimmer, das kleine Speisezimmer, der sogenannte Salon, die Halle. Die alten Möbel verschwanden, die Sofas, die Sessel, die Bilder und selbstverständlich auch der ganze Nippes, der schon immer dagewesen war und in gewisser Weise in das alte Haus gepaßt hatte.

Zugegeben, die Polster der Sitzmöbel waren verschlissen, die Möbel waren alt und nicht einmal wertvolle Antiquitäten, die Teppiche waren abgetreten, und unter den Bildern befanden sich keine wertvollen alten oder neuen Meister.

Doch ich liebte jedes Stück in diesem Haus, so wie es war. Auf diesen Teppichen hatten wir gespielt, diese Bilder gehörten in meine Kindheit, auf dem Sofa mit den verblaßten Rosen saßen wir, wenn Mutter Geschichten über diese Bilder erzählte. Geschichten, die sie sich selbst ausdachte und denen jeder gebannt zuhörte, sogar mein Vater, wenn er einmal zugegen war. Was selten vorkam.

Als Mutter starb, war ich dreiundzwanzig, mitten im Studium. Ich lebte nicht mehr im Schloß, doch ich kam an jedem Wochenende, in den Semesterferien, praktisch in jeder freien Stunde, es war nicht weit von Frankfurt in den Spessart, und was auf der Welt hätte ich mehr lieben können als diese Wiesen und Wälder, unsere Pferde, unsere Hunde und Katzen, das alte Haus und vor allem und über alles meine Mutter.

Es vergingen fünf Jahre, bis mein Vater wieder heiratete, und da nie die Rede davon gewesen, nie die geringste Andeutung gefallen war, daß er an eine neue Ehe dachte, waren wir alle sehr überrascht. Aber wir versicherten uns gegenseitig, daß man Verständnis haben und Toleranz aufbringen müsse. Jedoch fiel es uns schwer, genaugenommen war es unmöglich, die Wahl unseres Vaters zu tolerieren.

Wir hatten immer großen Respekt vor ihm gehabt, ein wenig fürchteten wir ihn, und gelegentlich gingen wir ihm ganz gern aus dem Weg. Was er geleistet hatte in den Jahren nach dem Krieg, mußten wir anerkennen, dann kam der rapide Aufstieg in den Jahren des sogenannten Wirtschaftswunders, und nach dem Tod meiner Mutter arbeitete er sowieso nur noch, machte aus einer gutgehenden mittelgroßen Fabrik ein exportierendes Superunternehmen. Die Arbeit war für ihn eine Art Sucht geworden, die ihn über den Tod seiner Frau trösten sollte, über ihren elenden Krebstod, den wir alle mitgelitten hatten und der uns mehr oder weniger prägte, jedenfalls kann ich es für mich sagen: Das Sterben meiner Mutter beendete meine Jugend, erstickte jeden Frohsinn, jede Freude in mir.

Jeder hatte sie geliebt, nicht nur ihr Mann und die Kinder, auch das Personal im Haus, die Leute aus dem Dorf, der Förster, die Jäger, einfach jeder, der mit ihr zusammenkam. Ihre Herzenswärme, ihr kindlich-frohes Lachen, die Fähigkeit, sich mit anderen zu freuen oder an ihrem Kummer teilzuhaben und, wo es immer möglich war, helfend und ratend einzugreifen, gewannen ihr die Zuneigung aller Menschen.

Sicher klingt es sentimental, wenn ich sage: meine Mutter war wie eine Figur aus einem alten Roman, ein Edelmensch, der, wo er ging und stand, eine heile Welt um sich verbreitete. Vielleicht weil ihr jede Arglist, jede Bosheit fremd war, sie war eine Mischung aus Ernst und Heiterkeit, aus blühender Phantasie und lebensklugem Realismus.

Keiner von uns ist wie sie, nur ein wenig haben wir von ihr geerbt. Hella die Lebhaftigkeit, die Anteilnahme, aber sie ist nicht gesprächig, sondern geschwätzig, und das Talent zum Zuhören, das Mutter auszeichnete, fehlt ihr. Ich, Dorotheas zweite Tochter, habe den Ernst von ihr, das Verantwortungsgefühl, die Zuverlässigkeit, wenn ich mich denn selbst loben will, aber mir fehlt ihre unbeschwerte Heiterkeit, und ich besitze keineswegs die umfassende Liebe zu den Menschen.

Meine Schwester Gisela hat den raschen Witz, den scharfen Verstand, die Fähigkeit, Menschen zu durchschauen, geerbt, aber mehr auch nicht.

Und Karl Felix, unser kleiner Bruder, der Liebling des Hauses, hat höchstens Mutters Phantasie mitbekommen. Sonst nichts.

Für ihn war es am schlimmsten. Er war dreizehn, als Mutter starb, und seine Verzweiflung zwang uns, unsere eigene Trauer zu beherrschen. Er verkroch sich im Wald wie ein verwundetes Tier, der Jäger und sein Hund stöberten ihn nach drei Tagen auf, verdreckt, verheult, ganz und gar apathisch, halb verhungert und halb erfroren, es war Anfang März.

Es war soviel jünger als wir Mädchen. Gisela war acht Jahre älter und hatte sich gerade verlobt. Wir blieben beide im Haus, kümmerten uns zusammen mit Rosine um den Jungen, beschäftigten ihn, fuhren ihn in die Schule, sobald er wieder imstande war, in die Schule zu gehen – er hatte es immer ungern getan, nun wurden seine Leistungen erst recht kläglich –, wir ritten mit ihm aus und wetteiferten darin, ihm Bücher zu besorgen, denn das war das einzige, was er gern tat und was ihn ein wenig von seinem Schmerz ablenken konnte: lesen. Das Gegenteil allerdings konnte auch eintreten, daß ein Buch ihn irrsinnig aufwühlte und erregte und er dadurch erst recht in tiefe Verzweiflung geriet. Gefühl war bei ihm alles, und irgendeine Art von Disziplin oder Selbstbeherrschung war von ihm nicht zu erwarten. Daran war nicht zuletzt seine Erziehung schuld.

Ich versäumte ein Semester, Gisela heiratete erst ein Jahr später.

Soll man in diesem Schock, den der Dreizehnjährige erlebte, den Grund sehen für das, was aus ihm geworden ist? Ein Nichtstuer, ein Phantast, ein junger Mann ohne Arbeit, ohne Willen und Kraft, ohne Ziel, und drogensüchtig dazu. Verheiratet mit diesem somnambulen Nachtschattengewächs, das er in der Drogenszene kennengelernt hat. Sein Erbteil ist längst verbraucht, aber wir können ihn ja nicht verhungern lassen, also bekommt er monatlich aus der Firma, was er braucht. Nicht mehr. Gerade so viel, wie er und Elsa benötigen.

Der schwarze Spiegel.

Der Spiegel der Wahrheit nannte ihn Mutter.

Gestern abend, als ich ihn entdeckt hatte, ganz verborgen in einem Winkel hinter der Dienstbotentreppe, fiel mir das wieder ein.

Selbstverständlich ist er nicht schwarz, dieser Spiegel, nicht sein Glas, nur der Rahmen. Ein schwerer, geschnitzter Rahmen mit barocken Ornamenten verziert. Früher hing er in der Halle. »Warum nennst du ihn Spiegel der Wahrheit, Mami?« fragte ich als Kind.

»Weil er nicht lügt, dieser Spiegel. Er schmeichelt nicht, er verzerrt nicht. Er zeigt dich so, wie du bist. Und wenn du lange genug hineinblickst, wirst du die Wahrheit erfahren.«

»Die Wahrheit?«

»Die Wahrheit über das, was geschehen ist. Die Wahrheit über das, was geschehen wird.«

Meine Mutter, die Märchenerzählerin.

Die passende Geschichte hatte sie auch gleich parat.

»Als ich hierherkam, gegen Ende des Krieges, ein armer, heimatloser Flüchtling, und das erste Mal in den Spiegel blickte, sah ich die Angst in meinem Gesicht, die Sorge um deinen Vater, die Tränen in meinen Augen. Aber ich sah auch alles, was ich verloren hatte. Unser Haus daheim, es war das Haus deiner Großeltern, und es stand am Waldrand und hatte ein großes rotes Dach, das alle beschützte, die darin lebten. Aber nun war das Dach nicht mehr da. Ich sah die Wiesen und die großen Wälder, die zu meiner Heimat gehörten. Alles war verloren, alles hatte ich verlassen müssen. Doch der Spiegel tröstete mich, er sagte mir, daß ich alles hier wiederfinden würde – eine Heimat, die Wiesen, die Wälder. Und so ist es ja auch, nicht wahr?«

»Das hat der Spiegel zu dir gesagt?«

»Nicht mit Worten. Er spricht direkt mit meinen Gedanken.«

Ich nickte, nicht ganz überzeugt, weil ich mir das nicht vorstellen konnte, aber wenn meine Mutter es sagte, mußte es wohl so möglich sein.

»Als ich nach Grottenbrunn kam, war Hella ein Baby, sie war gerade drei Monate alt. Und sonst hatte ich keinen Menschen. Dein Vater war im Krieg verschwunden, und ich dachte, ich würde ihn nie wiedersehen, nicht in diesem Leben. Ich war ungefähr zwei Wochen hier, ich war sehr traurig, alle Menschen, die im Schloß lebten, waren fremd, Flüchtlinge wie ich: Ich war einsam. Verstehst du, was das ist, einsam sein?«

Hatte ich es verstanden, damals, mit fünf oder sechs Jahren? Gewiß nicht, ich war niemals einsam gewesen.

»Und da stand ich wieder einmal vor dem Spiegel und starrte hinein, und was sah ich da?«

»Was hast du gesehen, Mami?« Atemlos vor Spannung, das Kind.

»Deinen Vater. Ich sah sein Gesicht im Spiegel. Es war nicht tot, es lebte, es lächelte mir zu. Da wußte ich, daß ich ihn wiedersehen würde. Und so war es dann auch. Er kam, wenn auch erst zwei Jahre später. Seitdem glaube ich dem Spiegel alles, was er mir sagt. Ehe du geboren wurdest, fragte ich den Spiegel, ob es wohl ein kleiner Junge sein würde. Doch der Spiegel schwieg.

Und dann sah ich plötzlich ganz hinten in seinem Glas, ganz klein, eine Wiese und darauf spielte ein kleines Mädchen.«

»Und das war ich?«

»Das warst du.«

»Und warst du da traurig, weil es kein kleiner Junge war?«

Sie nahm mich in die Arme und küßte mich.

»Aber nein. Ich wollte gern noch ein kleines Mädchen haben.«

»Und dann erzählte dir der Spiegel wieder von einem kleinen Mädchen.«

»Stimmt.«

Meine Schwester Gisela war da etwa drei Jahre alt.

»Und hat der Spiegel nie etwas von einem kleinen Jungen gesagt?«

»Doch. Der kleine Junge kommt bestimmt noch.«

»Wann, Mami?«

»Das hat mir der Spiegel nicht verraten. Dafür weiß ich aber von ihm, daß wir demnächst ein Fohlen bekommen.«

»Wirklich, Mami? Das gefällt mir viel besser als der kleine Junge.«

Sie lachte, und dann besuchten wir gemeinsam die trächtige Stute im Stall.

Das Fohlen wurde im Mai geboren. Was den kleinen Bruder betraf, so ließen sie sich noch Zeit, er und der Spiegel.

Ich war zehn, als mein Bruder geboren wurde, Gisela acht, und Hella schon eine angehende junge Dame von vierzehn.

Mein Vater freute sich außerordentlich, als sein Sohn geboren wurde, er trug ihn auf den Armen durch das Schloß und zeigte ihn jedem.

»Ist er nicht wunderschön?« fragte er uns.

Wir drei Mädchen betrachteten das Kind mit gemischten Gefühlen. Aber wenn es denn schon noch ein Baby sein mußte, war es gut, daß es endlich ein Junge war.

Vater wollte, daß er Karl getauft wurde, wie er. Mutter setzte noch Felix dazu, Karl Felix also. Ich glaube, bis heute hat ihn nie ein Mensch so genannt.

Er wurde behütet und verwöhnt, ein kostbares Juwel war er, das keiner auch nur mit ungewaschenen Händen anfassen durfte. Verhätschelt und verwöhnt wurde er auch noch, als er in ein Alter kam, in dem ein wenig Strenge und Konsequenz seiner Erziehung nicht geschadet hätten. Wir drei Mädchen mußten hinnehmen, daß der kleine Bruder der Höhepunkt der Schöpfung war.

Hella sagte: »Ihr werdet schon sehen, was wir uns da großziehen. Er tanzt uns auf der Nase herum. Eines Tages erbt er die Fabrik, und wir müssen hübsch bitte, bitte machen, wenn wir ein paar Kopeken brauchen.«

»Ein Pflichtteil steht uns zu«, sagte Gisela, die immer die klügste von uns war.

Keine Rede davon, daß Felix die Fabrik erbte, sie interessierte ihn null, er betrat sie kaum jemals.

K und K, Vollkommenheit der Küchentechnik. KARA-Küchen, ein Name, ein Begriff, einmalig in der Welt. Und was dergleichen Werbesprüche mehr waren. Felix sah sich als Künstler, nicht als Kaufmann. Das erklärte er uns mit sechzehn. Er weigerte sich, noch länger in die Schule zu gehen, dafür würde er der größte Dichter des Jahrhunderts werden. Was konnten ihm also KARA-Küchen bedeuten? Daß der Sohn die KARA-Küchen nicht zu weiteren Höhenflügen führen würde, hatte Vater längst erkannt. Daß er nicht einmal den Versuch machte, in der Firma zu arbeiten, erbitterte ihn. An sein Genie glaubte er nie. Daß er in der Drogenszene landen würde, das hatte keiner von uns vermutet, denn diese Welt lag uns ferner als der Mars.

Spiegel, das hast du nicht vorausgesehen, als Mutter ihren kleinen Sohn darin erblickte. Hast du ihr gesagt, daß ihr Sohn ein großer Dichter sein würde? Besser gesagt, daß er davon träumte? Hätte sie es geglaubt?

Die KARA-Küchen waren in besten Händen, meine Schwestern hatten passend geheiratet; Hellas Mann führte die Firma als Kaufmann, Giselas Mann war der Designer, und ein höchst begabter dazu. Das mußte Vater wohl befriedigt haben, dennoch konnten sie ihm selten etwas recht machen. Das schuf Spannungen in der Familie, etwas, das es früher nie gegeben hatte.

Ich, schwarzer Spiegel, habe mich zurückgezogen, von der Firma und von der Familie. Da meine Schwestern die richtigen Männer an Land gezogen hatten, sah ich mich nicht verpflichtet, nun noch einen geeigneten Werbechef zu heiraten. Ich wollte meine eigenen Wege gehen, mein eigenes Geld verdienen und einen Mann haben, der nicht die KARA-Küchen am Bein hatte.

Das habe ich alles geschafft, Spiegel, ich habe mein eigenes Geschäft, verdiene mein eigenes Geld, nur der Mann hat mich verlassen. Oder ich ihn. Was Gott nicht zusammengefügt hat, kann sich ruhig wieder scheiden.

Morgens, ehe ich zum Frühstück gehe, schaue ich rasch noch einmal bei dem Spiegel vorbei. Fast verwundert es mich, daß er dort noch hängt, daß ich nicht nur von ihm geträumt hatte. Wie hast du es geschafft, Spiegel, daß sie dich zwar in die Ecke verbannte, aber nicht auf den Müll schmiß? Hast du ihr auch jemals die Wahrheit gesagt?

Was für eine Wahrheit?

Ich hasse sie, weil sie mir auch meinen Vater genommen hat. Sie hat es fertiggebracht, einen so starken, so überlegenen Mann in eine lächerliche Ehe zu drängen, in der er niemals glücklich sein konnte, denn er mußte wissen, daß er sich lächerlich gemacht hatte. Jeder ließ es ihn merken, soweit dies möglich war. Nicht nur wir, seine Kinder, auch alle Freunde und Bekannten, seine Jagdfreunde vor allem, die nur noch selten zur Jagd kamen, selten seine Gäste sein wollten.

Wieviel Gäste kamen früher in dieses Haus, auch noch nach Mutters Tod, eine von uns Schwestern vertrat die Hausfrau, manchmal taten wir es alle drei, aber Karl Ravinski und Cora, seine junge Frau, machten die meisten verlegen.

Cora, meine Stiefmutter, die drei Jahre jünger ist als ich. Die Herrin dieses sogenannten Schlosses, die Haupterbin unseres Vaters, und daß er sie dazu gemacht hat, war zweifellos als Strafe gedacht für uns, weil wir seine Frau einmütig ablehnten. Es war Trotz, es war Ärger bei ihm, und möglicherweise hätte er sein Testament wieder geändert, wenn er länger gelebt hätte. Aber er starb sehr plötzlich, und wie es immer heißt in Traueranzeigen, ganz unerwartet, fünf Jahre nach dieser Heirat, er war siebenundsechzig Jahre alt, er war nie krank gewesen, es war nie die Rede gewesen von einem schwachen Herzen.

»Sie hat ihn umgebracht«, sagte Hella damals. Keiner von uns widersprach.

War das gemein, Spiegel? Es geschah nichts, wir machten keine Anzeige, wie auch, aus welchem Grunde, es gab keine Untersuchung.

Sag mir die Wahrheit Spiegel! Was ist wirklich geschehen? Gestern abend diese läppische Situation mit den beiden Schwulen, so peinlich für uns alle, beweist doch, wie sie ist, wie sie uns zu alledem noch verachtet. Ich hätte sie ermorden können. Ich hasse sie. Ich las den Haß auch in Giselas Augen, sogar in Hellas sonst so harmlosen blauen Augen.

Ich weiß, wie Hartwig denkt, wie Rosine denkt.

Soll sie doch endlich gehen, damit wir sie nicht mehr sehen müssen. Soll sie doch das Schloß und alle Wiesen und Wälder verkaufen, wie sie es uns angekündigt hat. Es ist mir egal, Spiegel, es ist nicht mehr meine Heimat, nicht mehr der Ort, an dem ich meine glückliche Jugend verlebte. Ich will nie mehr hierher zurückkehren.

Nein, es ist nicht wahr. Man kann nicht lügen, Spiegel, wenn man in dich hineinschaut. Ich liebe auf dieser Welt nichts so sehr wie diesen Flecken Erde, ich möchte ihn behalten.

Behalten? Er gehört mir nicht. Aber sie darf ihn nie verkaufen, nie. Nie.

Frühstücksgespräche

Beim Frühstück fand Irene nur ihre beiden Schwestern vor. Gisela nickte kauend, als sie guten Morgen sagte, Hella rief fröhlich: »Moin, Moin.«

Gleichzeitig steckte Frau Hartwig den Kopf zur Tür herein. »Kaffee oder Tee, Fräulein Irene?« fragte sie.

Daß Irene zwei Jahre verheiratet gewesen war, nahm sie nicht zur Kenntnis, denn Irene hatte ihren Mann nie mit aufs Schloß gebracht, also war er für Frau Hartwig nicht vorhanden.

»Kaffee, Rosinchen«, antwortete Irene und fügte hinzu: »Bitte. Aber vielleicht ist noch welcher da.«

»Kaum«, meinte Gisela. »Ich habe drei Tassen getrunken.« Sie hob den Deckel von der Kanne und blickte hinein. »Eine gerade noch. Knapp.«

»Dann nimmst du die inzwischen, Fräulein Irene. Ich bringe gleich frischen.« Woraufhin sie verschwand.

»Sie läßt sich das nicht nehmen, immer wieder frischen Kaffee zu machen«, sagte Hella tadelnd. »Dabei könnte sie doch gleich eine große Kanne hinstellen.«

»Das hat sie immer so gemacht.«

»Wenigstens kocht sie jetzt die Eier nicht mehr einzeln. Hier, sie sind eingewickelt. Noch ganz warm.« Irene griff zögernd nach dem Ei. Eigentlich wollte sie gar keins. Seit sie allein lebte, fiel ihr Frühstück recht kärglich aus, eine Tasse Kaffee, ein Knäckebrot. Um halb neun pünktlich war sie im Geschäft.

. »Wo sind denn die Männer? Und was ist mit der Dame des Hauses?«

»Die ist sicher noch nicht aufgestanden. Wie deutlich zu hören war, hatte sie in der Nacht noch Krach mit ihren Bubis«, sagte Gisela. »Außerdem frühstückt sie sowieso oben.«

»Jochen ist schon in aller Früh weggefahren«, berichtete Hella. »Er wollte rechtzeitig in der Fabrik sein. Heute ist Freitag, da wird nur bis Mittag gearbeitet. Du kennst ihn ja.«

»Das Pflichtbewußtsein in Person.«

»Genau«, sagte Hella erbittert. »Er arbeitet sich noch zu Tode. Und wozu? Bloß damit das Miststück immer mehr Geld bekommt.«

»Bißchen was haben wir schließlich auch davon«, sagte Gisela.

»Und Bert? Ist er auch mitgefahren?«

»Iwo. Er ist der Künstler in der Firma. Er ist spazierengegangen, denn die besten Ideen kommen ihm beim Spazierengehen. Es sei ein wunderschöner Frühlingsmorgen, fand er, und weg war er. Er plant eine neue Küche in Burgundrot und Lachs. Wie findet ihr das?«

»Na, warum nicht?« sagte Irene gleichgültig und klopfte ihr Ei auf. »Müssen doch alle Farben schon mal dran gewesen sein, denke ich mir. Nein, danke, kein Toast, ich esse lieber Schwarzbrot.«

Hella ließ den Blick prüfend über die Marmeladetöpfchen schweifen, zog die Kirschmarmelade zu sich heran und schenkte sich noch einmal Tee ein, den sie mit vier Löffeln Zucker süßte.

»Brr!« machte Irene. »Das muß ja greulich schmecken. Gestern abend hast du gesagt, du willst abnehmen.«

»Von dem bißchen Zucker wird schließlich kein Mensch dick. Ich brauche das für meine Nerven.«

Darüber mußten die beiden anderen lachen.

»Deine Nerven wenn wir hätten«, sagte Gisela, »dann würden wir sofort zu einer Südpolexpedition aufbrechen.«

»So was Blödes. Wer will denn an den Südpol?«

Gisela und Irene lächelten sich zu. Diesen Plan hatten sie mal gefaßt, nachdem Mutter ihnen von den Expeditionen großer Forscher erzählt und selbstverständlich, wie es ihre Art war, auch noch eine erfundene, höchst dramatische Geschichte einer Expedition angehängt hatte.

Auf die Idee, Hella mitzunehmen, waren sie schon als Kinder nicht gekommen.

»Ich könnte es vermutlich besser am Südpol aushaken als ihr, eben weil ich ein bißchen Fett auf den Rippen habe und meine Nerven mit Zucker gepolstert sind. Aber ich will gar nicht an den Südpol.«

»Das dachten wir uns schon«, sagte Irene. »Und wir haben dieses Unternehmen inzwischen aufgegeben.«

Rosa Hartwig kam mit dem Kaffee und goß Irene ein. Sie war klein und mollig mit dunkelbraunem Haar und großen dunklen Augen in dem runden Gesicht. Sie war halb verhungert und todunglücklich, als sie 1946 in Grottenbrunn eintraf. Ein junges Flüchtlingsmädchen, ganz allein auf der Welt, der Vater gefallen, die Brüder gefallen, die Mutter tot.

Das war die richtige Aufgabe für Dorothea Ravinski. Auch sie ein Flüchtling, auch sie einsam und verloren, aber mit ihrem Mut, ihrem Selbstvertrauen und ihrer ungeheuren Menschenliebe ausgestattet. Sie hatte sich sofort um das Mädchen gekümmert und nannte sie von vornherein Rosine, weil sie fand, die Kleine habe Augen wie Rosinen.

Einige Jahre später verheiratete sie Rosine mit Paul Hartwig, ein entlassener Soldat, ebenfalls aus Schlesien, den der Förster beim Wildern erwischte.

»Aber Sie werden doch keine Anzeige machen«, hatte Dorothea gesagt. »Schießen ist doch das einzige, was sie gelernt haben, diese Jungen. Bringen Sie ihn doch her, ich werde schon auf ihn aufpassen.«

Es war eine gute Ehe geworden, und sie blieben beide in Grottenbrunn, weil sie, genau wie Dorothea Ravinski, hier eine neue Heimat gefunden hatten.

Rosine sah befriedigt zu, wie Irene eine dicke Scheibe Schinken auf ihr Brot legte, das sie zuvor reichlich mit Butter bestrichen hatte.

»Iß nur ordentlich, Fräulein Irene. Du bist viel zu dünn.«

Über diesen Ausspruch aus Rosines Mund mußten alle lachen.

»Sie ist nicht zu dünn«, widersprach Gisela. »Sie mag eine eingebildete Ziege sein, aber sie hat eine tadellose Figur. Hella ist zu dick, und ich, na, ich bin, wie ich eigentlich immer war, groß und kräftig. Ich bin die einzige, die Vaters Statur geerbt hat. Ich wiege vierundsechzig Kilo seit ich fünfundzwanzig bin. Konstant.«

Hella legte den Kopf auf die Seite und betrachtete ihre Schwester prüfend.

»Na, ich weiß nicht. Ich würde sagen, es ist in letzter Zeit etwas mehr geworden.«

Gisela lächelte friedlich. »Ein Meter siebzig, vierundsechzig Kilo. Ich reite, ich spiele Golf, ich laufe Ski. Und trinke meinen Kaffee ohne Zucker.«

»Du mit deinem albernen Zucker.«

Sie waren höflich genug, nicht nach Hellas Gewicht zu fragen. Sie war viel kleiner als Gisela, das Reiten hatte sie längst aufgegeben, Skifahren mochte sie nicht, Tennisspielen war in den Anfängen steckengeblieben.

»Kann ja sein, ich hab' ein bißchen zugenommen. Aber dieser ewige Ärger mit den Kindern, das nervt mich, da esse ich schon mal was extra, weil ich...« Gisela hob abwehrend die Hand. »Nein, Hella, nicht schon wieder. Du hast schon gestern abend zuviel über deine Kinder geredet, was ganz fehl am Platze war in Coras Anwesenheit. Und ich kenne die Malaise mit deinen Kindern gut genug, ich höre sie täglich. Irene interessiert es nicht im geringsten.«

»Nein?« Hella sah Irene erstaunt an. »Interessiert es dich wirklich nicht, was ich mit den drei Bälgern mitmache?«

Irene musterte nun ihrerseits die Marmeladetöpfchen. Wenn sie schon einmal richtig frühstückte, war nicht einzusehen, warum sie nicht ein zweites Brot essen sollte.

»Alles selbst eingekocht«, warf Rosine ein, eine vollkommen überflüssige Bemerkung, denn das wußten sie ohnedies.

Irene lächelte. »Ich weiß, Rosinchen. Und darum esse ich jetzt ein Marmeladebrot.«

»Probier mal die Johannisbeeren hier. Alles aus unserem Garten.«

Irene schmierte dick Butter auf das dunkle Brot, nahm reichlich von der Marmelade. Rosine füllte noch einmal ihre Tasse.

»Wenn ich soviel Butter auf meine Brötchen schmieren würde, wäre ich längst geplatzt«, sagte Hella neidvoll. Sie zündete sich eine Zigarette an und blickte mit Leidensmiene an ihren Schwestern vorbei.

»Du weißt nicht, wie das ist mit Kindern in diesem Alter.«

»Sieh mal, Hella, ich habe keine Kinder«, erklärte Irene freundlich und biß in das Marmeladebrot, verdrehte die Augen, nickte Rosine zu und machte: »MHHM!« Dann fuhr sie fort: »Ich habe keine Kinder, weil ich keine wollte. Und das war nur klug von mir.«

»Würde ich auch sagen«, warf Gisela ein.

»Zugegeben, du hast recht gehabt. Und Vater auch. Ihr wart gegen diese Ehe, und ich habe Sascha trotzdem geheiratet. Als Liebhaber war er wundervoll. Bloß mit Geld konnte er nicht umgehen.«

»Mit was für Geld?« fragte Gisela trocken. »Er hatte ja keins und verdiente auch keins.«

»Mit meinem Geld. Mußte ja mal wieder gesagt werden. Ich habe mich scheiden lassen, was weiter keine Umstände machte, da Sascha dank seiner eben erwähnten Talente ein weitaus lohnenderes Objekt als mich an Land gezogen hatte. Ich bin seelisch leicht beschädigt, aber auf jeden Fall um vieles klüger aus dieser Ehe herausgekommen, und glücklicherweise hatte ich keine Kinder. Nun bin ich fünfunddreißig, da brauche ich auch keine mehr.«

»Das ist nicht zu spät zum Kinderkriegen.«

»Sicher nicht. Sofern man will. Aber ich will nicht.«

»Und einen Mann müßte sie auch erst einmal haben«, warf Rosine besorgt ein.

Irene nickte mit ernster Miene. »Eben.«

»Auf jeden Fall erspart sie sich viel Ärger, wenn sie keine Kinder hat«, sagte Hella. »Ich wünschte, ich wäre auch so schlau gewesen.«

»Oder du hättest deine Kinder besser erzogen«, kam es von Gisela.

»Du hast es nötig mit deiner einzigen Tochter«, rief Hella wütend. »Warum hast du denn nicht mehr Kinder gekriegt, wenn du so genau weißt, wie man sie richtig erzieht?«

»Weil ich nicht wollte. Genau wie Irene. Ein Kind genügt, und Bert ist da Gott sei Dank mit mir einer Meinung.«

»Jetzt hört auf mit dem Kinderpalaver«, sagte Irene gelangweilt. »Viel lieber möchte ich wissen, wie es nun weitergeht. Wo ist eigentlich Felix mit seiner komischen Nuß?«

Das trug ihr einen tadelnden Blick von Rosine ein. Sie hatte selbst keine Kinder, aber sie liebte die Ravinski-Kinder, Dorotheas Kinder, genauso, als seien es ihre eigenen. Und am meisten liebte sie Felix.

»Ich habe Herrn Felix und seiner Frau das Frühstück vor die Tür gestellt. Auf einem Teewagen. So mag er es am liebsten.«

»Aha. Und die beiden anderen Knaben?«

»Die schlafen noch. Wenn sie was wollen, müssen sie runterkommen.«

»Und die gnädige Frau?«

»Schläft auch noch.«

»Jochen ist weggefahren, und Bert ist spazieren, ohne Frühstück, nehme ich an.«

»Ich wundere mich auch, wo er so lange bleibt«, meinte Gisela. »Sein Frühstück ist ihm heilig.«

»Und dann fahrt ihr nach Hause?«

»Richtig. Und du fährst zurück nach München. Oder kommst du noch mit zu uns? Das würde uns freuen«, sagte Gisela.

»Mich auch«, fügte Hella hinzu. »Wir sehen uns viel zu selten.«

Irene stand auf, reckte beide Arme in die Luft.

»Danke«, sagte sie. »Aber ich werde das Wochenende über hierbleiben.«

»Das ist fein«, freute sich Rosine. »Dann mache ich etwas ganz besonders Gutes zum Essen. Heute, morgen und übermorgen.«

40

»Du willst hierbleiben?« wunderte sich Gisela. »Bei ihr?«

»Was heißt: bei ihr? Ich bin in diesem Haus aufgewachsen. Ich liebe es. Und es ist Frühling und wunderschönes Wetter, wie dein Mann festgestellt hat. Ich kann auch Spazierengehen. Oder reiten. Kannst du mir sagen, warum ich nicht ein Wochenende hier verbringen soll?« Jetzt klang ihre Stimme gereizt. »Habe ich gar kein Recht mehr, hier zu sein? Bloß noch diese Frau? Ich habe seit Jahren kein Wochenende auf dem Lande mehr verbracht. Ich sitze in München und arbeite wie eine Blöde.«

»Schon gut, schon gut«, Gisela hob beruhigend beide Hände. »Komm wieder runter von der Palme. Bleibst du eben hier. Cora wird sich bestimmt freuen. Und zwei hübsche Knaben sind auch noch da.«

»Kannst du denn deinen Laden so lange allein lassen?« fragte Hella.

»Ich habe eine ganz tüchtige Kraft in meiner Freundin Linda, die wird die anderthalb Kunden, die heute und morgen kommen werden, schon versorgen.«

»Geht das Geschäft so schlecht?« fragte Gisela.

»Es ist nun mal ein Laden für ein bestimmtes Publikum. Ich lebe von Aufträgen und nicht von dem, was der Laden bringt. Zur Zeit habe ich den Auftrag, ein sehr schönes altes Bauernhaus im Chiemgau einzurichten. Durchaus modern, also nicht so eine falsche Bauernromantik, aber eben doch der Landschaft und dem Haus angepaßt. Versteht ihr? Das macht Spaß. Darüber zum Beispiel kann ich beim Spazierengehen nachdenken. Genau wie Bert das tut.«

»Wenn du so hübsche Aufträge hast, verstehe ich nicht, warum du den Laden überhaupt behältst. Ist doch nur eine Belastung.«

»Einerseits ja. Andererseits macht auch er mir Spaß. Und Kunden habe ich schon, sehr exquisite Kunden sogar. Es ist nur nicht so, daß sie sich gerade die Klinke in die Hand geben.«

»Ich finde den Laden besonders chic«, meinte Hella.

»Ich war ganz hin und weg, als ich ihn das erste Mal gesehen habe. So etwas gibt es in ganz Frankfurt nicht. Kommst du dann wenigstens am Sonntag zu uns zum Essen? Rosine muß dich ja nicht die ganze Zeit haben.«

»Danke, Hella. Vielleicht. Ich weiß noch nicht. Ich will nicht nur Spazierengehen. Ich möchte mit Felix reden. Ich finde, er sieht miserabel aus. Ist er denn mit dieser ... dieser Sache immer noch nicht fertig?«

»Wird man je damit fertig?« fragte Gisela. »Nach der zweiten Entziehungskur haben wir das auch geglaubt. Wir haben ihn in das teuerste Sanatorium geschickt, das wir finden konnten. Aber so, wie er aussieht – du hast ganz recht.«

»Und mit diesem Frauenzimmer an der Seite«, warf Hella ein. Rosine blickte ängstlich von einer zur anderen.

»Nein, nein«, beschwor sie die Schwestern. »Unser Felix ist nicht krank. Das kann nicht sein.«

»Was heißt krank!« sagte Gisela ärgerlich. »Stell dich nicht dümmer, als du bist, Rosine. Du weißt genau, worum es geht. Und er sieht wirklich elend aus. Und das Weib ist gräßlich. Also! Hast du sonst noch was zu sagen?«

Rosine warf ihr einen erbosten Blick zu und schwieg.

»Du willst mit ihm reden«, fuhr Gisela fort, zu Irene gewandt. »Na schön. Was versprichst du dir davon? Wir haben schon genug mit ihm geredet. Jeder von uns. Es hilft doch nichts.«

»Ich habe ihn lange nicht gesehen«, sagte Irene. »Und es hat mich sehr betroffen, ihn so zu sehen. Was ist nur aus ihm geworden?«

Sie schwiegen alle drei.

Rosine begann: »Aber wenn er hierbleibt, bei mir ...«

Ein Blick von Gisela brachte sie zum Verstummen.

»Das kommt dazu«, sagte Irene. »Mit Cora möchte ich auch sprechen. Und zwar allein. Sie will alles verkaufen, hat sie gesagt. Und das duldet ihr?«

»Was haben wir da groß zu dulden?« sagte Gisela ärgerlich.

»Wenn sie will, kann sie verkaufen. Ihr gehört ja alles hier.«

In diesem Moment kam Bert herein. Er war ein großer, gutaussehender Mann Anfang Vierzig. Der Morgenspaziergang war ihm offensichtlich gut bekommen, er sah frisch und vergnügt aus. »Na, ihr drei Hübschen. Alle schon gefrühstückt?« Er küßte seine Frau auf den Mund, seine

Schwägerinnen auf die Wangen. »Ich habe einen Mords-hunger.«

»Gleich, gleich«, rief Rosine entzückt. »Kaffee, nicht wahr? Kommt gleich. Sind die Eier noch warm?« Sie griff prüfend in den Korb mit den eingewickelten Eiern. »Oder wollen Sie lieber Rühreier? Oder Spiegeleier mit Schin-ken?«

»Spiegeleier mit Schinken wären nicht schlecht.«

»Gleich, gleich. In fünf Minuten ist alles da. Trinken Sie inzwischen einen Saft, Herr Keller.«

Draußen war sie.

Bert ließ sich mit einem befriedigten Seufzer auf einen Stuhl fallen und blickte die Damen lächelnd an.

»Ein herrlicher Tag. Dieses erste junge Grün. Und die Stille im Wald. Und eine Luft ist das! Zum Eierlegen. Ich hätte stundenlang weiterlaufen können.«

»Hauptsache, es hat dir wohlgetan«, sagte Gisela und füllte ein Glas mit Orangensaft.

»Ich wollte den Hund mitnehmen, aber er war nirgends zu finden. Wo ist denn Jochen?«

»Er ist in aller Herrgottsfrühe in die Fabrik gefahren. Ihr nehmt mich dann mit, ja? Ihr fahrt ja sicher, sobald du gefrühstückt hast«, sagte Hella.

»Nicht so schnell.«

»Wieso?« fragte seine Frau.

»Nun, ich möchte mal ein ernstes Wort mit Frau Ra-vinski sprechen. Sie scheint anzunehmen, sie habe bei Rockefellers eingeheiratet. Ihr Geldbedarf ist astronomisch.

Jetzt hält sie auch noch diese komischen Knaben aus. Irgendwo ist Bahnhof, nicht? Uns geht es nicht schlecht, aber die Zeiten sind auch nicht mehr das, was sie einmal waren.«

Hella lachte. »Noch ein ernstes Wort.«

»Was soll das heißen?«

»Irene will auch hierbleiben und mit ihr reden. Und mit Felix.« Dann blickte sie ihren Schwager strafend an. »Warum du? Wäre das nicht Jochens Aufgabe? Er ist schließlich der leitende Direktor der Fabrik.«

»Ich habe das gestern mit ihm besprochen. Er meint, ich kann es besser mit Cora. Er kann sie nun mal nicht ausstehen, nicht?«

»Mit Recht«, sagte Hella giftig. »Wir können sie alle nicht leiden, oder?«

»Euer Vater hat sie schließlich geheiratet. Er hat sie als Haupterbin eingesetzt. Ihr habt den Pflichtteil bekommen. Felix ist ausgezahlt, Irene so gut wie auch. Praktisch gehört die Firma ihr. Wir waren uns damals einig, daß man das Testament nicht anfechten sollte und wohl auch nicht kann. Euer Vater war bei vollem Verstand, als er es aufsetzte.«

»Das kann er nicht gewesen sein«, unterbrach Gisela ihren Mann, der unbeirrt weiterredete.

»Jochen leitet die Firma geschäftlich, ich mache die Entwürfe. Und ich wiederhole: ich hätte das nicht machen müssen. Ich hätte auch an einem anderen Platz einen ebenso guten Job gefunden. Aber ihr habt nicht den Mut gehabt, tabula rasa zu machen. Die Fabrik muß erhalten bleiben. Für uns, für die Kinder und überhaupt. Vaters Lebenswerk und so weiter und so fort.« Er blickte Irene an. »Du hast das nicht gesagt.«

»Nein.« Irene lächelte. »Ich habe gesagt, ich würde verstehen, wenn ihr nicht bleiben wollt, quasi als Coras Angestellte. Und Vaters Lebenswerk – mein Gott, das ist Sentimentalität. Wenn ihr ausgestiegen wärt, dann hätte Cora die Fabrik verkauft. Na und?«

»Na und?« ereiferte sich Hella. »Dann wäre mein Mann Angestellter in einer fremden Firma. Und unser Haus? Und Gisela und Bert? Sie hätten auch fortziehen müssen. Und alles, was wir haben, hätten wir verloren.«

»Ihr seid alle nicht so alt gewesen, als Vater starb, daß ihr nicht etwas Neues hättet anfangen können«, sagte Irene. »Und wenn ihr die Häuser verkauft hättet, die euch ja schließlich gehören, hättet ihr woanders wieder was kaufen können. Tut mir leid, das kann ich nicht als so schwerwiegend ansehen.«

»Jochen ist im vergangenen Jahr fünfzig geworden.«

»Ja, ich weiß; heute sieht das ja auch anders aus. Vater ist seit drei Jahren tot. Wenn ihr es gleich gepackt hättet ...«

»Einfach fortgehen?« wandte Hella ein. »Das ging nicht. Und meine Kinder? Sie waren noch jünger, sie waren an ihr Zuhause gewöhnt.«

»Ach, hör auf«, unterbrach Irene sie. »Als ob nicht schon mal Leute mit halbwüchsigen Kindern umgezogen wären. Außerdem konntet ihr ja in Hanau bleiben oder in Frankfurt. Industrie gibt es schließlich hier genug. Aber gut, lassen wir es. Das ist vorbei und vielleicht zu spät. Die Fabrik steht auf einigermaßen gesunden Beinen, wie wir gestern gehört haben. Cora wird ihre Ansprüche eben etwas reduzieren müssen. Warum ich mit ihr reden will, das kann ich euch sagen. Mir geht es nicht um die Fabrik. Mir geht es hier um dieses Haus. Dieses alte Schloß mitten im Wald. Ich bin hier geboren. Wir sind alle hier geboren.«

»Ich nicht«, sagte Hella widerborstig.

»Nein, du nicht. Du warst drei Monate alt, als Mutter mit dir hier ankam. Das ist so gut wie hier geboren. Und seit ich gestern den schwarzen Spiegel gesehen habe ...«

»Was hast du gesehen?«

»Den schwarzen Spiegel. Erinnert ihr euch nicht an ihn? Er hing früher in der Halle. Mutter liebte ihn ganz besonders.«

»Natürlich erinnere ich mich«, sagte Gisela. »Der Spiegel der Wahrheit, so nannte sie ihn. Der ist noch da?«

»Er hängt neben der Treppe, wo es hinuntergeht zu den Räumen der Domestiken, wie man früher sagte. Jetzt haben wir ja die schöne große Küche oben. Die Räume unten werden ja wohl gar nicht mehr benutzt.«

»Aber sicher. Da sind die Vorratskammern und Tiefkühlschränke, und der Weinkeller ist auch unten. Dort hängt der Spiegel. Komisch, das habe ich nie bemerkt.«

»Ich war... ich war irgendwie gerührt, als ich ihn sah. Ihr habt gesagt, man darf die Fabrik nicht aufgeben.«

»Schließlich leben wir alle davon«, sagte Hella.

»Außer mir.«

»Außer dir«, gab Gisela zu. »Immerhin hat Vater dir eine anständige Summe zukommen lassen, als du dich damals an einem Geschäft beteiligen wolltest. Und als dein Mann alles verbuttert hatte und du pleite warst ...«

»Komm, Gisa, hör auf, wozu die alten Kamellen aufwärmen? Ah, jetzt kommt mein Frühstück.« Bert blickte erwartungsvoll Rosine entgegen, die mit einem großen Tablett hereinmarschiert kam.

»Was heißt hier alte Kamellen«, Gisela ließ sich nicht beirren. »So lange ist das schließlich auch noch nicht her. Dann brauchte Irene abermals Geld, erstens um ihre Schulden zu bezahlen, und zweitens, um ihren derzeitigen Laden aufzumachen. Dazu wurde ihr das ihr zustehende Erbteil ausgezahlt.«

»Nicht alles«, widersprach Irene. »Der größte Teil, zugegeben. Aber ich habe inzwischen einen Teil zurückgezahlt, den ich in der Firma arbeiten lasse. Das dürfte dir wohl bekannt sein.«

»Na siehst du«, meinte Hella. »Was hättest du denn davon, wenn die Fabrik verkauft wäre.«

»Ach, sei nicht kindisch. Fabrik oder nicht Fabrik, das spielt ja gar keine Rolle mehr. Es besteht ja nicht die geringste Absicht, sie zu verkaufen. Ihr lebt alle von den KARA-Küchen, und Cora kassiert den höchsten Anteil, ohne dafür zu arbeiten. Meinetwegen soll sie. Aber sie hat gesagt, sie will das Schloß verkaufen. Das hat sie doch gestern gesagt. Oder vielleicht nicht?«

»Das hat sie gesagt, und nicht zum erstenmal«, sagte Bert gelassen und widmete sich dem ersten Spiegelei. »Keiner von uns hat etwas dagegen. Dieses alte verrottete Gemäuer hier im Spessart – weißt du, was wir im Laufe der Jahre hier hineingesteckt haben, damit der alte Kasten bewohnbar ist? Jochen war froh, als es ihm gelungen ist, Cora den Swimming-pool auszureden.

Und ein anderes Mal den Butler, den sie partout wollte. Sie ist ja oft nicht da. Sie hat noch das Apartment in Frankfurt, und manchmal verreist sie auch ein bißchen.«

»Aber sie kommt immer wieder her«, mischte sich überraschend Rosine ein, was keinen verwunderte, schließlich gehörte sie seit eh und je zur Familie.

»Wegen der Pferde, sagt sie. Und sie lädt auch gern Gäste ein.«

»Gäste!« schnaubte Gisela. »Was nennst du denn Gäste? Diese beiden bescheuerten Homos, die hier herumschmarotzen?«

Rosine schwieg verwirrt. Plötzlich hatte sie Tränen in den Augen.

»Felix ist auch gern hier. Aber er hat uns gestern erzählt, daß sie alles verkaufen will.«

»Wem hat er was erzählt?« fragte Bert scharf.

»Mir und Paul, abends in der Küche. Daß sie das Schloß verkaufen will.«

»Wer wird denn diesen alten Kasten kaufen? Der müßte ja verrückt sein«, sagte Gisela.

»Vergiß nicht das Land, das dazu gehört«, sagte Bert.

»Der Wald, und vor allem das Revier. Das Jagdrevier ist das Wertobjekt, nicht das Schloß.«

»Und das Revier wollt ihr demnach auch verkaufen?«

»Eigentlich nicht«, sagte Bert und nahm das zweite Spiegelei in Angriff. »Aber ohne das Revier ist das Schloß nicht zu verkaufen. Abreißen kann man es nicht ...«

»Das ist barbarisch, allein der Gedanke«, rief Irene zornig.

»Beruhige dich, es bleibt erhalten. Es steht unter Denkmalschutz. Aber es ist ein teures Denkmal. Ständig haben wir hineingebuttert, Installation, Heizung, Isolierung und was alles sonst noch sein muß. Cora ist die Jagd egal, aber sie weiß, was das Revier wert ist. Außerdem gehört ihr alles. Letztendlich kann sie damit machen, was sie will.«

»Letztendlich!« wiederholte Irene und verzog das Gesicht. »Was für ein gräßliches Wortmonstrum. Ich will dir etwas sagen: ich will, daß dieses Haus uns gehört.«

»Es gehört euch aber nicht.«

»Können *wir es* nicht kaufen? Von ihr?«

Bert griff sich an die Stirn. »Ich glaube, du bist nicht ganz dicht. Wo sollen wir das Geld hernehmen? Ich verstehe auch gar nicht, warum dir das alte Gemäuer soviel bedeutet. Du lebst in München.«

»Ja, sicher. Ich könnte in diesen Wäldern weder meinen Beruf ausüben noch ein Geschäft betreiben, das ist klar. Aber ich bin hier geboren und aufgewachsen. Als du von deinem Spaziergang zurückgekommen bist, hast du selber gesagt, wie schön es hier ist. Diese Ruhe, dieser Frieden – wenn ich alt bin, möchte ich wieder hier leben.«

50

Hella lachte, und Gisela fragte: »Was ist denn in dich gefahren? Willst du hier vielleicht ein Seniorenheim aufmachen?«

Rosine blickte Irene dankbar an. Auch sie wollte nicht fort, und Paul auch nicht. Cora mußte ertragen werden, aber Rosine kam ganz gut mit ihr zurecht, denn sie war nicht unfreundlich und auch nicht übermäßig anspruchsvoll. Im Winter blieb sie meist in Frankfurt.

Die Leute, die sie manchmal mitbrachte, waren zwar nicht unbedingt nach Rosines Geschmack, aber die verschwanden ja auch wieder. Früher dagegen ...

»Wißt ihr noch? Unsere Jagden?« mischte sie sich impulsiv in das Gespräch. »Wenn alle die Jagdgäste kamen! Was für feine Herrschaften wir da hier hatten.«

»Rosine fehlt das Highlife zur Jagdzeit, sieh an. Die sind sowieso nicht mehr gekommen, nachdem Vater sie geheiratet hatte.«

»Ich bin hier geboren und hier aufgewachsen«, wiederholte Irene eigensinnig. »Mutter hat immer gesagt, was wäre aus uns allen geworden ohne dieses Haus und ...«

»Geschenkt!« unterbrach Gisela. »Wir wissen noch sehr gut, was Mutter gesagt hat. Aber inzwischen sind vierzig Jahre vergangen, und wir leben alle anderswo und nicht schlecht. Wir haben uns die beiden Häuser gebaut, nahe der Fabrik, wir haben sogar einen gemeinsamen Pool, nicht, Hella? Wir fühlen uns dort recht wohl, Jochen und Bert sind nahe bei der Fabrik, im Spessart sind wir auf

kürzestem Weg, und nach Frankfurt sind es auch nur drei-
ßig Kilometer.«

»Richtig«, bestätigte Bert. »Jochen und ich, wir können
zu Fuß in unsere Büros gehen. Wo gibt's denn so was noch?
In einer halben Stunde sind wir am Rhein-Main-Flugha-
fen. Und Spazierengehen im Spessart kann ich, so oft ich
will. Auch ohne diesen kostspieligen Besitz. Das Schloß ist
ein Luxus, Irene. Und auf die Jagd gehen wir selten. Möglicherweise könnte man mit dem neuen Besitzer, falls es
einen geben sollte, ein Abkommen treffen, daß wir gelegentlich zur Jagd eingeladen werden. Und du, Irene, du bist
seit Jahren auf keiner Jagd mehr gewesen.«

»Ach, darum geht es mir doch nicht. Ich bin nie eine
passionierte Jägerin gewesen. Ich gebe zu, ich kann keinen
vernünftigen Grund nennen, warum ich möchte, daß das
Schloß im Familienbesitz bleibt. Ich habe nicht einmal
Kinder, für die ich das alles erhalten möchte.«

»Wir haben schon begriffen«, sagte Gisela. »Du willst
deine alten Tage hier verbringen. Nein, das ist das Komischste, was ich je gehört habe.«

»Da es bis dahin noch eine Weile dauern wird«, meinte
Bert, »kann man gar nicht wissen, wie es dann hier aussehen wird. Der Wald ist bis dahin gestorben, das Gebiet
noch mehr als heute von Autostraßen durchzogen, die
Touristen stolpern übereinander. Wenn die Welt sich so
weiterentwickelt, wird auch dieses Idyll verloren sein.«

»Oder auch nicht«, sagte Irene eigensinnig. »Es sieht
doch ganz so aus, als besinne sich die Menschheit langsam

und fängt an, das Unrecht wiedergutzumachen, das sie an der Natur begangen hat.«

»Das glaubst du doch nicht im Ernst.«

»Und was die Kinder betrifft«, ließ sich Hella vernehmen, »die machen sich einen Dreck aus dem Schloß. Und zweimal schnurz ist ihnen der Wald. Nicole treibt sich nur noch in Frankfurt herum, der ist es bei uns zu öde, in so einer mickrigen Kleinstadt könne sie nicht existieren, sagt mein Fräulein Tochter. Denkst du, ich habe die geringste Ahnung, was sie in Frankfurt treibt? Habe ich nicht. Michael studiert in Heidelberg. Und jeden freien Tag verbringt er in Frankreich. Erstens hat er dort eine Freundin, und zweitens findet er hierzulande sowieso alles doof. Und am doofsten findet er Grottenbrunn. Eine Schreckensbude nennt der das. Und Lutz? Na, ich wage gar nicht daran zu denken, wie es mit dem weitergeht. Der ist die Krönung von allem. So eine freche Schnauze hast du noch nie erlebt. Wir haben ihn jetzt in einem Internat angemeldet.«

»Das sagtest du gestern abend bereits.«

»Ich werde mit ihm nicht fertig. Zweimal ist er sitzengeblieben. Ewig gibt es Streit zwischen Jochen und mir wegen dem Bengel. Ich sag's ja, sei froh, daß du keine Kinder hast.«

»Gut, okay, das hatten wir schon. Tut mir leid für dich. Es ist die Zeit, in der wir leben, und vielleicht seid ihr auch ein bißchen schuld daran. Wir jedenfalls hatten Respekt vor unserem Vater und haben unsere Mutter geliebt. Ich bilde mir ein, so etwas müßte es heute auch noch geben.

Aber vielleicht irre ich mich. Bert, ich frage dich in allem Ernst: können wir nichts dagegen tun, wenn sie das Schloß verkaufen will?«

»Nichts. Und wir werden auch nichts dagegen tun. Keiner von uns. Dein Vater hat uns Geld gegeben, als wir uns die beiden Häuser bauten. Nicht nur ein Darlehen, er hat uns schlicht und einfach Geld geschenkt, Hella und Gisela. Gerechterweise muß man das auch dem Erbteil zurechnen, nicht? Wir haben uns damals dafür entschieden, lieber in neuen modernen Häusern nahe der Fabrik zu leben. Keiner von uns wollte ständig in Grottenbrunn wohnen.«

»Mich hat Vater nicht gefragt«, sagte Irene bitter.

»Nein. Du bist ja von vornherein deine eigenen Wege gegangen. Und kein Mensch wäre gerade bei dir auf die Idee gekommen, daß dir Grottenbrunn am Herzen liegt. Ich muß sagen, das ist für mich eine ganz neue Erkenntnis. Du hast übrigens von deinem Vater ebenfalls Geld bekommen für dein Geschäft. Und das war ja dann erst mal im Eimer. Und auf deinem von dir so heißgeliebten Schloß hast du dich überhaupt nicht mehr blicken lassen.«

»Du weißt, warum.«

»Wir alle wissen, warum«, warf Gisela ein. »Erstens hast du dich geniert wegen deinem Reinfall mit dem Mann und der Pleite mit deinem ersten Geschäft, nicht? Du warst immer sehr hochnäsig, meine Liebe. Wogegen nichts zu sagen ist. Und zweitens bist du nicht mehr hergekommen, weil du Cora von Anfang an gehaßt hast.«

»Gehaßt«, wiederholte Irene müde. »Haß! Was für ein gewaltiges Wort.«

»Nenne es, wie du willst. Du konntest sie nicht leiden, du hast sie abgelehnt. Und du hast einmal deutlich erklärt: Solange diese Frau hier lebt, betrete ich das Schloß nicht mehr. Ist das wahr oder nicht? Wollen wir den Spiegel fragen?«

»Du brauchst den Spiegel nicht dazu. Es ist wahr, ich habe es gesagt.«

»Was für ein Spiegel?« fragte Bert verwirrt.

Irene stand auf und trat ans Fenster.

»Ich habe meinen Vater immer bewundert. Und wie ich schon vorhin sagte: respektiert. Sein Wesen, seinen Charakter und auch, ja, wie soll man das nennen, sein Verhältnis zu Mutter. Seine Ehe. Ich habe ihn eben geliebt. Auch wenn es Meinungsverschiedenheiten zwischen uns gab. Meine Affäre mit Sascha. Meine Ehe – na, das wißt ihr ja alles. Aber dann, als er diese Person hier anbrachte, da – ja, da habe ich an ihm gezweifelt. Da verstand ich die Welt nicht mehr.«

»Um so mehr wundere ich mich, daß du auf einmal übers Wochenende hierbleiben willst«, sagte Gisela.

»Das gibt doch bloß Ärger.«

»Das versteht ihr nicht.«

»Doch, schon. Du bist auf so einer Art nostalgischem Kindheitstrip. Daran ist nur der schwarze Spiegel schuld.«

Irene murmelte: »Da kannst du recht haben. Sag, Bert, können wir ihr wirklich das Schloß nicht abkaufen?«

»Du spinnst«, lautete Berts kurze, deutliche Erwiderung.

Irene drehte sich mit einem heftigen Ruck um, wandte sich vom Fenster ab und blickte direkt in die Augen ihres Bruders.

Felix lehnte neben der Tür.

Wie lange stand er dort schon? Was hatte er von diesem Gespräch gehört? dachte Irene. Und wie schlecht sieht er aus.

Rosine trat zu ihm und strich ihm das dunkle Haar aus der Stirn. »Hast du denn gefrühstückt, Herr Felix?«

»Ja, Rosinchen, danke.«

»Ordentlich gefrühstückt?«

Er legte den Arm um ihre Schulter. »Ganz ordentlich, Rosine, ich schwöre es.«

»Komm, setz dich zu uns«, sagte Irene. »Iß ruhig noch was. Du kannst es gebrauchen.«

Zwei rote Flecken erschienen auf seinen Wangen.

»Findest du auch, daß ich so mies aussehe?«

»Ein paar Pfund mehr könnten dir nicht schaden«, antwortete Irene vorsichtig.

Konnte sie ihn fragen, ob er immer noch von dem Gift abhängig war? Nicht hier, nicht vor den anderen. Aber sie würde ihn fragen, wenn sie mit ihm allein war. Auch das ein Grund, warum sie bleiben wollte.

Felix sagte mit starrem Blick, ohne jemanden anzusehen: »Ich will auch nicht, daß Mamis Schloß verkauft wird.«

»Donnerwetter noch mal!« rief Bert, knallte die Serviette auf den Tisch und stand auf. »Seid ihr denn übergeschnappt? Das ist nicht das Schloß eurer Mutter. Sie ist 1945 als Flüchtling hier gelandet. Nicht, so war es doch? Zusammen mit vielen anderen Flüchtlingen. Die alte Keppler hat sie aufgenommen, und eure Mutter hat sie gepflegt bis zu ihrem seligen Ende. Nicht? Und von ihr hat euer Vater das Schloß gekauft. Für 'n Appel und 'n Ei. Eure Mutter wollte das Schloß und euer Vater das Revier. Stimmt das so? Und die alte Keppler war nicht mehr ganz richtig im Kopf. Das hat jedenfalls Gisela mir erzählt.«

»Ja, schon«, sagte Gisela, »so war es ja auch. Sie liebte Mutter abgöttisch. Sie war alt und krank und ganz allein. Und Mutter hat irgendwie die ganze Wirtschaft hier im Schloß übernommen, erst mit all den Flüchtlingen, das haben wir ja nicht miterlebt, aber ...«

»Aber ich«, rief Rosine triumphierend. »Ich hab' es miterlebt. Eure Mutter hat sich um alles gekümmert und für alle gesorgt, auch in der schwersten Zeit. Ich bin auch hier untergekommen, ja, bin ich. Und später der Paul. Baronin Keppler, das stimmt schon, war ein bißchen wirr im Koppe. Als wir hier ankamen, sah es in dem Schloß aus wie in einer Räuberhöhle. Nicht mal die Nazis hatten es für irgendwas beschlagnahmt, so heruntergekommen war es. Daß man hier leben konnte wie ein Mensch, das hat eure Mutter getan. Hat sie. Ich weiß das. Und Paul weiß es auch. Und euer Vater wußte es auch. Und daß die Baronin ihm das Schloß so billig gegeben hat, dazu hatte sie allen Grund. Die Flüchtlinge verschwanden nach und nach, hier konnten sie ja nichts werden und nichts verdienen. Und die Baronin sagte immer zu eurer Mutter: laß mich nicht allein. Dorothea, gell, du läßt mich nicht allein. So war es nämlich.«

»Na ja, gut und schön, wissen wir alles«, sagte Bert ungeduldig.

Aber Rosine ließ sich nicht beirren. »Wißt ihr nicht. Aber ich, ich weiß es. Und eure Mutter wollte ja gar nicht fort. Ihr hat es hier gefallen. Und die Kinder haben es hier auch gut gehabt, oder habt ihr es nicht gut gehabt?«

»Doch, Rosine«, sagte Gisela herzlich. »Haben wir. Es war eine schöne Jugend. Irene hat irgendwie schon recht.«

»Himmel, jetzt fängst du auch noch an«, rief Bert zornig.

»Und wir wollen auch nicht weg, der Paul und ich. Und wenn man uns heute auf die Straße setzt ...« Sie fing an zu weinen.

»Mir langt es«, sagte Bert. »Ich fahre jetzt. Noch ist das verdammte Schloß ja nicht verkauft. Wir jedenfalls kaufen es nicht. Cora muß erst mal einen Käufer finden. Dann werden wir weitersehen. Und kein Mensch hat gesagt, Rosine, daß man Sie und Ihren Mann auf die Straße setzen will.«

»Und wo sollen wir hin?«

Gisela stand auf.

»Nun Schluß mit diesen dramatischen Szenen. Rosine, sei vernünftig. Wir sind zwei Familien, wir haben zwei Häuser und eine ganz respektable Fabrik. Es wird sich ein

Unterkommen für euch finden, und ein Arbeitsplatz für deinen Mann auch.«

»Genau«, sagte Hella. »Außerdem seid ihr ja jetzt in dem Alter, daß ihr euch zur Ruhe setzen könnt.«

Jetzt liefen dicke Tränen über Rosines Backen.

»Wir wollen uns aber nicht zur Ruhe setzen«, schluchzte sie. »So alt sind wir noch nicht. Nein, sind wir nicht.«

»Hella, du Trampeltier«, sagte Gisela zu ihrer Schwester und ging auf die Weinende zu. Aber Felix hatte Rosine schon in die Arme geschlossen, und sie weinte nun an seiner Brust, ungefähr in der Höhe seines Herzens.

»Das Schloß wird nicht verkauft«, sagte er fest.

»Also dann guten Morgen allerseits«, sagte Bert, »ich fahre jetzt. Spreche ich eben nächste Woche mit Cora. Wer mitkommen will, möchte sich bitte beim Wagen einfinden.«

An der Tür blieb er stehen und sah Irene an. Sie erwiderte seinen Blick kühl und rührte sich nicht.

»Du hast ja deinen eigenen Wagen«, sagte er, im Bemühen, ein verbindliches Wort zu finden.

»So ist es.«

»Und du willst wirklich noch hierbleiben?«

»Ja. Felix bleibt auch noch, wie ich merke. Ich möchte gern ein paar Tage mit ihm verbringen. Und ich habe die Absicht, falls das möglich ist, mit meiner – Stiefmutter ein paar vernünftige Worte zu reden.«

»Das kannst du nicht«, sagte Felix. »Die ist weg.« Rosine hob den Kopf.

»Weg?« echote sie.

»Paul hat es gesagt. Der Porsche ist weg. Und die beiden Typen auch.«

»Ach ja?« Irene steckte die Hände in die Taschen ihrer Hose. »Echt weg? Ist ja prima. Dann haben wir ja das Wochenende für uns. Auch nicht schlecht.«

Rosine strahlte schlagartig über das ganze Gesicht.

»Weg ist sie? Da muß ich gleich mal ... Da muß ich mal mit Paul reden. Und ich koch euch auch was Gutes.«

Damit verschwand sie eilig nach draußen.

»Mit Paul kann sie gar nicht reden. Der sucht die Pferde.«

»Was sucht er?« fragte Bert mit dummem Gesicht.

»Die sind auch weg. Und der Hund auch.«

»Sind denn alle hier übergeschnappt? Sie kann ja kaum den Hund und die Pferde im Porsche transportiert haben.«

»Langsam finde ich das alles etwas komisch hier«, sagte Gisela. »Wollen wir nicht mal durchs Haus gehen und uns umschauen? Die hatten Krach heute nacht. Vielleicht liegen irgendwo ein paar Leichen herum.«

»Du hast vielleicht Nerven«, meinte Bert verärgert.

Eine Leiche lag herum. Nicht im Schloß, sondern hinter dem Wald, neben der oberen Koppel.

Das erfuhren sie von Paul, der just in diesem Moment hereingestürzt kam.

»Die gnädige Frau«, japste er, »die gnädige Frau ...«

»Ja?« fragte Gisela scharf. »Was ist mit ihr?«

Paul blieb stehen wie angewurzelt. Er sah sie der Reihe nach an. Seine Lippen zitterten. »Sie ist tot. Sie liegt da – bei den Pferden...«

»Was sagen Sie?« fragte Bert. »Mensch, nehmen Sie sich zusammen. Wer ist tot?«

»Die Frau Ravinski. Sie hat die Pferde aus dem Stall geholt. Muß sie ja. Und hat sie auf die Koppel gebracht.

Auf die obere Koppel. Da oben...«, er deutete vage mit dem Arm in der Richtung, wo sich die obere Koppel befinden mußte. »Und dort liegt sie. Und sie ist tot. Ja, ist sie.«

Gisela sagte ruhig: »Paul, rede vernünftig. Was heißt das, sie ist tot? Wie kannst du so etwas behaupten.«

»Erschossen ist sie. Der Hund war bei ihr. Er lag neben ihr. Ich hab' ihn mitgebracht. Und die Pferde, ja, die Pferde, die grasen dort, ganz so, als wenn nischt passiert wäre.«

Kommissar Graf

Samstag, am späten Nachmittag, erschien Kommissar Graf in Grottenbrunn. Seit Coras Tod waren ein Tag, eine Nacht und noch ein Tag vergangen.

Am Freitagmorgen, als Paul mit der Schreckensmeldung kam, die ihm zunächst kein Mensch geglaubt hatte, waren sie alle hingelaufen durch den Wald zur oberen Koppel. Nur Elsa war nicht dabei, sie schlief noch. Und da sahen sie dann Cora liegen, friedlich und schön, mit dem kleinen roten Fleck im blonden Haar. Die Sonne schien, die Vögel zwitscherten, die Pferde grasten unbekümmert, und der Hund, der mit ihnen gekommen war, leckte der Toten über das Gesicht.

Bert zog ihn am Halsband zurück und sagte ärgerlich: »Aber das geht doch nicht. Halten Sie ihn fest, Hartwig.«

Dann hatte er sich niedergekniet, das blonde Haar zurückgestrichen und die kleine Wunde an der Schläfe betrachtet.

»Ein sauberer Schuß«, sagte er. »Gekonnt.« Hella begann zu weinen, und Gisela sagte: »Faß nichts an.«

Bert stand auf. »Da müssen wir wohl die Polizei rufen.«

»Und Jochen. Ihr müßt Jochen anrufen«, schluchzte Hella.

»Ja. Die Polizei. Und Jochen, natürlich. Aber einer muß hierbleiben.«

Sie blickten sich gegenseitig an, stumm, noch ganz benommen, nicht imstande, zu begreifen, was geschehen war.

»Wie meinst du das, einer muß hierbleiben?« fragte Gisela.

»Ihr habt ja alle schon mal in einem Krimi gelesen, daß Tote plötzlich verschwunden sind. Man ruft die Polizei, und wenn sie kommt, ist keine ... ich meine, ist nichts mehr da.«

»Wenn einer ... dies hätte beseitigen wollen, hätte er Zeit genug gehabt, ehe Paul heraufkam«, sagte Irene.

»Wieso? Weißt du denn, wann es passiert ist?«

»Natürlich nicht. Ist sie denn ...«

»Du meinst, ob sie schon kalt ist? Nein. Sie liegt hier mitten in der Sonne. Ich bin kein Arzt, ich kenne mich mit diesen Dingen nicht aus.«

»O Gott, o Gott«, Hella weinte laut. »Ich kann das nicht hören.« Sie trug noch ihren rosa Morgenrock, unterwegs war sie gestolpert und hatte sich auf den Saum getreten, der herausgerissen war. Nur Berts schneller Zugriff hatte sie vor einem Sturz bewahrt.

»Es kann passiert sein, kurz bevor Paul heraufkam«, überlegte Irene.

»Dann hätte er den Schuß gehört. Haben Sie etwas gehört, Hartwig?«

»Ich? Nee. Ich habe nischt gehört. Ich hab' bloß die Pferde gesucht. Und dann lief mir der Hund entgegen, als ich kam. Er winselte so komisch. Und dann hab' ich sie gesehen.«

»Und wenn jemand hätte Cora beseitigen wollen«, fuhr Irene hartnäckig fort, »dann hätte er es tun können, während Paul hinunterlief, um uns zu verständigen.«

»Was sollte er mit ihr machen? Sie im Wald verstecken? Da gibt es viele Möglichkeiten. Aber nachdem Hartwig sie gesehen hatte, wäre das nicht zu empfehlen gewesen. Das Beste wäre gewesen, sie mit einem Auto fortzubringen, weit fort, und sie dort irgendwo liegen zu lassen. Aber das hätte auch nur Sinn gehabt, wenn keiner sie gesehen hätte. Dann wäre sie eben einfach verschwunden, und wir hätten uns gewiß nicht darum gekümmert, wohin sie mit den Jungen gefahren wäre. Jedenfalls zunächst nicht.«

»Also ist es doch logisch, wenn ich annehme, sie kann erst erschossen worden sein, kurz bevor Paul kam.«

»Hier oben kann kein Auto hinfahren«, sagte Paul. »Da hätte er sie tragen müssen.«

»Es können ja zwei gewesen sein.«

»Hört bloß auf, Detektiv zu spielen«, sagte Gisela.

»Man wird uns noch genug dußlige Fragen stellen. Jetzt bringt sie bestimmt keiner mehr weg, nachdem wir alle das gesehen haben. Aber bitte, wenn du meinst, es muß einer hierbleiben, wer bleibt denn dann hier? Ich finde auch, wir können nicht einfach weggehen und sie hier liegen lassen.«

Eine Weile war Schweigen, dann sagte Irene: »Also gut, ich bleibe hier. Aber nicht allein.«

»Nein, nicht allein, Fräulein Irene. Ich bleib' bei dir«, rief Rosine, die bisher kein Wort gesprochen hatte. Sie stellte sich demonstrativ neben Irene und umfaßte ihren Arm.

»Du! Ausgerechnet!« Paul schob sie beiseite. »Was machste denn, wenn wieder einer schießt?«

»Und was machst du?« konterte Rosine.

»Schluß der Debatte!« entschied Bert. »Ich muß hinunter, weil ich denke, es ist am besten, wenn ich mit der Polizei telefoniere. Wohin denn eigentlich?«

»Unser Wachtmeister im Dorf, der ist sehr nett. Wir trinken manchmal einen Schnaps zusammen.«

Diese Bemerkung trug Rosine einen vernichtenden Blick von Bert ein. Es war gar zu deutlich sichtbar, daß Rosine nicht im geringsten um die Tote trauerte. Bei der Vorstellung, wie sich eine ernst zu nehmende polizeiliche Untersuchung in diesem Haus darstellen würde, sträubten sich ihm die Haare. Allein wenn er an das Gespräch beim Frühstück dachte!

»Also dann bleibt Felix bei Irene«, sagte er nervös.

»Ich muß zu Elsa«, widersprach Felix. »Sie weiß ja noch gar nichts. Sie darf sich nicht aufregen, sie ist so empfindsam.«

Also blieb Paul Hartwig bei Irene, am Koppelzaun neben der toten Cora.

Sie lehnten eine Weile schweigend über dem Zaun und sahen den Pferden zu. Bloß dieses schöne tote Gesicht nicht mehr sehen. »Eigentlich«, sagte Paul nach einer Weile, »hätten wir sie ja runterbringen müssen. Man kann sie doch nicht so liegen lassen.«

»Das muß man wohl, Paul, in so einem Fall. Wenn sie nicht tot wäre ... Aber du hast gleich gesagt, sie ist tot. Und Bert hat es auch gesagt.«

»Ist sie auch. Mausetot.«

Wieder Schweigen.

Dann fragte Irene: »Glaubst du, daß hier noch gewildert wird?«

Paul zuckte die Achseln.

»Nu ja. Gewildert wird immer. Nach dem Krieg war es ja schlimm hier. Ich hab' auch, das weeßte ja. Wild ist weniger geworden mit den ganzen Autostraßen und so. Aber unser Revier ist ja sehr abgelegen. Und noch gut bestückt. Und der Förster paßt auf. Nee, er hat lange nichts von Wilderern erzählt. Muß ja aber doch einer dagewesen sein.«

»Cora hatte kein Gewehr dabei. Und es muß schon heller Tag gewesen sein, als sie heraufkam.«

»Sie hatte nie ein Gewehr. Sie ging nicht auf die Jagd. Euer Vater wollte ihr das Schießen beibringen, aber sie wollte nicht. Ist ja auch nicht so einfach heutzutage, da muß sie erst eine Prüfung machen. Dazu war sie zu dämlich.«

»Paul!«

»Ich meine ja nur. Sie war ja 'n richtiger Stadtmensch. Und es kann nicht jeder in der Gegend rumballern.«

»Außer einem Wilderer. Der braucht keine Genehmigung.«

Aber Irene glaubte keine Minute an einen Wilderer.

Dies war ein Mord.

Aber wer hatte Cora getötet?

Und ganz fürchterlich war der Gedanke: keiner von uns konnte sie leiden.

Und der nächste Gedanke: keiner von uns ist ein Mörder. Wir haben es jetzt fast zehn Jahre mit ihr ausgehalten.

»Diese ... diese beiden jungen Männer. Rosine sagt, sie sind weg?«

»Ja. Mit ihrem Auto.«

Es hatte einen Streit gegeben in der Nacht, hatte Gisela gesagt.

»Weißt du, wie die heißen?«

»Also der, der schon länger hier war, der heißt Blassner oder so ähnlich. Wie der andere heißt, weiß ich nicht.«

Der Schimmel kam an den Zaun. Er hatte für eine Weile genug gefressen und interessierte sich für die Menschen, die da standen. Irene strich ihm über die Nase, klopfte seinen Hals.

»Na, schmeckt das Gras?«

Nun kam die braune Stute auch, wollte gestreichelt werden.

»Ihr müßt es gesehen haben«, sagte Irene. »Wenn ihr reden könntet.«

»Till hat es auch gesehen«, sagte Paul und blickte auf den Hund, der zu seinen Füßen lag. »Aber reden kann er auch nicht. Und irgendwie aufgeregt ist er nicht.«

»Einen Wilderer hätte er vielleicht doch angegriffen. Oder nicht?«

»Wenn er einen gebissen hat, wissen wir es auch nicht.«

Die Sonne stand nun hoch, es war warm an der oberen Koppel. Irene schloß die Augen, sie hatte keine Sonnenbrille dabei. Schließlich setzte sie sich ins Gras.

Wer hatte Cora erschossen? Jeder von uns hätte es tun können. Schießen können wir alle. Nur Rosine nicht. Und Hella auch nicht besonders gut, sie ist kurzsichtig. Und Felix war immer ein schlechter Schütze, zu Vaters Ärger. Er weigerte sich als heranwachsender Junge schon, die Jäger zu begleiten.

Gisela und ich, wir waren gute Schützen. Gisela geht heute noch auf die Jagd, Jochen und Bert auch. Ich bin schon lange nicht mehr mitgekommen.

Mußte sie eigentlich die Fragen der Polizei vorwegnehmen?

»Das wird fürchterlich«, murmelte sie vor sich hin. Zunächst wurde es gar nicht so fürchterlich. Jochen und Bert kamen mit dem Polizisten vom Dorf herauf, der kannte die Familie, er war verlegen und unsicher, wußte nicht, was er sagen sollte.

»Ich muß das weitermelden«, sagte er nur.

»Selbstverständlich«, sagte Jochen Baumgardt. Eine Stunde später waren zwei Kriminalbeamte aus Gelsen am Tatort. Sie brachten einen Arzt und einen Fotografen mit, sie stellten ein paar Fragen, und auch ihnen war anzumerken, wie unbehaglich sie sich fühlten. Sie wußten, wer Karl Ravinski gewesen war, welche Bedeutung die Fabrik hatte, welche Rolle die Familie in der Gegend spielte. Der Gedanke an Wilderer gefiel ihnen, ebenso der verschwundene Porsche und die zwei jungen Leute, die mit ihm weggefahren waren. Sie würden eine Fahndung herausgeben, sagten sie. Und daß sie es weitermelden müßten, sagten sie auch.

Dann wurde die Tote endlich fortgebracht, und da auf diesen schmalen Waldwegen kein Wagen fahren konnte, mußte sie den größten Teil des Weges auf einer Bahre hintergetragen werden, von zwei schwitzenden Männern, die leise vor sich hinfluchten, denn es war inzwischen sehr warm geworden.

Dann saßen sie alle wieder im Schloß und warteten auf die Fortsetzung. Aber es geschah nichts, den ganzen Tag lang. Spät am Abend entschlossen sich Jochen und Bert, mit ihren Frauen nach Hause zu fahren, der Kinder wegen und weil sie schließlich nicht die ganze Nacht herumsitzen konnten. Müde waren sie auch. Hella schlug vor, Irene solle mitkommen und bei ihnen übernachten.

»Und Felix? Ich kann ihn und seine bekloppte Elsa doch nicht allein hier lassen, falls ein Mörder durch die Gegend irrt.«

»Sie können ja auch mitkommen.«

»Und Rosine und Paul?«

»Paul hat ein Gewehr.«

»Der Mörder auch.«

»Hört doch auf, euch gegenseitig das Märchen von dem im Wald herumirrenden Mörder vorzugaukeln. Das nimmt uns doch kein Mensch ab«, sagte Jochen.

»Sie werden denken, einer von uns hat sie umgelegt«, sagte Gisela.

»Deine Ausdrucksweise ist reichlich salopp«, tadelte Bert.

»Komisch, daß keiner gekommen ist«, meinte Hella.

»Sonst ist immer gleich ein Kriminalkommissar da, wenn es einen Mord gegeben hat.«

»Das ist kein Krimi im Fernsehen«, belehrte sie Jochen.

»Außerdem sind wir hier nicht in der Stadt, sondern mitten im Wald.«

Sie standen noch eine Weile unschlüssig im Hof herum. Der Mond stand über dem Wald, der Flieder an der Schloßmauer war an diesem Tag aufgeblüht und duftete durch die Nacht.

»Mutters geliebter Flieder«, sagte Irene. »Riecht ihr ihn?«

Aber Gisela war weit von jeder romantischen Stimmung entfernt. »Eine Scheißsituation ist das«, lautete ihre Antwort. »Wir wollten morgen Golf spielen.«

»Die finden uns auch auf dem Golfplatz. Komm jetzt«, sagte Bert.

Dann fuhren sie endlich fort. Irene war erleichtert. Sie ging in die Halle, goß sich einen großen Whisky ein und trank ihn langsam.

Seufzend stand sie nach einer Weile auf. Sie mußte schauen, was aus Felix und Elsa geworden war, die sie seit Stunden nicht gesehen hatte. Vielleicht schliefen sie schon längst.

Felix und Elsa schliefen nicht. Wie zwei verirrte Kinder saßen sie aneinandergeschmiegt auf dem Sofa in ihrem Zimmer. Elsas Gesicht war schneeweiß, sie sah selbst aus wie eine Tote. Als Irene ins Zimmer kam, fing sie an zu zittern.

Felix legte schützend den Arm um sie, auch er sah verängstigt aus, riesengroß die dunklen Augen in seinem fahlen Gesicht. Irene fühlte Zorn in sich aufsteigen. Sie konnte Menschen nicht ausstehen, die untätig, von unverständlichen Empfindungen geplagt, herumsaßen.

Vermutlich brauchen sie Stoff, dachte sie. Oder sie haben welchen und sind deshalb so weggetreten.

»Was ist mit ihr?« fragte sie barsch.

»Sie hat Angst«, erwiderte Felix. »Ich kann sie nicht allein lassen.«

70

»Brauchst du ja nicht. Habt ihr was gegessen?«

Felix schüttelte nur den Kopf.

»Soll ich euch was raufbringen?«

»Ich kann nichts essen.«

»Elsa? Willst du was?«

Als Antwort ließ Elsa nur ein leises Wimmern hören.

»Dann geht ins Bett. Es ist fast eins. Heute passiert sicher nichts mehr.«

»Wieso? Wie meinst du das? Was soll passieren?«

Irene seufzte.

»Nichts passiert. Wir passen auf. Paul und ich. Legt euch schlafen.«

»Ich kann nicht schlafen«, flüsterte Elsa.

»Willst du eine Beruhigungstablette? Ich hab' welche dabei.«

»Elsa nimmt keine Tabletten«, sagte Felix abweisend.

»Na, dann nicht. Gute Nacht.«

Als sie die Treppe hinunterging, dachte Irene, daß sie diesen beiden am liebsten einen Eimer Wasser über den Kopf gekippt hätte.

Elsa nimmt keine Tabletten. So eine Albernheit. Sie nimmt keine Tabletten, sie nimmt Drogen.

Ob Drogensüchtige einen Mord begehen können?

Sie blieb mitten auf der Treppe stehen und legte beide Hände an die Schläfen. Sie war fertig, und denken wollte sie nicht mehr. Sie würde jetzt eine Tablette nehmen. Oder auch zwei. Elsa konnte gar nicht schießen.

Mit Paul zusammen machte sie eine Runde durch das Haus, er verschloß und verriegelte alle Türen, soweit sie Schlösser oder Riegel besaßen.

Irene war erstaunt darüber, wie viele Türen es gab, die irgendwohin und auch oft ins Freie führten. Und wie viele davon nicht abzuschließen waren.

»Eigentlich haben wir immer sehr leichtsinnig gelebt«, sagte sie.

»Wer sollte uns denn hier etwas tun?« fragte Paul und bemühte sich, vor den unverschließbaren Türen Hindernisse aus Stühlen oder anderen Möbelstücken aufzubauen.

»Der Spessart ist seit altersher berühmt für seine Räuber«, sagte Irene.

Paul sah sie fassungslos an, doch Rosine, die ihnen nachgekommen war, sagte: »Das steht so in den Büchern.«

»Nu ja«, meinte Paul daraufhin. »Räuber sind eine Sache und Mörder 'ne andere.«

»So ist es«, gab Irene zu. »Rein kommt er auf jeden Fall, der Mörder, wenn er will.«

Paul betrachtete mit schiefgelegtem Kopf sein Schanzwerk und nickte.

»Rein kommt er, wenn er will. Rein kommt er. Ob wieder raus, ist 'ne andere Sache. Ich nehm das Gewehr mit ans Bett. Räuber hatten wir hier schon mal, doch, hatten wir. In der Nachkriegszeit, da kamen mal so'n paar finstere Gestalten hier rein. Weißte nicht mehr, Rosa?«

»Doch, weiß ich. Gab ja nischt zu holen. Und das Haus war voller Menschen. Einen Topp haben sie mir geklaut. Mit Erbsensuppe. Weiß ich noch genau. Deine Mutter lachte, Fräulein Irene, sie sagte, laß sie doch, sie hatten sicher Hunger. Nu ja, wer hatte da nich Hunger? Wir auch.«

Müde waren sie nicht, trotz der späten Stunde. Irene nahm die Whiskyflasche mit und saß noch eine Stunde bei Rosine und Paul in der Küche. Sie aß sogar noch von der Suppe, die Rosine aufwärmte, denn auch sie hatte an diesem Tag kaum etwas gegessen. In der Zeitung von einem Mord zu lesen oder ihn im Fernsehen zu betrachten, war etwas anderes, als selbst vor einer Toten zu stehen.

Am Samstagmittag, nachdem sie mehrmals miteinander telefoniert hatten, versammelte sich die ganze Familie wieder in Grottenbrunn. Auch Nicole und Lutz, Hellas schwierige Kinder, waren dabei.

Gisela hatte ihre zehnjährige Tochter bei einer Schulfreundin untergebracht, mit deren Eltern sie gut bekannt war. Sie brachte es nicht fertig, zu erzählen, was geschehen war. Das Kind wußte noch nichts.

Es handle sich um eine Familienangelegenheit, sagte Gisela zu der Mutter von Dorotheas Freundin.

»Kommt ihr nicht Golf spielen? Schade, so ein herrliches Wetter. Wir nehmen Doris mit auf den Golfplatz, die Mädchen können schwimmen im Club, und später essen wir dann zusammen.«

»Danke«, sagte Gisela verwirrt, ein Zustand, der selten bei ihr vorkam. »Vielen Dank. Es ist wirklich eine ... eine unangenehme Geschichte. Und ich möchte, daß Doris davon nicht behelligt wird.«

Die Bekannte aus dem Golfclub sah sie etwas verwundert an, dann lachte sie. »Das machen wir schon alles. Wenn du willst, kann Doris auch bei uns übernachten.« »Danke, ich danke dir.«

Als Gisela wieder zu Bert in den Wagen stieg, sagte sie: »Es ist idiotisch. Aber ich habe es nicht fertiggebracht, Tanja zu erzählen, was los ist. Mein Gott, wie peinlich das alles sein wird. Meinst du, im Club wissen sie schon was davon?«

»Keine Ahnung, wie schnell sich so was verbreitet. Herr Lorenz war jedenfalls informiert.«

Lorenz war der erste Buchhalter und Prokurist der Firma, ein alter Mitarbeiter von Karl Ravinski.

»Woher weiß der denn das?«

»Irgendwelche Informationen wird sich die Polizei wohl beschafft haben. Und Lorenz, der ja nie Freitagmittag Schluß macht, war natürlich gestern nachmittag noch im Büro.«

»Und? Was sagt er?«

»Du kennst ihn ja. Er machte eine düstere Miene und meinte, er sei gar nicht überrascht. ›Denn jede Schuld rächt sich auf Erden ...‹ zitierte er. Du weißt ja, er war immer der Meinung, Cora habe deinen Vater vergiftet. Tja. Da haben wir noch einen, der Cora nicht wohlgesonnen war.«

»Der alte Lorenz! Der weiß nicht mal, wo bei einem Gewehr vorn und hinten ist. Ich mach mir Sorgen wegen Doris. Ich möchte nicht, daß sie durch dummes Geschwätz etwas erfährt. Ich hätte es Tanja doch sagen sollen. Oder ich hätte Doris nach Frankfurt bringen müssen, zu deiner Mutter.«

»Jetzt hör auf, dich verrückt zu machen. Doris wird es erfahren, so oder so. Von wem auch immer.«

»Sie ist so sensibel.«

»Das bildest du dir ein. Sie ist ein ganz normales Kind und sehr vernünftig für ihr Alter.«

Nicole und Lutz fanden die ganze Geschichte sehr interessant.

»Da sitzt ihr ganz schön in der Scheiße«, verkündete Lutz. »Jeder von euch kann sie umgebracht haben.«

»Halt die Klappe«, fuhr Hella ihren Sohn an.

»Ist doch wahr. Schießen könnt ihr alle.«

»Hab' ich ja immer gesagt«, gab Nicole ihren Senf dazu.

»Diese bescheuerte Knallerei. Die armen Tiere umzubringen. Gemein ist das, richtig gemein.«

»Bist du vielleicht Vegetarier?« fragte ihr Vater.

Die Frage war berechtigt, denn Rosine, die erstaunlich gefaßt schien, servierte ihnen allen einen erstklassigen Wildschweinbraten, und sie aßen, mit mehr oder weniger Appetit, aber sie aßen. Die beiden Jugendlichen mit großem Appetit.

Nicole sagte: »Rosine ist die beste Köchin, die ich kenne«, was ihr einen erbosten Blick ihrer Mutter eintrug.

Die Gegenwart der Kinder, so keck sie auch die Situation kommentierten, lockerte die Spannung, die über ihnen lag. Nicole und Lutz ergingen sich in weitschweifigen Erörterungen über die Untersuchung des Falles. Beide bezogen sie ihre Kenntnisse aus dem Fernsehen und dem Kino.

»Mensch«, sagte Nicole, »das ist ein dicker Hund. Jetzt werden sie euch in die Mangel nehmen. Habt ihr schon über euer Alibi nachgedacht?«

»Halt deine dumme Gosch«, fuhr Hella sie an.

»Na, wir wissen ja schließlich, was ihr von Cora gehalten habt. Wenn sie tot ist, gehört euch der ganze Zaster.«

»Uns auch«, fügte ihr Bruder hinzu.

»Euch gehört gar nichts, ehe ihr dafür nichts geleistet habt«, sagte Hella erzieherisch.

»Erstens muß es heißen, ehe wir dafür etwas geleistet haben«, korrigierte ihr Sohn sie, »und zweitens ist das heute nicht mehr so wie zu Opas Zeiten. Wir müssen gar nichts leisten, wir kriegen es sowieso.«

»Siehst du«, wandte sich Hella in klagendem Ton an Irene. »Was habe ich dir gesagt? Diese Kinder sind gräßlich.«

»Mußte ja mal wieder verlautbart werden«, sagte Nicole. Sie saß, die Beine in den Jeans hochgezogen, auf einem Sessel und strahlte Irene an, die von vornherein die Sympathie der Kinder besaß. Warum, wußte Irene auch nicht. Vermutlich weil die Kinder sie kaum kannten.

»Nicht, Tante Irene, jeder könnte sie gekillt haben. Jeder, von denen, die hier waren, nicht?«

»Nenn mich nicht Tante, du Nuß«, sagte Irene kühl.

»So alt bin ich noch nicht, und so vertraut sind wir auch nicht. Jeder von uns könnte sie gekillt haben, na schön. What for?«

»Für den Zaster, ist doch klar.«

»Cora kann ein Testament gemacht haben, das uns alle enterbt. Über das Schloß kann sie sowieso verfügen, wie sie will. Und die Anteile an der Fabrik kann sie auch jemandem vererbt haben. Oder sie kann beabsichtigt haben, so ein Testament zu machen. Genau wie sie von dem Verkauf des Schlosses gesprochen hat, kann sie davon gesprochen haben. Das wäre doch wirklich ein Motiv, sie zu killen, wie du es nennst.«

»Das wäre ein fabelhaftes Motiv«, jubelte Nicole. »Sie hat einen Freund hier gehabt. Dem kann sie doch alles vermachen, wenn sie will. Der schmeißt euch alle raus und verkloppt die Fabrik.«

»Ein erstklassiges Motiv«, stimmte Lutz zu. »Na, die werden euch ganz schön in die Mangel nehmen. Es kann nur einer von euch gewesen sein. Oder alle zusammen.«

»Diese Kinder sind eine Pest«, stöhnte Hella.

»Irene, ich wundere mich, warum du so einen Unsinn redest. Du kennst doch das Testament deines Vaters«, sagte Jochen.

Irene sah ihn unsicher an. »Ich weiß nicht, ob ich es so genau kenne.«

»Dein Vater war ein kluger Mann. Ein Mann, der denken konnte. Er hat Cora geheiratet, warum auch immer, und ich glaube auch, er hat sie ... hm, na, sagen wir, gern gehabt. So wie das Testament abgefaßt war, sollten wir alle eins auf den Hut kriegen, weil wir sie abgelehnt haben. Aber die Fabrik durfte nicht gefährdet werden. Im Falle ihres Todes – und den Gedanken daran konnte er nicht ganz ausschließen, denn er wußte, wie verrückt sie Auto fuhr –, im Falle ihres Todes also sollte ihr Anteil gleichmäßig wieder an seine Kinder fallen.«

»Es war Teamwork«, schrie Lutz begeistert. »Ihr habt es zusammen ausbaldowert.«

»Außerdem wußte dein Vater, daß Cora eine natürliche Erbin hat, die ausgeschaltet werden mußte. Sie hat eine Schwester.«

»Erbt die nun Grottenbrunn?«

»Nein. Grottenbrunn fällt an Hella und Gisela.«

»An mich nicht?«

»Du hast dich jahrelang hier nicht blicken lassen. Wir anderen sind immerhin regelmäßig nach Grottenbrunn gekommen, auch nach der Heirat deines Vaters. Und wir haben versucht, mit Cora auszukommen. Ging ja nicht anders.«

»Keine Angst, Irene«, sagte Gisela, »wir lassen dich trotzdem hier wohnen, wenn du alt und grau bist. Du kannst dann hier die Schloßfrau mimen.«

»Danke. Ich werde darauf zurückkommen. Und meiner Meinung nach ist es auch wichtig, daß Felix hier eine Zuflucht hat. Eine Heimat, wenn ihr mir das altmodische Wort verzeihen wollt. Man kann ja nie wissen, wie es mit ihm weitergeht.«

»Und ich darf dich dann immer mal besuchen, Irene?«
wollte Nicole wissen.

»Bitte sehr. Wenn du dich anständig benimmst.«

Dann fuhren sie wieder einmal alle nach Hause, nachdem
nichts geschah, niemand kam, kein Anruf, keine Nachricht, nichts. Doch dann kam Kommissar Graf.

Irene saß allein mit Felix in der Halle, sie las, die Füße
auf einen Sessel gelegt, und sie genoß, nach dem Trubel des
Tages, die Ruhe.

»Kriminalkommissar Graf«, meldete Rosine.

Ein großer, außerordentlich gut aussehender Mann,
korrekt gekleidet, in einem grauen Anzug, weißes Hemd
mit Krawatte, betrat den Raum, verbeugte sich.

Irene nahm die Beine von der Sessellehne und stand auf.

»Ich komme von der Mordkommission in Frankfurt«,
sagte der gutaussehende Mann, »dies ist Kriminalassistent
Bollmann. Sie gestatten, daß ich eintrete.«

»O bitte«, sagte Irene. »Sie sind ja schon da. Ich bin Irene
Domeck. Das ist mein Bruder, Felix Ravinski.«

Felix, der auf einem Sofa lag, tief in ein Buch versunken,
hampelte langsam hoch. Er sagte nichts. Rosine stand an
der Tür und schaute ängstlich mit ihren großen Rosinen-
augen. Eine Weile herrschte Schweigen im Raum.

Till, der neben Felix gelegen hatte, war auch aufgestanden, und beäugte wachsam die Ankömmlinge.

»Was für ein schöner Hund«, sagte Kommissar Graf
freundlich. »Es tut mir leid, daß ich Ihre Ruhe störe. Aber
Sie wissen sicher, warum ich hier bin.«

»Ja«, sagte Irene, »das ist nicht schwer zu erraten. Wir haben uns die ganze Zeit gefragt, wie es weitergeht. Sie kommen sicher, um den Mord an Cora Ravinski zu untersuchen.«

»So ist es.«

»Bitte, nehmen Sie Platz. Darf ich Ihnen etwas anbieten? Tee? Kaffee? Einen Whisky?«

Der Kommissar blickte konzentriert auf seine Armbanduhr und erwiderte: »Einen Whisky, sehr gern. Herr Bollmann?«

»Für mich bitte Tee, bitte«, sagte Herr Bollmann mit finsterer Miene. Irene mußte ein Lachen unterdrücken. Nun wurde es klassisch. Sie nickte Rosine zu.

»Frau Hartwig, bitte Tee. Felix? Was willst du?«

Felix blickte sie an wie ein sterbendes Kalb.

»Egal«, sagte er.

»Tee, auch für ihn, Frau Hartwig.«

»Ja, bitte. Gleich«, ließ sich Rosine eingeschüchtert vernehmen.

»Und ich«, sagte Irene und lächelte dem fremden Mann zu, »werde zur Begrüßung einen Whisky mit Ihnen trinken. Bitte, setzen Sie sich doch.«

Die Herren setzten sich, blickten sich um, der Kommissar unverhohlen, der jüngere Mann zögernd und mißtrauisch.

»Schön haben Sie es hier«, sagte der Kommissar. »Ein wunderbarer Besitz, eine traumhaft schöne Gegend. Und dieser Raum, sehr harmonisch, sehr wohltuend.«

Das veranlaßte Irene erstmals, sich aufmerksam umzusehen. Die alte vergammelte Halle in Grottenbrunn – Cora hatte sie wirklich mit Geschmack eingerichtet, sehr harmonisch, sehr wohltuend.

Mußte erst ein Fremder kommen, um ihr zu sagen, wie es hier aussah? War ihr Haß auf Cora so groß gewesen, daß sie nicht einmal gesehen hatte, wieviel wohnlicher das alte Schloß geworden war, seit Cora es neu eingerichtet hatte.

»Sie sprachen von Mord«, sagte der Kommissar.

»Nennen Sie es nicht so? Cora ist zweifellos mit einem gezielten Schuß getötet worden. Also ermordet. Sie sind ebenso zweifellos über die näheren Umstände informiert. Sie treffen von der Familie im Moment nur uns beide hier an. Aber eins kann ich Ihnen gleich sagen. Wir können alle schießen, und ein Alibi hat keiner von uns.«

Kommissar Graf schien amüsiert. Er hatte blond-graumeliertes Haar und dunkle Augen. Daneben erschienen nun ausgeprägte Lachfältchen.

»Ich würde sagen, das ist ein origineller Beginn unserer Unterhaltung«, sagte er. »Das erspart mir schon einmal manche Frage.«

»Und, um es noch leichter zu machen«, sagte Irene kühn, »kann ich Sie darüber informieren, daß wir sie alle nicht leiden mochten.«

Kommissar Graf zog die Brauen hoch und musterte diese erstaunliche Frau mit Interesse.

Sein Assistent schnob durch die Nase und sah Irene mit unverhohlener Ablehnung an.

»Und wer ist wir alle?« fragte der Kommissar höflich.

»Die Familie. Meine Familie«, sagte Irene gelassen.

»Aber soweit ich es beurteilen kann, ist keiner primitiv genug, einen Mord zu begehen.«

»Sagten Sie primitiv?«

»Ja, das sagte ich.«

»Meinen Sie, man muß primitiv sein, um einen Mord zu begehen?«

»Ich kann es anders ausdrücken: Ich kann sagen, dumm genug, wenn Ihnen das besser gefällt.«

»Nicht dumm genug, nicht primitiv genug. Aber tot ist sie immerhin. Keiner mochte sie leiden, keiner hat ein Alibi. Wo fangen wir da an?«

»Das ist Ihre Aufgabe!«

Kommissar Graf nahm einen Schluck von seinem Whisky und lehnte sich behaglich in seinem Sessel zurück.

»Sie meinen, man müsse dumm und primitiv sein, um einen Mord zu begehen«, begann der Kommissar.

»Was veranlaßt Sie zu dieser Annahme?«

»Da ein Mörder meist erwischt wird, hat es doch unangenehme Folgen für ihn. Darum meine ich, wenn einer denken kann, wird er sich vorher überlegen, ob Mord ein lohnendes Geschäft ist.«

»Das wäre also ein Täter, der überlegt, ehe er handelt. Es gibt allerdings auch den Mord im Affekt. Aus Wut, aus Eifersucht, aus Neid, aus Haß, aus enttäuschter Liebe, also den Mord aus Emotion. In solchen Fällen wird meist nicht lange überlegt. Und es gibt den Mord aus Berechnung, da allerdings kann man sich sehr gut und genau vorher überlegen, ob das Risiko der Tat sich lohnt.«

Herr Bollmann rührte heftig in seinem Tee, warf seinem Chef einen zornigen Blick zu und sagte: »Mit letzterem dürften wir es hier wohl zu tun haben.«

Der Kommissar lächelte. »Mein Kollege hat es nicht gern, wenn ich ins Dozieren komme. Eine lästige Angewohnheit von mir, ich gebe es zu. Sehr zeitraubend. Aber immerhin, Herr Bollmann, haben Sie schon genau heraussortiert, was in diesem Fall paßt.«

»Mord aus Berechnung«, dozierte nun Herr Bollmann seinerseits. »Älterer Mann heiratet junge Frau aus – nun sagen wir – fernliegendem Milieu.«

»Sehr schön gesagt«, warf der Kommissar ein.

»Die Kinder werden aufs Pflichtteil gesetzt, die junge Frau erbt das meiste und kassiert reichlich aus der Fabrik, deren Haupteignerin sie ist. Klarer Fall.«

»Das wissen Sie alles schon«, staunte Irene.

»Seit der Fall gestern auf meinem Schreibtisch landete«, sagte der Kommissar, »zusammen mit den ersten Berichten meiner Kollegen, war ich nicht ganz untätig. Ich habe mit den Kollegen, die als erste respektive als zweite am Tatort waren, gesprochen, um neben dem Bericht noch ein paar Auskünfte zu erhalten, und es zeigte sich, daß sie sowohl über die Familie Ravinski wie über die Fabrik recht gut informiert waren.«

»Ach ja?« machte Irene. Etwas Besseres fiel ihr nicht ein. Sie sah ihren Bruder an. »Wie findest du das, Felix?«

Ohne seine Antwort abzuwarten, fuhr sie fort: »Sie haben mit den Polizisten gesprochen, die das alles aufgenommen haben?«

»Selbstverständlich. Denn ich wollte noch ein bißchen mehr wissen, als in dem Bericht stand. Ich war auch unten im Dorf auf dem Revier.«

»Wann?«

»Die Fragen stellen wir«, fuhr Herr Bollmann dazwischen.

»Vor einer Stunde«, gab der Kommissar bereitwillig Auskunft.

»Recherchen auf dem Lande haben den Vorteil, daß die Leute viel über die Leute wissen. Das erleichtert uns die Arbeit. Und gestern gegen Abend glückte es mir sogar, den Anwalt und Notar Ihres verstorbenen Herrn Vaters zu sprechen, so daß ich auch über die Verhältnisse in der Fabrik, die Arbeitsteilung zwischen Ihren Schwägern, die Anteile der Familienmitglieder, die Erbschaft und das Testament informiert bin.«

»Sie machen ein sehr zufriedenes Gesicht«, stellte Irene erbittert fest. »Offenbar macht es Ihnen Spaß, im Leben fremder Menschen herumzustochern.«

»Das gehört nun mal zu diesem Job. An sich interessiere ich mich kaum für fremde Menschen, es sei denn, in ihrem Kreis hat sich ein Mord ereignet.«

»Es geht jedenfalls ganz anders herum, als wir uns das vorgestellt haben«, sagte Felix, und er war keineswegs verärgert, sondern schien auf einmal sogar interessiert an diesem Gespräch. »Wir dachten, einer kommt an und stellt uns tausend Fragen, und dabei wissen Sie schon alles.«

»Nun, alles ist wohl etwas übertrieben. Sagen wir: einiges. Das ist meine Methode, falls sie sich anwenden läßt. Immer funktioniert das nicht.«

»Das kann man sagen«, ließ sich Herr Bollmann giftig vernehmen.

Irene und Felix warfen sich einen Blick zu. Die beiden Herren von der Mordkommission in Frankfurt schienen nicht gerade die besten Freunde zu sein. Schon äußerlich paßten sie nicht gut zusammen, der gutaussehende Herr im korrekten Anzug mit dem attraktiven Haarschnitt, und ein dezentes Rasierwasser oder Eau de Toilette schien er auch zu benutzen, wie Irene festgestellt hatte; und daneben der etwas klein geratene stämmige Bollmann mit zu langem Haar, angetan mit einer abgewetzten Lederjacke.

»Sie haben also mit unserem Wachtmeister im Dorf gesprochen, und mit den Leuten, die aus Gelsen gekommen sind. Na, dort werden Sie noch viele finden, die vieles über uns wissen. Wir sind dort alle in die Schule gegangen, wir kaufen dort ein, was wir in der Umgebung bei den Bauern nicht kriegen, für die besseren Sachen fahren wir nach Hanau und für die noch besseren nach Frankfurt. Dort werden Sie allerdings nicht so viel über uns erfahren.«

»Das ist nicht gesagt. KARA-Küchen sind ein weltweit bekanntes Unternehmen.«

»Weltweit dürfte etwas übertrieben sein. In Europa allerdings exportieren wir eine ganze Menge.«

»KARA-Küchen, ein Name – ein Begriff«, zitierte der Kommissar. »Ich glaube, meine Frau hat auch eine gehabt.«

»Gehabt? Hat sie sie nicht mehr?«

»Ich weiß nicht genau.«

»Hat Ihre Frau auch eine?« wandte sich Irene an Herrn Bollmann.

»Sicher nicht«, erwiderte er widerborstig. Er fand das Gespräch einfach lächerlich. Aber so war es immer mit diesem Graf. Der Mensch konnte nie sachlich sein.

»Wenn ich allerdings über Sie etwas Näheres erfahren möchte«, sagte der Kommissar zu Irene, »müßte ich mich wohl nach München begeben.«

»Ich bin ja da. Vielleicht kann ich Ihnen das eine oder andere berichten über mich. Falls das wichtig sein sollte.«

»Sehr wichtig. Was machen Sie in München?«

»Ich bin Innenarchitektin und habe dort meine Kunden. Und ich habe einen Laden, klein aber fein, mit etwas extravaganten Möbeln, Sesseln, Lampen und allerhand Chichi. Für Leute mit ausgefallenem Geschmack.«

»Geht der Laden gut?«

»Mittel. Ich brauche Kunden, die zu meinen Sachen passen. Aber die gibt es in München.«

»Sie kommen selten hierher?«

»Sehr selten.«

»Haben Sie Familie in München?«

»Ich bin geschieden. Kinder habe ich nicht.«

»Aber Sie kommen doch manchmal zur Jagd hierher?«

»Seit vielen Jahren nicht mehr.«

»Wieso?«

»Erstens habe ich mir nie viel aus der Jagd gemacht. Und zweitens gefiel mir die zweite Ehe meines Vaters nicht.«

»Hatten Sie oft Streit mit der zweiten Frau Ihres Vaters?«

»Ich streite mich nicht mit Leuten, die mich nichts angehen.«

»Sprechen wir also von dieser Ehe. Aus allem, was ich weiß, konnte ich entnehmen, daß Sie alle, auch Ihre Geschwister, dieser Ehe einen gewissen Widerstand entgegensetzten.«

»Mein Vater war nicht der Mann, dem irgend jemand Widerstand entgegensetzen konnte. Er tat immer, was er wollte. Er fragte uns nicht. Was nicht heißen soll, daß er nicht gut zu uns war. Wir verstanden uns alle gut mit ihm. Das heißt...«, sie stockte.

»Ja? Das heißt?«

»Nun, originellerweise ergab sich vice versa die gleiche Situation. Mein Vater war auch gegen *meine* Heirat. Er lehnte den Mann ab, den *ich* heiraten wollte. Er hat ihn nur einmal gesehen, aber er hat sicher Erkundigungen über ihn eingezogen.«

»Sie haben diesen Mann trotzdem geheiratet.«

»Ja. Um ziemlich bald festzustellen, daß mein Vater recht gehabt hatte.«

»Es ist anerkennenswert, daß Sie es zugeben.«

»Warum nicht? Ich fand die Heirat meines Vaters unmöglich, und ich denke, daß in diesem Falle *ich* recht gehabt habe.«

»Eine schöne Frau, Cora Ravinski.«

»Sie haben sie gesehen?«

»Ja.«

Irene zog die Schultern zusammen. Als Leiche hatte er Cora gesehen.

Kommissar Graf schien ihre Gedanken zu erraten.

»Ich habe Cora Ravinski vor etwa einem Jahr schon einmal gesehen. Bei einer Vernissage in Frankfurt. Ein Freund von mir stellte in einer neuen Galerie seine Bilder aus, und dieser Freund kannte sie. Bei dieser Gelegenheit wurde ich ihr vorgestellt.«

»Soll man daraus schließen, daß dieser Freund von Ihnen, der Maler, einer von Coras zahllosen Liebhabern war? Denn ich kann mir nicht vorstellen, daß sie sich für Bilder interessiert hat.«

Sie merkte selbst, wie gehässig das klang, und ärgerte sich über ihre Worte.

Der Kommissar lächelte freundlich.

»Kann schon sein, was Sie vermuten. Sie spielte eine große Rolle an jenem Abend, und mein Freund erzählte mir, daß sie finanziell dazu beigetragen hatte, die Ausstellung zustande zu bringen.«

»Aha.«

Der Kommissar wandte sich an Felix. »Ich würde sagen, dagegen ist nichts einzuwenden. Sie war seit einigen Jahren Witwe. Warum sollte eine hübsche junge Frau keinen Liebhaber haben? Und einen jungen Künstler zu fördern, ist doch wohl nicht die dümmste Art, Geld auszugeben.«

»Sicher«, murmelte Felix. »Wenn man es so sieht.«

»Sie sind ein merkwürdiger Polizist«, sagte Irene unfreundlich.

Ungekränkt erwiderte der Kommissar: »Das hat man mir schon oft vorgehalten. Herr Bollmann ist auch der Meinung.«

Eine Weile blieb es still. Irene versuchte sich zu beherrschen. Kopfschmerzen hatte sie nun auch. Sie nahm sich noch einen Whisky, fragte den Kommissar: »Sie auch?«

»Einen kleinen, danke sehr.«

»Herr Bollmann?«

»Nein, danke«, sagte Bollmann steif.

»Du?«

»Ich trink keinen Whisky, das weißt du doch«, sagte Felix.

»Also, um das alles zusammenzufassen«, begann Irene, um Beherrschung bemüht, »oder darf ich das nicht?«

»Aber selbstverständlich. Sie täten mir einen großen Gefallen.«

»Sie wissen Bescheid über die Fabrik, über die Familie, über Cora und die Ehe meines Vaters, über mich. Was wollen Sie eigentlich noch wissen?«

»Ich weiß von all dem, was Sie erwähnten, ein ganz klein wenig. Mein Wissen wird sich aber erweitern lassen. Vor allem möchte ich wissen, wer Cora Ravinski erschossen hat.«

»Danach wollen Sie uns beide jetzt fragen. Ob wir es waren.«

»So ist es.«

»Ich habe seit Jahren kein Gewehr mehr in der Hand gehabt. Und ich bin wirklich nicht dumm und primitiv genug, mir die Ungelegenheiten aufzuladen, die ein Mord mit sich bringt. Und meine Emotionen kann ich auch im Zaum halten. Zumal es mehr als acht Jahre her ist, daß mein Vater sie geheiratet hat. Und mein Vater ist seit drei Jahren tot. Mein Bruder Felix ist ein verdammt schlechter Schütze, was meinen Vater schon immer geärgert hat. Und außerdem lebt er sowieso in einer anderen Welt.«

»In einer anderen Welt?«

»Immer ein wenig vom Boden der Tatsachen entfernt, wenn Sie verstehen, was ich meine. Er schreibt.«

»Bücher?«

»Romane, glaube ich. Er wird sie jedenfalls schreiben. Seine Frau werden Sie auch noch kennenlernen. Sie ist oben. Schläft sie eigentlich immer noch?« Diese Frage galt Felix.

»Keine Ahnung. Ich werde gleich mal nachschauen.«

»Einen Augenblick. Bloß um das zu Ende zu führen. Sie haben Cora Ravinski nicht erschossen, Herr Ravinski?«

Felix blickte den Kommissar verstört an. »Nein. Warum sollte ich? Ich bin eigentlich von allen am besten mit ihr ausgekommen. Ich bin gern in Grottenbrunn. Und Elsa auch. Elsa ist meine Frau.«

Der Kommissar blickte Irene an, doch ehe er den Mund aufmachen konnte, sagte Irene gereizt: »Ich habe sie nicht erschossen. Und meine Schwestern auch nicht, und ihre

Männer nicht. Überhaupt keiner von uns. Ob Sie das nun glauben oder nicht.«

»Zunächst ziehe ich vor, es nicht zu glauben.«

»Wenn Sie einen Bericht vorliegen hatten, dann müssen Sie ja auch darin gelesen haben, daß sich zwei junge Männer im Schloß befanden, die spurlos verschwunden sind. Sie haben Coras Wagen mitgenommen, und keiner weiß, wo sie sind. Es soll in der Nacht einen Streit gegeben haben zwischen Cora und ihrem Freund. Ihre Kollegen aus Gelsen sagten, es würde eine Fahndung herausgehen.«

»Die beiden haben wir schon«, sagte der Kommissar gelassen. Irene starrte ihn sprachlos an.

»Sie waren in der Wohnung von Cora Ravinski. Sie hatte ja in Frankfurt eine Wohnung, wie Sie sicher wissen.«

»Sie sind in Frankfurt? In Coras Wohnung?«

»Herr Plassner sagte, sie hätte ihm den Schlüssel dafür gegeben. Der Porsche steht in der Garage, und er sagte, er wäre ein Geschenk von Cora. Die beiden lagen im Bett, als wir kamen, und fielen aus allen Wolken. Und sie haben beide geweint, als sie hörten, was geschehen war.«

»Sie haben – geweint?«

»Ja, die Herren sind wohl etwas sensibel. Aber Sie werden mir zugeben, wenn einer von den beiden oder beide zusammen Cora erschossen hätten, würden sie sich wohl kaum in Coras Wohnung, in Frankfurt, ins Bett legen.«

Felix begann zu lachen.

»Das ist das Komischste, was ich je gehört habe. Wir dachten, die sind unsere Entlastungszeugen, und man muß durch die halbe Welt jagen und wird sie doch nicht kriegen, woraufhin es immer ein ungeklärter Fall bleiben wird. Und dann liegen die Bubis im Bett und pennen. Sicher in einem Bett zusammen.«

»Es befindet sich in der Wohnung der Frau Ravinski nur ein Bett. Allerdings ein sehr breites.«

»Sie hat Herrn Plassner oder wie er heißt am Freitag oder in der Nacht zum Freitag den Schlüssel zu ihrer Wohnung gegeben?« fragte Irene ungläubig.

»Nein, nein, er hatte ihn schon länger. Er wohnte da, wenn er in Frankfurt war. Er sagte aber gleich, er habe die Absicht gehabt, den Schlüssel in der Wohnung zurückzulassen, er sei nur für einige Tage mit seinem Freund dort untergekrochen, weil er selbst keine eigene Wohnung habe und sich noch überlegte, was er als nächstes unternehmen würde.«

»Hat er Ihnen das alles im Bett liegend erzählt?« fragte Irene spitz.

»Nein. Wir hatten die Herren gebeten, uns ins Präsidium zu begleiten. Was sie auch bereitwillig taten. Herr Plassner war außerordentlich mitteilsam, es ist mir eigentlich kaum noch etwas aus seinem Leben unbekannt. Er hat eine Fotofachschule besucht, ist also Fotograf.«

»Gearbeitet hat er allerdings selten in seinem Leben«, ergänzte Herr Bollmann, »er hat meistens wohlhabende

Freunde oder Freundinnen gehabt, die für seinen Lebensunterhalt sorgten.«

»Eine bequeme Art, sein Leben zu verbringen«, sagte Irene und lächelte erstmals Herrn Bollmann an. Der erwiderte zwar ihr Lächeln nicht, blickte jedoch ein wenig freundlicher.

»Das würde ich nicht unbedingt sagen«, widersprach Kommissar Graf. »Sich aushalten zu lassen, sei es von einem Mann oder einer Frau, und dazu noch von wechselnden Partnern, stelle ich mir höchst unbequem vor. Man ist abhängig von der Gnade, von der Laune, im besten Fall, und das meist nur vorübergehend, von dem, was sich so Liebe nennt, und wenn dieses – eh, Gefühl sich gelegt hat, wird man fallen gelassen wie eine heiße Kartoffel. Wenn man dazu bedenkt, daß ein Mensch ja nicht jünger wird, kommt der Tag, an dem er hilflos und allein einem Ungewissen Schicksal überlassen wird.«

Herr Bollmann räusperte sich, Irene sah diesen seltsamen Kommissar mit wachsendem Interesse an. Dieser Mann war klug, er war gebildet und er war zu alledem noch enorm sympathisch.

Felix sagte, und es klang sehr vernünftig: »Das regt mich direkt zur Arbeit an, wenn ich Ihnen zuhöre, Herr Kommissar. So wie Sie das eben dargestellt haben, könnte man einen fabelhaften Roman daraus machen.«

»Ich glaube nicht, daß es ein sehr originelles Thema für einen Roman wäre. Die Welt ist voll von solchen unglücklichen Lebensläufen. Es käme natürlich auf die Darstellung an, wie ein Autor den Stoff verarbeitet. Aber das ist ja bei jedem Roman so. Das Was, der Inhalt eines Romans ist von geringer Wichtigkeit. Auf das Wie, auf Form, Stil und Gestaltung kommt es an.«

»Ja«, sagte Felix eifrig, »das ist meine Ansicht auch. Deswegen fällt mir ja das Schreiben so schwer. Ich denke immer, was ich mache, ist mittelmäßig, und dann zerreiße ich, was ich geschrieben habe.«

Kommissar Graf schien nicht geneigt, eine längere Debatte über Literatur zu beginnen, er kam zu den Tatsachen zurück.

»Cora Ravinski führte auch ein sehr unsicheres Leben, das allein auf ihrer Jugend und Schönheit basierte. Und sie war klug genug, die Chance zu nützen, die sich ihr bot. Sie heiratete einen wohlhabenden Mann.«

»Meinen Vater«, sagte Irene trocken. »Mag ja für sie ganz nützlich gewesen sein, einen Dummen zu finden, der eine Nutte zur Frau nahm. Ich bin nicht kleinlich, und wenn mein Vater sie als Freundin gehabt hätte, na schön. Aber daß er sie heiratete und nach Grottenbrunn brachte, wo er mit meiner Mutter gelebt hatte, konnte ich ihm nicht verzeihen. Was meine Mutter für eine Frau war, will ich Ihnen gern erzählen, falls es Sie interessiert. Hier in Grottenbrunn bin ich aufgewachsen, hier habe ich eine glückliche Kindheit verbracht«, ihre Stimme hob sich, ihre Wangen röteten sich, »und da wundert es Sie, daß ich nicht mehr herkommen wollte? Daß ich die Achtung vor meinem Vater verlor, sollte ich wohl noch dazu sagen. Und daß ich diese Frau nicht ausstehen konnte, versteht sich ja von selbst.«

Der Kommissar betrachtete intensiv den Zorn in ihren Augen, und wie die Maske von Verbindlichkeit jäh zerbrach.

»Sie haben Frau Ravinski gehaßt«, stellte er fest.

»Allein, daß Sie sich Ravinski nennen durfte, war für mich unerträglich. Frau Ravinski war meine Mutter. Es wäre mir schwer genug gefallen, überhaupt eine andere Frau hier an diesem Ort und mit diesem Namen zu treffen. Aber daß es eine Frankfurter Nutte sein mußte, das war wirklich unerträglich.«

Felix betrachtete seine Schwester mit Erstaunen, er war solche Ausbrüche bei der kühlen Irene nicht gewohnt.

Und da fragte der Kommissar ihn schon prompt:

»Empfinden Sie es genauso, Herr Ravinski?«

»Nein, eigentlich nicht. Ich wollte nicht weiterleben, als meine Mutter starb, sie war alles für mich. Ich war noch ein Kind. Mein Vater war großzügig mir gegenüber, aber besonders gut verstanden haben wir uns nicht. Er hatte kein Verständnis für mich. Meine übrige Familie auch nur mit Maßen. Mit einer gewissen Berechtigung, wie ich zugebe. Ich habe bis heute nichts Vernünftiges zustande gebracht.«

»Und Ihr Verhältnis zu Cora Ravinski?« beharrte der Kommissar.

»Daß sie den Namen Ravinski trug, war mir egal. Und was sie früher getan hatte, ebenfalls. Sie war immer nett zu mir. Anfangs kam ich selten her. Und wenn, dann meist nur zu einem kurzen Besuch. In letzter Zeit, überhaupt nach dem Tod meines Vaters, kam ich öfter. Ich hatte nie Schwierigkeiten mit Cora.«

»An sich wohnen Sie in Frankfurt?«

»Ja.«

»Schon lange?«

Irene und Felix tauschten einen raschen Blick. Der Kommissar wußte so viel, wußte er auch, wie und in welchen Kreisen Felix Ravinski dort gelebt hatte und sicher noch lebte?

»Abgesehen von einem Jahr, das ich in London verbrachte, lebte ich immer in Frankfurt.«

Keine weitere Frage an Felix.

Irene, die sich beruhigt hatte, war wieder dran.

»Sie gebrauchten zweimal eine ziemlich krasse Bezeichnung für die zweite Frau Ihres Vaters. Ein Wort übrigens, das sich in Ihrem Munde seltsam ausnimmt.« Das war ein ausgesprochener Tadel, und Irene errötete abermals, diesmal vor Ärger.

»Es entspricht den Tatsachen nicht. Cora ging nicht auf den Strich, noch gehörte sie in die Szene des Bahnhofviertels. Sie arbeitete zeitweise als Mannequin und als Fotomodell, als model, wie man neudeutsch sagt, und sie hatte wechselnde Freunde, von denen sie zweifellos ebenso lebte. Ihre Wohnung in Frankfurt befindet sich in guter Lage und ist sehr luxuriös eingerichtet. Sie besaß sie schon, ehe sie Ihren Vater heiratete.«

»Das haben Sie auch schon alles recherchiert? In der kurzen Zeit? Erstaunlich.«

Der Kommissar überhörte ihren unfreundlichen Ton, er lächelte und sagte: »Von ihrem früheren Leben erzählte mir damals mein Freund, der Maler, den ich zuvor erwähnte. Er war keiner ihrer wohlhabenden Freunde, er hatte selbst nichts, es war wohl eine Art Jugendliebe gewesen. Das andere erfuhr ich von Herrn Plassner. Er sprach trotz der Auseinandersetzung und der Trennung von Cora sehr freundlich über sie. Er ist der Meinung, Cora habe Ihren Vater geliebt.«

»Auch das noch!« sagte Irene wütend. »Sie werden kaum erwarten, daß ich das Ihnen oder Herrn Plassner abnehme.«

»Warum nicht? Ich könnte mir vorstellen, daß die Liebe und die Fürsorge eines reifen Mannes, zusammen mit den veränderten Lebensumständen für eine junge Frau, die – nun, sagen wir, die ein bewegtes und sicher auch unsicheres Leben geführt hat, sehr wohl Gegenliebe erwecken kann. Und sei es allein, daß sie auf Dankbarkeit begründet ist. Sie kann nicht das gewesen sein, was Sie in ihr sehen, sonst hätte Ihr Vater sie nicht geheiratet. Er war ein Mann, der viel geleistet hatte, der stark und überlegen war, ein Mann von großer Qualität. So nannte es der Anwalt, mit dem ich sprach. Er sagte, seines Wissens sei Ihr Vater mit Cora glücklich gewesen. Und sie hätte ihm nie Anlaß gegeben, an ihrer Zuneigung und an ihrer Treue zu zweifeln. Das sind vorerst nur Mosaiksteine. Wir werden noch mehr über Cora erfahren. Wußten Sie übrigens, daß sie wieder heiraten wollte?«

»Nein«, antwortete Irene überrascht. Und zu Felix: »Du?«

Der schüttelte den Kopf.

»Das hat sie jedenfalls zu Herrn Plassner gesagt. Und er meinte, dies sei sehr wohl ein Grund für die Familie, sie zu beseitigen.«

Irene stand auf. Sie war verwirrt, unsicher. Die tote Cora wurde mehr und mehr lebendig.

»Sie denken also wirklich, einer von uns hat sie getötet.«

Kommissar Graf stand ebenfalls auf.

»Es gibt kaum einen Zweifel daran«, sagte er mit fester Stimme.

»Das ... ist ungeheuerlich«, murmelte Irene.

Sie wandte sich ab, ging durch die Halle zu der breiten Tür, die in den Park führte.

»Morgen ist zwar Sonntag«, sagte der Kommissar, »aber ich würde gern mit den übrigen Mitgliedern Ihrer Familie sprechen. Meinen Sie, daß ich am Vormittag jemand antreffen werde?«

»Sicher, warum nicht?« Irene wandte sich um.

»Schließlich werden Sie ja erwartet.«

»Sie können anrufen und meinen Besuch ankündigen.«

»Das werde ich tun. Und ich werde auch dazu sagen, daß Sie einen von uns verdächtigen.«

»Möglicherweise nicht nur einen.«

Irene fiel der Ausdruck ein, den Lutz gebraucht hatte: Es ist Teamwork.

»Das ist ungeheuerlich«, sagte sie noch einmal. Alle Überlegenheit war von ihr abgefallen. Sie blickte den Kommissar an, und er las Verwirrung und Angst in ihren Augen.

Er war zufrieden. Diese hier hatte er da, wo er sie haben wollte.

Schade, eine aparte Frau, dachte er.

Denn trotz all der gescheiten Rederei traute er ihr einen Mord zu. Er schaute Bollmann an und sah, wie erwartet, in dessen Gesicht widerwilligen Respekt.

»Und nun«, sagte er, »würde ich gern den Ort sehen, wo man die Tote gefunden hat.«

»Sie wollen jetzt dorthin gehen?« fragte Irene.

»Ja, mit Ihnen«, sagte er fest.

»O Gott«, sie ballte die Hände zu Fäusten. »Noch einmal da rauf ... Ich ... kann das nicht.«

»Vielleicht wird Ihr Bruder uns begleiten?« Das klang liebenswürdig und schmeichelnd.

»Nein«, sagte Irene. »Er hat auch nur Nerven. Dann schon lieber ich. Herr Hartwig kann mitkommen.«

»Herr und Frau Hartwig sind hier angestellt?«

»Ja. Seit eh und je. Sie waren schon da, als ich zur Welt kam. Es ist ihnen alles bekannt, was in diesem Haus geschehen ist.«

»Das klingt vielversprechend.«

Wieder fühlte Irene Zorn in sich aufsteigen. Dieser Mensch war dermaßen aufgeblasen und selbstsicher, was bildete der sich eigentlich ein?

»Ich werde Herrn Hartwig verständigen.«

»Und ich schau mal nach Elsa«, sagte Felix.

Gemeinsam verließen sie die Halle, und im Hinausgehen faßten sie sich an den Händen, wie Kinder, die Angst haben.

Der Kommissar beobachtete es.

Alle zusammen, dachte er. Oder die beiden da. Die anderen muß ich erst kennenlernen.

»Nun?« fragte er und sah Bollmann an.

Der nickte. »Ich glaube, ich weiß, wie Sie das sehen.

Und ich denke, Sie haben recht.«

Das befriedigte Kommissar Graf so sehr, daß er sich noch einen Whisky einschenkte.

»Sie haben allerdings Glück gehabt mit den Ermittlungen«, schränkte Bollmann sein Lob ein. »Die Jungs aus Gelsen waren gut informiert, dann der Anwalt, und schließlich noch dieser Plassner, da kam allerhand zusammen.«

»Und nicht zu vergessen Thomas. Das ist mein Freund, der Maler. Ich hätte mir sicher ein falsches Bild von Cora gemacht, wenn ich nicht damals mit ihm gesprochen hätte. Das sind so die glücklichen Zufälle im Leben eines Kriminalisten. Er muß sie mal sehr geliebt haben, und er hat kein böses Wort über sie gesagt.«

»Na ja, wenn sie seine Ausstellung finanziert hat.«

»Ist doch kein schlechter Zug von ihr. Thomas ist sehr begabt. Und für einen Maler ist es schwer, bis er mal an eine richtige Ausstellung kommt. Bis jetzt hat er in einem grafischen Betrieb gearbeitet. Ich werde heute abend noch versuchen, ihn zu erreichen. Vielleicht weiß er noch mehr.«

»Das wird ihm nahegehen, wenn er hört, daß sie tot ist«, sagte Bollmann geradezu mitleidig. »Ich meine, wenn er sie geliebt hat.«

»Heute stand noch nichts in der Zeitung. Die Sonntagszeitungen werden kaum etwas bringen. Montag wird sicher noch der eine oder andere bei uns aufkreuzen, der was zu erzählen hat.« Und selbstsicher fügte er hinzu: »Möglicherweise haben wir die Sache bis morgen abend schon abgeschlossen.«

»Die Familie war's, klar. Überhaupt, wenn sie wieder heiraten wollte. Das haben sie zusammen ausgeknobelt, und einer hat geschossen.«

»Zusammen. Oder zwei oder drei davon. Vielleicht auch einer allein. Sie werden ziemlich bald damit herausrücken.«

Irene kam nach einer Weile zurück in die Halle und sagte: »Zu dumm, aber Herr Hartwig kann nicht mitkommen. Er sitzt gerade in der Badewanne.«

»Na, dann gehen wir drei halt, und falls Ihr Bruder mitkommt oder möglicherweise seine Frau auch ...«

»Elsa?« Irene lächelte spöttisch. »Die geht keinen Schritt aus dem Haus, geschweige denn spaziert sie zur oberen Koppel.«

»Sie wollen sagen, sie sei als einzige nicht am Tatort gewesen?«

»Genau das wollte ich sagen.«

»Ist sie krank?«

»Krank! Was heißt krank! Die ist ...«, sie unterbrach sich und fügte abrupt hinzu: »Ich kenne sie kaum.«

Felix kam die Treppe herab, er wirkte ruhig, fast fröhlich.

»Also? Gehen wir?«

»Wie geht es Ihrer Frau? Schläft sie noch?«

»Sie strickt«, Felix lachte leise. »Das tut sie gern.«

»Könnte ich sie wohl sprechen?« fragte der Kommissar. »Nur ganz kurz. Wenn sie nicht schläft, wäre es momentan gerade günstig. Ich würde sie doch gern kennenlernen, Ihre Frau.«

»Nein, nein, das geht nicht. Bitte nicht.« Felix, der am Fuß der Treppe stehengeblieben war, ging auf den Kommissar zu, blieb vor ihm stehen, sah ihn beschwörend an. »Bitte nicht. Sie soll sich nicht aufregen. Elsa ist sehr labil, wissen Sie. Sehr empfindlich.« Er legte in einer bittenden Gebärde die Hände zusammen. »Nicht heute. Es hat sie alles sowieso sehr verstört, was passiert ist. Es ist nämlich so – also, es ist so –, meine Frau erwartet ein Kind.«

»Ach so«, sagte der Kommissar, nachdem es eine Weile totenstill im Raum geblieben war. »Das konnte ich nicht wissen.«

»Das weiß niemand. Auch meine Schwester nicht.« Jetzt sah er Irene an, flehend, gar nicht mehr fröhlich, wie noch vor wenigen Augenblicken. »Wir wollten es noch keinem sagen, eben weil – na ja, damit Elsa ihre Ruhe hatte. Verstehen Sie?« Und zu Irene: »Verstehst du?«

Irene stand regungslos, ihr Blick war voller Verachtung, und Felix senkte den Kopf.

Der Kommissar, der die stumme Szene beobachtet hatte, sagte leichthin zu Irene: »Es freut Sie anscheinend nicht besonders, Tante zu werden.«

»Ich scheiß drauf!« sagte Irene mit Nachdruck. Dann wandte sie sich zur Tür.

»Gehn wir?«

Der schwarze Spiegel II

Eine schlaflose Nacht. Diesmal hilft auch kein Valium. Ich stehe um eins wieder auf, gehe hinunter in die Halle und zünde alle Lampen an, hole mir die Whiskyflasche.

Selten in meinem Leben bin ich mir so zuwider gewesen wie an diesem Tag, in dieser Nacht. Ich bin verwirrt und zutiefst unglücklich, und da ist kein Mensch, kein Mensch in dieser Welt, mit dem ich reden könnte, dem ich erklären könnte, wie mir zumute ist.

Und wieder lande ich vor dem schwarzen Spiegel, er ist eine Zuflucht für mich in diesem Haus.

Ich schaue hinein – und sehe mich, und sehe auch das Gesicht meiner Mutter. Es heißt ja immer, daß ich die einzige ihrer Töchter bin, die ihr ähnlich sieht. Ich habe ihr dunkles Haar, ihre hellen grauen Augen.

Meine Augen sind gerötet, ich habe geweint, vor Wut, vor Verzweiflung, vor Verlassenheit.

Warum mußte Mutter so früh sterben? Alles wäre anders gekommen, wenn sie am Leben geblieben wäre. Ich hätte Sascha nicht geheiratet, Felix wäre nicht so verkommen, dieses Haus wäre eine Heimat geblieben für uns alle.

Mutter ist tot, und nun ist auch Cora tot, die zweite Frau Ravinski. Und Vater ist gestorben, ohne daß ich mich mit ihm versöhnt hätte.

Der Herr Kommissar! Er hat keine Ahnung. Er hat mich nur gerügt, weil ich sie eine Nutte nannte, die zweite Frau Ravinski. Und mich belehrt, daß sie das keineswegs war. Ein Mannequin, ein Fotomodell, und nebenbei so eine Art Callgirl. Klingt besser als Nutte, klar. Und sie hat meinen Vater geliebt, und er sie auch, er war glücklich mit ihr. Wir waren bloß alle zu blöd, um das zu begreifen, Herr Kommissar. Kleinliche Spießer, das sind wir in Ihren Augen. Gierige Erbschleicher. Und Mörder dazu. Nach und nach wird Cora zu einer Heiligen. Ein gemeucheltes Unschuldslamm. Möglicherweise habe ich sie umgebracht und weiß es nur nicht mehr. Ist es so, Spiegel? Habe ich sie getötet? Der Kommissar scheint es zu glauben. Wie er mich ansah, da oben bei der Koppel. Eindringlich, streng, fast hypnotisch sein Blick. So, als müsse ich zu Boden stürzen und bekennen: ja, ich war es. Ich.

Auch Paul hat mich im Stich gelassen. Auch Rosine. Als ich in die Küche kam, saßen sie beide da am Tisch, und als ich sagte, wir müßten da hinaufgehen und Paul solle mich begleiten, sagte er doch glatt nein. Nein.

Das war noch nie vorgekommen, daß Paul sich weigerte, etwas zu tun, was man von ihm verlangte.

»Ich geh' nicht mehr rauf«, sagte er stur. »Ich war gestern und heute oft genug oben. Ich will nicht mehr.«

»Aber Paul«, sagte ich verständnislos.

»Ich will nicht. Und ich hab' Kopfschmerzen.«

»Ja, das hat er, Fräulein Irene«, sagte Rosine darauf, hin und her gerissen zwischen Loyalität zu ihm und Hilfsbereitschaft mir gegenüber. »Das hat er schon ein paarmal gesagt. Ich habe ihm gerade vorhin einen Kaffee gekocht. Und jetzt wollte ich ihm ein Bad einlassen. Muß er denn mitgehen?«

Ich gab ihr keine Antwort, sah Paul nur an.

»Kommst du mit?«

»Nein. Ich will nicht.«

Und dann komme ich zurück in die Halle und erfahre als nächstes, daß diese heroinsüchtige Schlafwandlerin ein Kind bekommt. So etwas kann es doch gar nicht geben, Spiegel. Ist mein Bruder denn verrückt?

Dann begann also der Abendspaziergang durch den Wald. Ich ging voran, sah keinen an, blickte nicht rechts noch links, hörte die Stimmen der drei Männer hinter mir. Der Hund, den wir mitgenommen hatten, trabte vor mir her.

Felix, offenbar ganz unbeschwert, ungerührt von meinem Blick und meinen Worten, erklärte die Gegend. Was in diesem Waldstück oder unter jenem Baum geschehen war, und er benutzte dazu schamlos Mutters Geschichten, die rundherum alles mit Prinzen und Prinzessinnen mit Elfen, Feen, Geistern und natürlich auch Räubern ausgestattet hatte. Die Räuber gehören im Spessart nun mal zum Inventar. Ich hörte den Kommissar zweimal lachen, er sagte: »Ich kann mir gut vorstellen, daß Sie Bücher schreiben werden. Sie haben wirklich eine florierende Phantasie.«

Er, der Nichtsnutz. Es sind Mutters Geschichten. Sie hatte die Phantasie.

Er lügt, und er schwindelt, und er wird ein geistesgestörtes Kind haben, ein echtes Gespenst diesmal für diesen Wald. Ob der Kommissar wohl weiß, daß die angehenden Eltern beide süchtig sind? Wenn er es noch nicht weiß, wird er es bald erfahren, es ist ja ein tüchtiger Ermittler. Vielleicht hat er es Felix schon angesehen, und wenn er die werdende Mutter erblickt, kann er kaum noch daran zweifeln.

Ich habe Tränen in den Augen, als wir da durch den Wald laufen, denselben Weg, den die heilige Cora gegangen ist in den frühen Morgenstunden des vorigen Tages. Ich gehe schneller, die Tränen laufen über mein Gesicht, ich bin wie blind, und ich bin voller Haß und Wut und Bitterkeit, ich weiß selber nicht, gegen wen sich das richtet, am meisten gegen mich selbst. Warum mußte ich nach Grottenbrunn kommen? Warum konnte ich nicht alldem hier ein und für allemal den Rücken kehren?

Da war der Kommissar plötzlich an meiner Seite, er sah die Tränen, übersah sie.

»Sie legen ja ein flottes Tempo vor«, sagte er.

Ich gab ihm keine Antwort.

Als wir zur oberen Koppel kamen, lief der Hund sofort zu dem Platz, an dem Cora gelegen hatte, er schnupperte, kratzte mit der Pfote, winselte.

»Da hat sie gelegen. Der Hund zeigt es Ihnen«, sagte ich kurz. Der Kommissar und dieser Bollmann ergingen sich nun in Vermutungen, woher der Schuß gekommen sein konnte.

»Mit dieser Frage haben sich Ihre Kollegen aus Gelsen auch schon beschäftigt«, sagte ich, wieder ruhiger geworden. »Die Pferde waren hier auf der Koppel. Wenn sie so stand«, und ich stellte mich an den Zaun, das Gesicht zur Koppel gerichtet, »muß der Schuß von jenem Waldrand aus gekommen sein.« Ich zeigte mit der Hand in die Richtung. »Wenn sie so stand«, und ich drehte mich mit dem Rücken zur Koppel, »wurde von dort aus geschossen. Die große Esche dort, sehen Sie, ist näher dran, und hinter ihr konnte sich der Schütze gut verstecken. Das wäre auch eine Möglichkeit, dann hätte er sie von der Seite getroffen. Was ja auch der Fall war. Die Schußrichtung ist unklar, die Entfernung dürfte ziemlich groß gewesen sein.«

»Also ein guter Schütze«, stellte Herr Bollmann fest.

»Kann man sagen.«

»Wenn sie überhaupt an dieser Stelle erschossen wurde«, überlegte der Kommissar. »Sie kann an einem anderen Ort getötet worden sein und wurde dann hierher getragen.«

»Darüber haben Ihre Kollegen auch schon nachgedacht und gefunden, daß es möglich gewesen sei, aber sie sahen keinen Sinn darin. Wenn es ein Wilderer war und er hätte sie im Wald erwischt, hätte er sie dort liegen lassen und schleunigst das Weite gesucht. Wenn es Plassner und Co. waren, was man anfangs noch vermutete, so hätten sie sie eher fortgebracht, als sie überhaupt hier in der Gegend zu lassen.«

»Und das Gewehr, mit dem geschossen wurde?«

»Der Gewehrschrank meines Vaters ist unverschlossen. Sie können ihn nachher besichtigen. Es sind einige Lücken darin. Jochen, mein Schwager, verwahrt sein Gewehr bei sich zu Hause. Paul hat auch sein eigenes. Letzte Nacht hatte er es neben seinem Bett. Einige Büchsen sind ja wohl auch verkauft worden. Fingerabdrücke, Spuren, daß kürzlich aus einer Büchse geschossen wurde, hat man nicht gefunden.«

Schweigen. Der Kommissar blickte über die Koppel, sah mich dann an, lange, ausführlich, als erwarte er von mir ein Geständnis oder wenigstens eine brauchbare Auskunft.

Ich erwiderte seinen Blick für eine Weile, wandte mich dann ab. So lächerliche Spielchen konnte er mit mir nicht machen.

Dann fragte er Felix: »Haben Sie dem noch etwas hinzuzufügen, was Ihre Schwester eben sagte?«

»Ich? Nein. Eigentlich nicht. Darüber ist ja schon ausführlich geredet worden, gestern. Paul meinte erst, es fehle eine Büchse, aber die fand sich dann im Stall. Er hatte damit auf Kaninchen geschossen und es später ganz vergessen. Die ist jetzt in Gelsen.«

»Schöne Zustände«, sagte Herr Bollmann tadelnd. Und dann: »Warum ist man in diesem Haus so schießwütig?«

Dieser Ausdruck erweckte wieder meinen Zorn.

»Was heißt schießwütig? Mein Vater war der Sohn eines Försters in Pommern. Er wollte auch nichts anderes werden als Förster. Aber erst mußte er zum Arbeitsdienst, dann mußte er Soldat werden, dann mußte er in den Krieg. Als er 1947 aus der Gefangenschaft kam, war seine Heimat polnisch, seine Eltern tot. Seine Frau auf der Flucht hier gelandet. Und dies ist seit eh und je ein Jagdrevier. Als mein Vater das erste Geld verdient hatte, kaufte er Grottenbrunn und das Revier.«

»Das erste Geld? Das muß doch eine Menge Geld gekostet haben.« Herr Bollmann wies mit dem gestreckten Arm um sich. »Dies alles hier.«

»Damals nicht. Und es hing auch mit der Besitzerin zusammen. Ein alte alleinstehende Frau, die Baronin Keppler, die froh war, daß wir hier waren und uns um sie und um alles kümmerten. Was heißt wir? Mein Vater, meine Mutter. Und die Hartwigs. Fragen Sie meinen Schwager, der hat alle Unterlagen über den Kauf, und er wird Ihnen auch die näheren Umstände erklären können.«

Bollmann ließ nicht locker. »Aber schießen jedenfalls lernten Sie alle.«

»Mein Vater wollte, daß wir auch auf die Jagd gingen. Nicht jeder von uns wurde ein Meisterschütze. Die einzige, die eine Passion für die Jagd entwickelte, ist meine Schwester Gisela. Und dann, Herr Bollmann, bedeutet das nicht, daß man nur in der Gegend herumballert, sondern daß man für das Wild sorgt.«

»Es hegt und pflegt, ich weiß. Aber schießen muß man können, und zwar gut, das verlangen die deutschen Jagdgesetze.«

»So ist es.«

Der Kommissar hat dem Dialog zwischen Bollmann und mir schweigend gelauscht, ohne sich einzumischen.

Jetzt lümmelte er sich auf den Zaun und sagte: »Die Pferde sind nicht mehr da.«

»Hartwig hat sie gestern abend runtergebracht.«

»Schade.«

»Sie könnten Ihnen auch nichts erzählen.«

Dann sah er mich wieder an, schweigend, prüfend.

Ich weiß, daß mein Ton biestig war, aggressiv. Aber ich habe auch nur Nerven.

Bei Gott, Spiegel, ich habe auch nur Nerven.

Zurück im Schloß hat er noch mit Rosine und Paul gesprochen, allein, ziemlich kurz. Und schließlich gelang ihm auch noch ein Besuch bei Elsa.

Kommentarlos fuhren sie dann fort, der Kommissar und sein Adjutant.

Rosine kam und fragte, was sie uns zum Abendessen machen solle.

»Geh zum Teufel«, sagte ich, und so etwas hatte sie von mir noch nie gehört. Beleidigt zog sie ab. Später trug sie für Felix und Elsa ein Tablett hinauf, und ich werde mir jetzt etwas aus dem Kühlschrank holen, Spiegel, denn ich kann mich ja nicht restlos besaufen.

Als ich in die Halle komme, ein Schinkenbrot in der Hand, ist Felix da.

»Du schläfst nicht?« fragt er sinnloserweise.

»Du ja auch nicht.«

Ich drehte ihm den Rücken zu, setze mich in einen Sessel und esse mein Brot.

»Irene ...«

»Ach, laß mich in Ruhe.«

»Warum bist du so böse auf mich? Weil wir ein Kind kriegen?«

»Hol mir ein Bier.«

Er kommt mit dem Bier zurück und fängt wieder an.

»Ich wollte es ja auch nicht. Aber Elsa ist so glücklich. Sie freut sich auf das Kind.«

»Tut sie das? Wie wird sie sich erst freuen, wenn sie das Monster sieht, das sie zur Welt gebracht hat.«

»Warum sagst du das? So etwas darfst du nicht sagen.«

»Was denkst du denn, was herauskommt, wenn zwei Süchtige ein Kind produzieren.«

»Elsa ist clean. Schon lange. Und ich – ich auch.«

»Ja, so siehst du aus, wenn man dich betrachtet.«

Da fängt er an zu weinen. Er weint wie ein Kind, mit weit offenen Augen, aus denen die Tränen fließen, seine Lippen beben, seine Hände zittern.

Clean! Er muß das Gift im Hause haben, denn manchmal wirkt er gelöst und fast heiter, und dann dies hier.

Mein Zorn verraucht, und ich habe nur noch Mitleid. Ich setze mich auf seine Sessellehne, nehme ihn in die Arme und tröste ihn. »Hör auf zu weinen. Vielleicht wird es nicht so schlimm. Hat Elsa einen guten Arzt?«

Er nickt.

»Vielleicht wird es wirklich nicht so schlimm. Kann ja sein, es ist normal, das Kind. Sie nimmt wirklich nichts mehr?«

»Nein. Ich schwöre es dir. Und ich nehme auch keine schweren Sachen mehr. Ich bin auf etwas Leichtes umgestellt. Der Arzt gibt es mir selber, nur soviel, wie ich brauche. Und etwas brauche ich, Irene. Und wenn es ein Monster wird, das Kind, wie du sagst, Irene, dann werden wir es hier verstecken in Grottenbrunn. Hier sieht es keiner.«

»Wenn es ein Monster wird, solltest du es am besten im ersten Badewasser ersäufen.«

»Man sieht es vielleicht nicht am Anfang. Es stellt sich erst später heraus«, sagt er leise und weint noch immer. »Ich habe mit meinem Arzt darüber gesprochen.«

»Mein Gott, mit solchen Gedanken beschäftigt ihr euch. Jetzt kann ich auch Elsas Benehmen besser verstehen. Warum habt ihr denn nicht abgetrieben?«

»Erst haben wir das gar nicht gewußt. Weißt du, bei ihr war das alles nicht so regelmäßig. Hat manchmal ganz ausgesetzt. Und dann, als sie es wußte, da wollte sie nicht. Und nun ist es auch schon zu spät. Sie ist im sechsten Monat.«

Dieses strichdünne Wesen, unvorstellbar, daß sie ein Kind tragen soll.

Ich streiche ihm übers Haar, küsse ihn auf die blasse, wie durchsichtige Schläfe.

»Geh jetzt schlafen. Man muß es nehmen, wie es kommt. Vielleicht...« Ich spreche nicht aus, was ich denke.

Vielleicht sollte man es mit Beten versuchen.

»Ja, ich muß raufgehen. Sie hat Angst, wenn sie allein ist.«

Er küßt mich nicht, geht dann langsam die Treppe hinauf. Ich sehe ihm nach, und noch lange nachdem er verschwunden ist, sehe ich sein kummervolles Gesicht vor mir, höre sein klägliches Weinen. Mutter, dein heißersehnter Sohn. Karl, der Glückliche. Wenn du ihn heute sehen könntest. Aber es wäre alles nicht so gekommen, wenn du bei uns geblieben wärst. Und jetzt haben wir noch den Mord auf dem Hals.

Gemeinerweise denke ich, daß es eigentlich gut ist.

Was ist gut, Irene?

Daß sie tot ist, Mutter. Wer immer sie getötet hat, er hat uns Gutes getan. Sie kann nicht mit dem Mann hier aufkreuzen, den sie heiraten will. Sie kann Grottenbrunn nicht verkaufen. Es scheint, wir brauchen Grottenbrunn. Auch wenn ich es mit dem Beten versuche, ist es sehr fraglich, ob es etwas nützt.

Grottenbrunn wird also nicht, wie Gisela sagte, ein Seniorenheim werden, sondern eine Irrenanstalt.

O Himmel, was für schreckliche Gedanken. Albträume im Wachen. Ich habe das Bier ausgetrunken und greife wieder nach der Whiskyflasche, stelle sie wieder weg. Ich werde hier noch zur Säuferin.

Mit Gisela habe ich gesprochen, auch mit Jochen und Bert. Ich habe ihnen alles erzählt, was sich am Nachmittag und Abend hier abgespielt hat und daß sie morgen mit dem Besuch des Kommissars rechnen müßten.

»Zu uns? Wirklich?« fragte Hella dämlich. »Da müssen wir die Kinder wegschicken. Stell dir vor, die reden wieder solchen Unsinn wie heute mittag.«

Jochen hat ihr wohl den Hörer aus der Hand genommen, er ist ganz ruhig.

»Wir haben erwartet, daß jemand kommt. Heute schon. Und die Kinder bleiben selbstverständlich da. Sie wollen die Unterlagen sehen über den Kauf von Grottenbrunn? Gut, ich werde alles bereitlegen.«

Gisela wirkt sehr bedrückt am Telefon. So kenne ich sie kaum. Sie macht sich Sorgen wegen Doris, ihrer Tochter.

»Ich habe es ihr inzwischen möglichst schonend beigebracht. Sie sieht das nicht so sensationell wie Hellas Bälger. Es hat sie sehr aufgeregt. Es ist nämlich so, das habe ich dir noch gar nicht erzählt, Doris mochte Cora sehr gern.«

Das erstaunt mich.

»Ja, Doris wollte immer nach Grottenbrunn. Manchmal war sie auch allein da, einer von unseren Leuten fuhr sie raus, oder Paul hat sie geholt. Sie durfte dann mit Cora reiten, auf der braunen Stute, und da war sie immer ganz selig. Von Cora schwärmte sie geradezu.

Sie ist so schön, Mutti, hat sie gesagt. Ich möchte auch mal so schön werden. Wie findest du das?«

»Wir entdecken immer mehr edle Seiten an Cora. Und wie hat Doris reagiert?«

»Das kannst du dir denken. Sie war starr vor Entsetzen. Ich habe schon gewußt, warum ich Angst hatte, daß sie das ganze Drama erfährt. Ich hätte sie zu Berts Mutter nach Frankfurt bringen sollen.«

»Das hätte doch nicht verhindert, daß sie die Wahrheit erfährt.«

»Das hat Bert auch gesagt. Er hat gerade sehr lange und sehr verständig mit ihr gesprochen. Auch darüber, was nun alles auf uns zukommt. Was die Leute reden werden, im Ort und in der Fabrik, was in der Zeitung stehen wird und so, weißt du.«

»Und was ... was habt ihr gesagt, wer es getan haben könnte?«

»Ein Wilderer natürlich. Was sollen wir denn sonst sagen? Bert mußte ihr erst einmal erklären, was ein Wilderer ist. Und hat so ein paar einschlägige Geschichten dazu erzählt. Das hat sie natürlich auch aufgeregt, aber auch ein bißchen abgelenkt. Jetzt haben wir sie gerade zu Bett gebracht.«

Das ist das dritte Gespräch mit Gisela an diesem Abend.

»Ich brauchte auch jemand, der mich ablenkt. Ich sitze hier ganz allein und besaufe mich. Gegessen habe ich nichts. Wie Rosine und Paul sich benommen haben, das habe ich dir ja schon erzählt. Felix ist oben bei seiner Traumfrau. Und nun habe ich noch eine Neuigkeit für dich. Eigentlich wollte ich euch damit verschonen, zunächst jedenfalls. Aber ich muß es loswerden, sonst kriege ich einen Herzinfarkt heute nacht. Elsa erwartet ein Kind.«

»Das kann nicht dein Ernst sein.«

Darüber reden wir eine Weile, dann kommt noch einmal Bert an den Apparat, er will das auch ganz genau hören, wir sind uns alle einig, daß vermutlich fürchterliche Dinge auf uns zukommen. Zum Schluß des Gesprächs sage ich noch: »Und das mit dem Wilderer, das könnt ihr euch abschminken. Der Kommissar hat es nicht einmal am Rande in Erwägung gezogen. Er ist ziemlich überzeugt davon, daß wir sie umgebracht haben.«

»Wir? Wer wir?« fragt Bert.

»Teamwork, wie es dein Neffe nannte. Aber ich glaube, am meisten verdächtigt er mich.«

»Warum gerade dich?«

»Na ja, euch kennt er noch nicht. Da hat er sich erst einmal an mich gehalten. Ich war teilweise ziemlich rabiat.«

»Du hast sie eine Nutte genannt, das hast du uns vorhin schon erzählt. War vielleicht etwas ungeschickt.«

»Sicher war es das. Na, ihr seid ja jetzt vorbereitet und könnt euch entsprechend vornehm verhalten. Nur sollte Doris vielleicht wirklich nicht im Haus sein.«

»Du hast recht. Ich werde sie morgen früh zu meiner Mutter bringen. Die zwei verstehen sich ja wirklich gut.«

Es war ein endloses Gespräch, es war dann ungefähr halb elf. Ich versuchte es mit Fernsehen, dann mit Lesen und eben mit Whisky.

Nun ist es drei, und ich sitze immer noch hier. Langsam beginne ich Grottenbrunn zu hassen. Wäre ich doch bloß nicht hergekommen.

Familienverhör

Sonntag vormittag erschienen Hauptkommissar Graf und Kriminalassistent Bollmann in der kleinen Stadt Gelsen, in der die Fabrik war und wo Jochen Baumgardt und Bert Keller mit ihren Familien wohnten.

Die beiden einstöckigen Häuser standen getrennt, wie in einem rechten Winkel angeordnet, am westlichen Ortsrand, hübsche moderne Häuser, einander ähnlich, doch nicht gleich. Sie hatten, wie der Kommissar kurz darauf feststellen konnte, einen großen gemeinsamen Garten und einen gemeinsamen Swimmingpool. Das Ganze machte einen durchschnittlich wohlhabenden, bürgerlichen Eindruck. So lebten viele Menschen in diesem Land.

Die Fabrik, an der die Herren, von Frankfurt kommend, vorbeigefahren waren, lag etwa zehn Minuten Fußweg von den Häusern entfernt. Sie bestand aus einem Hauptgebäude und mehreren langgestreckten Hallen und einem Ausstellungsbau mit großen Schaufenstern, wo die Küchen zu besichtigen waren.

Nachdem sie ausgestiegen waren und gerade überlegten, an welcher Tür sie klingeln sollten, wurde die Haustür von Gisela Keller, geborene Ravinski, geöffnet. Denn natürlich war das Eintreffen der Polizisten, von Irene am Abend zuvor angekündigt, gespannt erwartet worden.

»Ein sehr sympathischer und gutaussehender Mann, dieser Kommissar«, hatte Irene berichtet. »Gar nicht so, wie man sich einen Bullen vorstellt.«

»Ich weiß gar nicht, was du für Ausdrücke hast«, hatte Bert darauf gesagt. »Nutte, Bullen. Das paßt gar nicht zu dir.«

»Das Fernsehen bildet ungemein«, war Irenes Antwort darauf gewesen.

Daran mußte Gisela denken, als sie nach Begrüßung und Vorstellung mit den beiden Herren ins Haus ging. Heute kam es ihr noch unwahrscheinlicher vor als gestern und vorgestern, daß sie so etwas wirklich erlebte.

Es war wieder ein sonniger schöner Tag, die Tür, die in den Garten rührte, war weit geöffnet, der große Raum, der die ganze Breite des Hauses einnahm, war sonnendurchflutet, und draußen sah man das Wasser des Pools glitzern.

Ein Sonntagmorgen, wie man ihn sich schöner nicht erträumen konnte. Normalerweise hätten sich Gisela und Bert auf dem Golfplatz bewegt.

Bert Keller kam den Herren durch den großen Raum entgegen, man gab sich die Hand, der Kommissar blickte hinaus in den Garten, sagte: »Sehr schön haben Sie es hier. Und ich muß mich entschuldigen, daß ich Sie am Sonntag störe, aber Sie verstehen ...«

»Ja, sicher«, gab Gisela zur Antwort. »Und je schneller wir das alles hinter uns bringen, desto lieber ist es uns.«

Der Kommissar betrachtete die blonde, große Frau, sie wirkte drahtig, sportlich, das Gesicht war hübsch und lebendig. Das war also die jüngste der Schwestern, mit Irene hatte sie keine Ähnlichkeit.

Sie standen noch unter der offenen Tür, Gisela hob leicht die Hand und wies zu der anderen Terrasse, die, durch den Garten getrennt, die Rückseite des anderen Hauses bildete.

»Sie sehen dort meine Schwester Hella und ihren Mann, die genau wie wir Ihren Besuch erwarten«, sagte sie sachlich. »Ich weiß nicht, bei wem Sie anfangen wollen.«

»Wäre es nicht am einfachsten, wir setzen uns alle zusammen?« fragte der Kommissar.

Das wunderte Gisela. »Ach ja? Ich dachte, Sie wollten jeden von uns einzeln verhören. So liest man es immer in Krimis.«

»Erstens ist dies kein Krimi und zweitens kein Verhör. Wir wollen uns unterhalten und versuchen, einige Fragen zu klären.«

»Ja, dann – wollen wir hinübergehen oder bei uns bleiben?«

»Das überlasse ich Ihnen, gnädige Frau.«

»Jochen hat verschiedene Papiere und Unterlagen vorbereitet. Aber ich denke, wir bleiben lieber hier. Es gibt zwei Teenager bei meiner Schwester, die manchmal lästig werden können. Heute sind sie natürlich zu Hause geblieben, weil sie neugierig sind. Sehen Sie, was da hinten im Garten herumstrolcht, das ist mein Neffe Lutz. Und meine Nichte hält sich bestimmt in Hörweite auf. Außerdem hat meine Schwester ein Au-pair-Mädchen im Haus. Also bleiben wir hier?«

»Bitte sehr. Sie haben keine Kinder, gnädige Frau?«

»Doch. Eine Tochter. Sie ist zehn. Sie verbringt das Wochenende bei meiner Schwiegermutter in Frankfurt.«

Der Kommissar musterte die junge Frau wohlgefällig, eine vernünftige, sympathische Person. Es war kaum vorstellbar, daß sie eine Mörderin sein könnte. Obwohl sie diejenige war, die am besten schießen konnte, wie er wußte.

Gisela war hinausgetreten auf die Terrasse und winkte den beiden, die gespannt zu ihnen blickten.

»Kommt mal rüber«, rief sie.

Jochen kehrte ins Haus zurück, erschien gleich darauf wieder, eine umfangreiche Mappe unter dem Arm.

Dann kamen Hella und Jochen durch den Garten zum Haus der Kellers. Hinter ihnen erschien ein dunkelhaariger Mädchenkopf unter der Tür, und der Junge aus dem Garten setzte sich an den Rand des Pools.

Vorstellung, Begrüßung, nochmals höfliche Entschuldigung des Kommissars, ein paar Worte über das schöne Wetter und den wirklich wundervollen Garten, in dem die Forsythien, Tulpen und Narzissen blühten, ganz abgesehen von den schönen alten Bäumen.

Diese Einleitung nahm Hella einen Teil der Befangenheit. Sie war für den Garten zuständig, beschäftigte allerdings einen Gärtner, doch sie wußte genau, wo dies und das in einiger Zeit blühen werde. Als sie bei den Ginsterbüschen und den Rosen angekommen war, wurde sie von Jochen unterbrochen.

»Schon gut«, sagte er und legte seine Hand auf ihre, »ich glaube, die Herren sind nicht hergekommen, um sich über den Jahresablauf deines Gartens zu informieren.«

»Zwei prachtvolle Kirschbäume haben wir auch«, fügte Hella noch rasch hinzu. »Und einen Zwetschgenbaum.« Dann schwieg sie.

Die folgende Stunde brachte für den Kommissar nichts Neues. Er konstatierte nur, daß die Atmosphäre in dieser modernen Umgebung, mit den beiden ganz normalen Ehepaaren, weitaus entspannter und gleichzeitig alltäglicher war als im düsteren Grottenbrunn mit der nervös reagierenden Irene, dem maroden Bruder und der scheuen jungen Frau, die kaum den Mund aufgetan hatte. Ganz zu schweigen von dem verstockten Ehepaar Hartwig.

Denn das war am Abend zuvor die größte Überraschung für den Kommissar gewesen, daß die beiden Hartwigs, treue Seelen und der Familie eng verbunden, wie er gehört hatte, ihm kaum etwas zu sagen hatten, oder besser ausgedrückt, nichts sagen wollten. Paul Hartwig hatte nur immer wieder erklärt: »Das hab' ich ja alles schon gesagt. Ist alles aufgeschrieben.«

»Ja, das hat er zu Protokoll gegeben«, bestätigte dann Rosine. Über Cora wußten sie nichts zu sagen, und schon gar nicht über die Familienmitglieder.

Er hatte es bald aufgegeben, weitere Fragen zu stellen. Hier war ein Punkt, wie er auf der Rückfahrt zu Bollmann sagte, an dem er nachhaken wolle.

»Sie meinen, die beiden verschweigen etwas?« hatte Bollmann gefragt.

»Wenn sie etwas verschweigen, würde es bedeuten, daß sie etwas wissen. Wer hat ihnen verboten zu sagen, was sie wissen? Oder was sonst hindert sie, alles zu sagen, was sie eventuell wissen?«

»Ich denke, die Anhänglichkeit an die Familie, zu der sie nun schon so lange gehören.«

»Richtig. An den Wilderer glauben sie jedenfalls nicht.«

Denn das war das einzige, was Hartwig mehrmals mit Nachdruck ausgesprochen hatte.

»Es kann nur ein Wilderer gewesen sein. Nur ein Wilderer.«

»Schauen wir uns erst mal den Rest der Sippe an«, lautete der abschließende Kommentar von Kommissar Graf. Dann hatte er geschwiegen, in die Dämmerung geblickt, Bollmann fuhr den Wagen. Kurz vor Frankfurt sagte Graf noch: »Komisch ist das, mit so einer Familiengeschichte.

Kompliziert die Sache. Oder nicht?« Bollmanns Antwort: »Kommt darauf an, ob sie sich verstehen oder ob sie verfeindet sind. Im letzteren Falle könnte es ganz hilfreich sein.«

In Frankfurt angekommen, ließ sich der Kommissar absetzen und stieg auf ein Taxi um. Er brauchte eine Flasche Wein und ein gutes Abendessen, und er beschloß, ins Le Midi zu gehen.

Er hatte ausführlich gespeist und ebenso ausführlich nachgedacht, sich auch noch ein paar Notizen gemacht, und nun war er hier und fand zunächst heraus, daß die Familie keineswegs verfeindet war, daß sich alle offenbar gut verstanden. Mit beiden Männern konnte man sachlich reden, mit Gisela sowieso, und Hella sagte nicht viel, jedenfalls nichts Dummes.

Alles wurde noch einmal von vorn durchgenommen. Die Zusammenkunft am Donnerstag in der Fabrik, die sogenannte Gesellschafterversammlung, das darauf folgende Abendessen in Grottenbrunn, das in etwas gedrückter Atmosphäre verlaufen war.

Hier unterbrach der Kommissar.

»Warum eigentlich? Die geschäftlichen Ergebnisse waren doch zufriedenstellend, wie ich höre.«

»Gedrückte Atmosphäre ist eigentlich nicht das richtige Wort«, verbesserte Gisela. »Es war halt einfach nicht gemütlich. Wie es sonst ist, wenn wir zusammen sind. In Coras Gegenwart fühlten wir uns alle nicht so wohl. Irene ließ deutlich ihre Abneigung erkennen.«

»Tat sie das immer, wenn sie mit Cora zusammenkam?«

»Sie kam so gut wie nie mit ihr zusammen. Es war seit Vaters Tod überhaupt das erste Mal, daß Irene nach Grottenbrunn gekommen war. Seit seiner Beerdigung, meine ich. Wissen Sie, ich muß Ihnen dazu gleich etwas sagen, was vielleicht verrückt in Ihren Ohren klingt – sch!« machte sie plötzlich und streckte die Hand abwehrend zur offenen Tür aus. Dort war nämlich Lutz aufgetaucht. Gisela stand auf. »Hau bloß ab!« sagte sie und schloß die Tür.

»Ach, dieser Bengel«, ließ sich Hella hören.

»Ja? Was wollten Sie sagen? Was klingt verrückt in meinen Ohren?«

Bert schlug die Augen zur Decke, aber Gisela fuhr unbeirrt fort: »Na, ich muß das loswerden. Zum Verständnis der ganzen Situation. Als mein Vater so plötzlich starb vor drei Jahren, da – ja, da haben wir gedacht, sie hat ihn umgebracht.«

»Cora?«

»Ja. Besonders Irene war nicht davon abzubringen. Aber sie war sowieso in einer schwierigen Situation. Sie hatte sich scheiden lassen, sie hatte eine Pleite erlebt und ...«

»Sag mal, willst du deine Schwester eigentlich belasten?« unterbrach Jochen sie. »Was soll das Gerede?«

»Um Gottes willen, nein; ich will nur erklären, warum der Abend so lahm verlief. Es lag an Irene, die sich so abweisend verhielt. Wir kamen ja öfter mal mit Cora zusammen. Ich hatte manchmal Streit mit ihr, das gebe ich offen zu. Und Jochen machte ihr Vorhaltungen wegen Ihres

Geldverbrauchs. Meine Tochter schwärmte für sie. Also, es waren verschiedene Beziehungen vorhanden. Und am besten kam Felix mit ihr aus. Er war in letzter Zeit ziemlich oft nach Grottenbrunn gekommen, zusammen mit Elsa. Cora schien das nicht zu stören. Von Elsa sieht und hört man ja kaum etwas. Aber Felix unterhielt sich ganz gern mit Cora. Obwohl er sich natürlich genau wie wir alle über die Heirat unseres Vaters erregt hatte. Sie müssen verstehen, mein Vater ...«

Was jetzt kam, wußte der Kommissar schon alles. Karl Ravinski, Dorothea Ravinski, darüber hatte Irene ihm genug erzählt. Die drei Schwestern hatten die Mutter vergöttert und den Vater idealisiert. Bis eben zu seiner zweiten Ehe. Da war er für sie von einem Sockel gestürzt, ein Schock, von dem sie sich nicht erholt hatten, und dann kam sein jäher Tod.

Ja, fand der Kommissar bei sich, es war sogar verständlich, daß sie Cora verdächtigt hatten.

»Eine polizeiliche Untersuchung hat bei dem Tod Ihres Vaters nicht stattgefunden?« fragte er, nachdem Gisela mit der langen Schilderung ihrer Eltern und ihrer Jugend zu Ende gekommen war, einige Male von Bert oder Jochen unterbrochen, was sie aber nicht beirrte.

»Nein«, antwortete Jochen an ihrer Stelle. »Um den Tod untersuchen zu lassen, hätten wir Anzeige erstatten müssen. Der Arzt hatte Herzschlag attestiert. Einen hohen Blutdruck hatte mein Schwiegervater. Und um die Sache nun ganz auf den Punkt zu bringen: Er starb in Coras Bett.

Die Todesursache war bei einem Mann seines Alters leicht erklärbar, nicht? Wenn er sich also in gewisser Weise überanstrengt hatte, so konnte Cora sehr wohl die Ursache seines Todes sein, aber schuldig konnte man sie dafür nicht sprechen. Oder?«

»Nein.«

»Das Ganze war ja auch ein bißchen peinlich. Man sprach nicht darüber. Die Kinder wissen es nicht.«

»Irene wußte es auch nicht. Ich habe es ihr erst später erzählt«, sagte Gisela. »Als ich sie in München besuchte und sie wieder davon anfing, Cora habe Vater vergiftet oder irgend so etwas. Ich sagte zu ihr, hör endlich auf damit. Sie hat ihn nicht vergiftet. Sie hat ihn möglicherweise zu sehr strapaziert. Ob nun absichtlich oder nicht, wer will das nachweisen?«

»Mein Schwiegervater war ein sportlicher Mann«, sagte Bert. »Er ging auf die Jagd, er ritt, und sein Liebesleben kann ihn auch nicht so strapaziert haben, wie es aussieht. Er kannte Cora schon eine ganze Weile, bevor er sie heiratete. Ich will damit sagen, er kann nicht direkt aus der Übung gewesen sein.«

»Wie sich das anhört«, flüsterte Hella schockiert.

»Na ja«, meinte Jochen, »wenn wir schon über alles reden, dann gehört das vielleicht auch dazu.«

Der Kommissar nahm es schweigend zu Kenntnis.

»Zurück zum Donnerstagabend. Es war also nicht gemütlich, und es lag an Frau Domeck.«

»Nicht an ihr allein«, widersprach Jochen. »So ein wenig verärgert waren wir wohl alle. Es war das Ergebnis der vorhergehenden Besprechung. Die Fabrik steht gut da, aber nicht so gut, daß Coras finanzielle Extravaganzen von uns hingenommen werden können. Und immer wieder bei dieser Gelegenheit der Arger darüber, daß mein Schwiegervater sie so bevorzugt und seine eigenen Kinder benachteiligt hatte. Dieser Stachel steckt uns allen im Fleisch, wenn wir ehrlich sind. Dazu ihre Ankündigung, ziemlich kühl hervorgebracht, daß sie die Absicht habe, Grottenbrunn zu verkaufen.«

»Und das hätte sie also ohne weiteres gekonnt?«

»Ja. Der Besitz gehört ihr allein.«

»Das Schloß und das Revier, das wohl das eigentliche Wertobjekt ist?«

»Richtig.«

»Und nicht zu vergessen, die Gegenwart der beiden Schwulen, die ja auch nicht gerade erheiternd wirkte«, sagte Gisela.

Der Kommissar ging nicht näher darauf ein.

»Das Jagdrevier«, wiederholte er. »Es muß Sie doch getroffen haben, es möglicherweise zu verlieren. Sie sind ja wohl alle passionierte Jäger.«

»Wir lieben den Wald und alles, was darin steht und geht. Es geht nicht nur um die Jagd, es geht, jedenfalls mir, um jeden Baum, der dort steht. Es ist alles gut erhalten, gut gepflegt. Der Wald wirft ja auch ein gutes Kapital ab.

Und war meinem Schwiegervater genauso wichtig wie mir.«

»Wie kommt es eigentlich, daß Sie beide«, er blickte erst Hella, dann Gisela an, »Jäger geheiratet haben. Hat Ihr Vater das zur Bedingung gemacht?«

Gisela lachte. »Nein, so ein Tyrann war er wirklich nicht. Es ergab sich so.«

»So, es ergab sich. Und wie?«

»Mein Vater«, berichtete Jochen, »ging auch gern zur Jagd. Er war Bankier in Frankfurt, er und mein Schwiegervater kannten sich gut, man kann sagen, sie waren befreundet. In den Jahren des Aufbaus bekam mein Schwiegervater einen großzügigen Kredit von unserer Bank, und das verlief alles in sehr korrekten und nach und nach freundschaftlichen Beziehungen. Die Kredite wurden verzinst und zurückgezahlt, mein Vater war befriedigt, daß die Fabrik reussierte, die beiden Herren trafen sich oft zum Essen, und mein Vater war Jagdgast in Grottenbrunn. Nachdem ich meinen Jagdschein gemacht hatte, durfte ich mitkommen. Und da lernte ich eben Hella kennen, die damals noch ein blutjunges Mädchen war.«

»Ich war damals ganz niedlich«, flüsterte Hella verschämt.

Jochen streichelte ihre Hand. »Das bist du heute noch.«

»Hella hat sehr jung geheiratet«, sagte Gisela. »Da lebte unsere Mutter noch. Es war eine wunderschöne Hochzeit.«

»Und Sie?« wandte sich der Kommissar an Bert. »Sind Sie auch durch Ihren Vater zum Jäger geworden?«

»Nein. Durch einen Freund. Ich – eh, also es war so. Mein Vater ist im Krieg gefallen, und meine Mutter blieb zurück mit zwei kleinen Buben. Ich habe einen Bruder. Die Nachkriegszeit war natürlich schwierig für sie, sie mußte arbeiten, doch sie ist so eine tüchtige und kluge Frau, daß sie nach wenigen Jahren Chefsekretärin in einem großen Betrieb wurde. Dazu zwei wilde Buben aufzuziehen, war mühsam. Sie steckte uns in ein Internat. Und dort wiederum befreundete ich mich mit einem Jungen, dessen Vater in Oberhessen ein großes Jagdrevier besitzt. Ich wurde hin und wieder mitgenommen und war natürlich fasziniert, von allem, was ich da sah und hörte. Schießen hatte ich bis dahin nicht gelernt, und meine Mutter verbot es mir sowieso. Es sei genug geschossen worden in unserem Jahrhundert, sagte sie, sie wolle davon nichts hören.«

»Und dann lernten Sie es doch?«

»Erst sehr viel später. Nachdem ich Gisela kennengelernt hatte.«

»Das geschah beim Skifahren, in Kitzbühel«, warf Gisela ein.

»Wir verliebten uns sehr heftig ineinander«, sagte Bert, und der Blick, mit dem er Gisela ansah, bewies, daß er nicht bereute, sie in Kitzbühel kennengelernt zu haben.

»Ich war nur widerstrebend bereit, in der Fabrik zu arbeiten. Ich sah mich als Künstler. Nun ja, das war die Bedingung, die mein Schwiegervater wirklich stellte. Ehe wir heiraten konnten, starb Giselas Mutter, und das verzögerte unsere Heirat um ein Jahr. Hauptsächlich wegen Felix.«

Der Kommissar erfuhr nun von der Sorge um den verzweifelten Jungen, die Mühe, die die Schwestern sich machten, um ihn wieder an ein halbwegs normales Leben zu gewöhnen.

»Ganz ist es uns wohl nicht gelungen«, sagte Gisela.

»Wir liebten ihn ja, er war unser kleiner Bruder, aber irgendwie hat er einen Knacks davongetragen.«

»Wurde er darum drogensüchtig?« fragte der Kommissar ruhig.

Die anderen blickten betroffen.

»Sie wissen das?« fragte Bert.

»Ich habe heute früh einmal nachgeforscht. Das Verhalten von Frau Domeck, als sie von der Schwangerschaft von Elsa erfuhr, hat mich stutzig gemacht.«

»Er war ein labiles Kind. Er ist ein labiler Mann geworden«, sagte Gisela. »Wir haben uns immer Sorgen gemacht um ihn. Und wir haben alles getan, um ihn zu heilen.«

Der Kommissar insistierte nicht weiter. Er würde zweifellos in Frankfurt bei seinen Kollegen vom Rauschgiftdezernat alles erfahren, was er über Felix Ravinski wissen wollte. Und über Elsa Ravinski. Denn daß sie auch Drogen nahm oder genommen hatte, war ihm klargeworden, als er sie sah.

Alles in allem kannte er die Geschichte der Familie ganz gut. Nur den Mörder von Cora Ravinski kannte er nicht.

Herr Bollmann hatte noch eine Frage. Er wandte sich an Bert. »Und nachdem Sie geheiratet hatten und in die

Fabrik eingetreten waren, haben Sie dann doch schießen gelernt.«

»So ist es. Ich machte die Jagdprüfung, aber ich bin nie ein großer Jäger geworden. Ich halte mich nur gern im Wald auf. Am liebsten wandernd und ohne Gewehr. Und ich bin auch am Freitagmorgen spazierengegangen. Allein und ohne Gewehr.«

»Gut. Kommen wir zum Freitag. Frau Domeck sagte: Jeder von uns kann schießen, und keiner hat ein Alibi.«

»Das sieht ihr ähnlich«, murmelte Bert.

»Also, wie war das nun an jenem Morgen?«

Gisela berichtete von dem gemeinsamen Frühstück, daß Jochen schon sehr zeitig in die Fabrik gefahren sei, wie später Bert von seinem Spaziergang zurückkam, wie Felix von oben kam und schließlich Paul Hartwig mit der Mitteilung, bei der oberen Koppel liege die tote Cora Ravinski.

»Und dann sind wir alle da hinauf gelaufen.«

»Außer Herrn Baumgardt«, ergänzte der Kommissar, »der ja in der Fabrik war. Außer Elsa und außer Frau Hartwig.«

»Rosine war dabei. Elsa natürlich nicht.«

»Hm.«

Alle blickten den Kommissar fragend an, auch Herr Bollmann. Eine Weile blieb es still.

Der Kommissar sah draußen auf der Terrasse ein junges Mädchen und einen Jungen sitzen, die Gesichter neugierig ins Zimmer gewandt. Das waren wohl die Kinder der Baumgardts. Und am Rand des Swimmingpools stand noch ein anderes junges Mädchen, mehr pro forma wohl, auf einen Besen gestützt. Das mußte das Au-pair-Mädchen sein. Allerhand Leute auf einem Fleck. Wenn er alle zusammenzählte, die hier und die im Schloß – er gab es auf. So eine Familiengeschichte hatte wirklich ihre Schwierigkeiten.

»Entschuldigen Sie«, sagte Gisela, »ich habe Sie gar nicht gefragt, ob ich Ihnen etwas anbieten darf.«

Sie blickte die Herren aus Frankfurt abwechselnd an, und der Kommissar antwortete für beide: »Danke, nein. Wir sind gleich fertig. Ich habe allerdings noch zwei Fragen.«

Er sah Jochen an, und der sagte: »Ja, bitte.«

»Wer ist neben Ihnen beiden der wichtigste Mann in der Fabrik?«

»Das ist Herr Lorenz. Kurt Lorenz, er ist der erste Buchhalter, und er hat Prokura. Er hat zusammen mit meinem Schwiegervater angefangen.«

Der Kommissar machte sich eine Notiz.

»Er weiß Bescheid?«

»Ja.«

»Ich würde ihn gern sprechen. Wo finde ich ihn?«

»Er wohnt in einem kleinen Häuschen, das hinter der Fabrik steht.«

»Vielleicht schaue ich mal vorbei, ob er da ist«, sagte der Kommissar mehr zu sich selbst.

Dann schwieg er wieder. Sein Blick traf durch die Fenstertür den Blick Nicoles, die ihm zulächelte.

»Wie alt ist Ihre Tochter?« wandte er sich an Hella.

»Siebzehn«, antwortete Hella erstaunt. Sie drehte sich um, denn da sie mit dem Rücken zum Fenster saß, hatte sie die Annäherung ihrer Lieblinge nicht bemerkt.

»Das ist ja unerhört«, sagte sie. Und zu Jochen: »Sag ihnen Sofort, daß sie da verschwinden sollen.«

»Lassen Sie nur«, sagte der Kommissar. »Sie stören mich nicht. Ihr Sohn ist wesentlich jünger?«

»Vierzehn ist der Bengel.«

»Also nehme ich an, daß die beiden noch nicht schießen können«, konstatierte der Kommissar erleichtert.

»Nein, die nicht. Und mein Ältester auch nicht. Der hat sich immer geweigert, ein Gewehr in die Hand zu nehmen. Er studiert in Heidelberg.«

»Was denn?«

»Jura.«

»Schade, daß er noch nicht fertig ist«, meinte der Kommissar nachdenklich. »Dann hätten Sie den Verteidiger in der Familie.«

Er lehnte sich zurück, legte die Fingerspitzen aneinander und ließ den Blick über die Gesichter schweifen, einen nach dem anderen sah er an, und er ließ sich Zeit dazu.

»Wer von Ihnen hat Cora Ravinski erschossen? Das ist meine zweite Frage.«

»O mein Gott«, hauchte Hella und begann zu weinen.

Da hielt Nicole es nicht länger. Sie riß die Tür auf, kam herein, die Hände in den Hosentaschen.

»Haben Sie meine Mutter verhaftet?« fragte sie lüstern.

»Halten Sie es für möglich, daß Ihre Mutter Cora Ravinski erschossen hat?« fragte der Kommissar kühl.

»Bestimmt nicht. Mutti ist so kurzsichtig, die könnte ein Reh nicht von einem Elefanten unterscheiden.«

»Mach, daß du rauskommst«, sagte Jochen wütend.

Aber nun tauchte Lutz neben seiner Schwester auf.

»Ich kann mir denken, wer's war«, rief er.

»Nun?« fragte der Kommissar und hielt Jochen zurück, der seine Kinder rausschmeißen wollte.

»Rosine«, schrie Lutz begeistert. »Die brauchte 'nen Rehbraten. Und dann hat sie – peng, peng – danebengeschossen. Bloß gut, daß sie die Pferde nicht getroffen hat.«

Jochen holte aus, und sein Sohn empfing eine Ohrfeige, die kräftig ausfiel. Das war Lutz noch nie passiert, denn Jochen war ein ruhiger Mann, der seine Kinder nie geschlagen hatte. Lutz stand starr vor Staunen, seine Schwester lachte sich halb tot.

»Na, jetzt ist der Familienkrach perfekt. Bin nur neugierig, wer als nächster dran glauben muß.«

»Raus!« sagte Jochen nur, und sein Ton veranlaßte die beiden zum Rückzug.

»Diese Kinder sind eine Pest«, stöhnte Hella.

Jochen kam zurück und setzte sich wieder. Es war ihm anzusehen, daß sein Anfall von Jähzorn ihm peinlich war.

»Entschuldigen Sie«, sagte er.

Der Kommissar nickte schweigend, durch die Fenstertür empfing er noch ein Lächeln von Nicole, ehe sie sich abwandte und, den Arm um die Schultern ihres Bruders gelegt, in Richtung Pool schlenderte, wo die beiden sich zu dem Au-pair-Mädchen setzten.

»Wie ich gehört habe, verwahren Sie Ihr Gewehr hier im Haus«, sagte der Kommissar zu Jochen.

»Ja.«

»Warum?«

»Es ist eine besonders wertvolle Büchse, ein Geschenk meines Vaters, und gelegentlich werde ich auch anderswo zur Jagd eingeladen.«

»Und diese wertvolle Büchse ist wohlverwahrt?«

»Gewiß. Wohlverwahrt, unter Verschluß. Falls Sie damit andeuten wollen, ob die Kinder an sie herankommen können. Können sie nicht.«

Hella seufzte. »Bei diesen Kindern ist alles möglich.«

Jochens Zorn war noch nicht verraucht. »Red nicht so einen Unsinn. Willst du vielleicht andeuten, einer von den beiden sei mit meinem Gewehr im Wald herummarschiert.«

»Um Gottes willen, nein«, rief Hella erschrocken.

Der Kommissar blickte mit nachdenklicher Miene an allen vorbei. Es war ein Verlegenheitsgesicht, was höchstens Herr Bollmann erkennen konnte.

Hauptkommissar Graf, der große Kriminalist, von dessen Erfolgen die Annalen des Präsidiums deutlich Auskunft gaben, war ratlos. Eine so einfache Geschichte: Eine Frau war ermordet worden, rundherum eine Anzahl von Menschen, die sie nicht leiden mochten, wofür Grund genug bestand, und die ganz offensichtlich aus ihrem Tod einen

Nutzen hatten, und zwar jeder von ihnen, und da saß er nun, und nicht das geringste bißchen Verdacht gegen einen dieser Menschen wollte sich einstellen.

Was stimmte an dieser Geschichte nicht? Wo war der faule Punkt? Warum konnte er ihn nicht herausfinden?

Möglicherweise war er der falsche Mann für diese Untersuchung. Er griff in Watte; und seine höfliche Zurückhaltung, sein ganz persönliches Markenzeichen, schien hier fehl am Platz. Kollege Werner, bekannt für seine brutalen Attacken, wäre vermutlich schon weitergekommen.

Ob Bollmann sich das im stillen auch dachte, fragte sich der Kommissar. Als das Schweigen anhielt, fragte Gisela, nervös geworden: »Möchten Sie nicht doch eine kleine Erfrischung? Ein Glas Saft vielleicht? Oder lieber Kaffee?«

»Danke, nein«, wiederholte Graf.

Dann fuhr er fort: »Tatsache ist, daß jeder von Ihnen einen Grund hatte, Cora Ravinski den Tod zu wünschen. Es gab Ihnen« – dabei blickte er die Männer an – »die freie Verfügungsgewalt in der Fabrik zurück, und« – sein Blick traf nun die Frauen – »es bedeutete für Sie alle ganz einfach ein höheres Einkommen. Und Sie hätten damit«, nun ließ er den Blick über alle vier Gesichter schweifen, und er nahm sich abermals Zeit dazu, »den Fehler aus der Welt geschafft, den Ihr Vater, respektive Schwiegervater, begangen hatte. Ist es nicht so?«

Zuletzt sah er Gisela an, und sie antwortete rasch und heftig: »Was heißt Fehler! Sie können es ruhig Unrecht nennen, das mein Vater uns angetan hat. Aber so blöd ist schließlich keiner von uns, daß er sich einen Mord auf den Hals lädt. So schlecht geht es uns nicht, und so fürchterlich haben wir unter dem Vorhandensein von Cora nicht gelitten. Abgesehen davon, daß wir Zeit genug hatten, uns damit abzufinden, daß sie vorhanden war.«

»Das möchte ich unterstreichen«, sagte Bert, er sprach ganz ruhig und sah den Kommissar ohne die geringste Spur von Erregung an. »Es ist, wie schon erwähnt, über acht Jahre her, daß mein Schwiegervater Cora heiratete. Nebenbei gesagt, habe ich ihn sehr geschätzt und konnte die Empörung seiner Töchter nicht voll teilen. Für mich ist die Fabrik ein Arbeitsplatz wie jeder andere, und ich hätte jederzeit einen gleichwertigen woanders gefunden. Das gilt auch heute noch.« Das klang selbstbewußt.

»Sie haben Ihren Schwiegervater geschätzt?«

»Ja. Und davon kann ich auch heute nichts zurücknehmen. Ein Mann, den man bewundern und achten mußte, eine typische Erscheinung der Nachkriegszeit und des Wirtschaftswunders. Ein Mann, der den Krieg von Anfang bis Ende, mit allen Konsequenzen, und übrigens auch mit zwei Verwundungen gar nicht so leichter Art, ertragen hatte und nach dem Krieg noch zwei Jahre in russischer Gefangenschaft leiden mußte. Und dann dieser Neuanfang! Diese Leistung! Ich bin heute zweiundvierzig Jahre alt und habe vergleichsweise ein höchst angenehmes Leben gehabt. Ich habe diesen Mann respektiert, mehr noch, ich habe ihn gern gehabt. Das ist der Grund, warum ich in die Fabrik eintrat, und ebenso der Grund dafür, daß ich bis heute geblieben bin. Seine Heirat mit Cora war für mich kein Thema. Ich habe Dorothea Ravinski kennengelernt, da war sie schon krank. Und ich weiß, wie ihre Kinder sie liebten. Man konnte dennoch Karl Ravinski nicht verbieten, sich wieder eine Frau zu nehmen, denn so alt war er nun wieder auch nicht.«

»Eine Frau schon«, mischte sich erstaunlicherweise und ziemlich lautstark Hella ein, »aber nicht so eine.«

Ehe der Kommissar etwas sagen konnte, fuhr Bert fort: »Bitte, das war seine Angelegenheit. Und ich habe es euch damals schon gesagt. Cora war schön und jung, eine höchst attraktive Frau, für mich als Mann durchaus verständlich, daß ein Mann sie haben wollte, wenn er sie kriegen konnte.«

»Na, hör mal!« Das kam von Gisela und klang empört.

Hella sagte giftig: »Sich kaufen konnte, das willst du wohl sagen.«

Kommissar Graf hörte sich das befriedigt an. Endlich kamen sie ein wenig aus ihrer Reserve heraus. Die Ohrfeige, die Lutz empfangen hatte, brachte Leben in die Bude.

Doch Bert ließ sich nicht provozieren.

»Ich spreche ganz sachlich. Seine Töchter haben Karl Ravinski deutlich fühlen lassen, was sie von seiner Heirat hielten. Auch du, Jochen, wirst zugeben, hast mit deiner Kritik nicht hinter dem Berg gehalten.«

Jochen hob nur die Schultern und schwieg.

»Und Sie, Herr Keller?« fragte der Kommissar.

»Wie schon gesagt, ein gewisses Verständnis war bei mir vorhanden. Der Eklat kam eigentlich erst nach dem Tod meines Schwiegervaters: das Testament. Das Cora so unvorstellbar begünstigte. Das hat uns, zugegeben, alle vom Stuhl gehauen. Aber sagen Sie selbst, Herr Kommissar, wenn man sie hätte umbringen wollen, einer von uns, wir alle, dann hätte es damals geschehen müssen. Vor drei Jahren, als mein Schwiegervater starb.«

»Das sehe ich nicht so«, sagte der Kommissar. »Sie, Herr Bollmann?«

»Nein, bestimmt nicht«, kam Bollmann endlich wieder einmal zu Wort. »Das wäre zu schnell gewesen. Zu offensichtlich. Man läßt ein paar Jahre vergehen, alles scheint friedlich, und dann wird Cora Ravinski beseitigt. Und wie ich glaube, war es ein Komplott.«

»Was denn?« fragte Jochen, und man hörte ihm die Erregung an. »Denken Sie vielleicht, wir haben uns hier zusammengesetzt und geknobelt, wer sie erschießen soll?«

»Derjenige, der am besten schießen kann«, meinte Bollmann kühl.

»Jochen und ich«, konstatierte Gisela, »einer von uns beiden muß es sein, der von der Familie beauftragt wurde. Da scheidet Felix aus, der bei einem Familienrat bestimmt keine Stimme hätte, und ebenso Irene, die war gar nicht da. Aber so wie wir vier hier zusammensitzen, sind wir alle nicht so blöd, uns derartige Kalamitäten aufzuladen.«

»Ach Gott, ach Gott«, jammerte Hella. »Allein wenn man sich das vorstellt. Das ist ja entsetzlich.«

Kommissar Graf mußte daran denken, was Irene Dorneck gesagt hatte: Keiner von uns ist so dumm oder so primitiv, einen Mord zu begehen. So ähnlich drückte ihre Schwester Gisela es ebenfalls aus.

»Und noch einmal: Warum jetzt? Warum ausgerechnet jetzt?« wiederholte Bert. »Drei Jahre nach dem Tod von Karl Ravinski.«

»Gerade dafür gibt es gute Gründe«, sagte der Kommissar. »Sie waren alle hier beieinander, so daß sich der Kreis, in dem der Täter zu suchen ist, vergrößert hat. Sodann Coras Absicht, wieder zu heiraten, die Ihnen ja nicht angenehm sein konnte bei der Lage der Dinge. Und schließlich ihre Ankündigung, Grottenbrunn zu verkaufen.«

»Zu keinem von uns hat sie davon gesprochen, daß sie eine neue Ehe eingehen wollte. Oder?« Bert blickte die anderen an, alle schüttelten den Kopf. »Davon war uns nichts bekannt. Auf Ehrenwort nicht, falls ein Ehrenwort in dieser Situation von Gewicht ist. Wenn sie es einem von uns mitgeteilt hätte ... also mir nicht. Jochen, dir?«

»Nein. Kein Wort davon«, sagte Jochen.

»Und weder meine Frau noch Hella hätten es für sich behalten, wenn Cora ihnen das gesagt hätte.«

»Vielleicht hat sie es Frau Domeck gesagt. Oder Herrn Felix Ravinski.«

»Irene hat meines Wissens überhaupt nicht mit ihr gesprochen, und bestimmt nicht unter vier Augen«, sagte

Gisela. »Und wenn, dann hätte sie es bestimmt nicht für sich behalten. Und Felix! Lieber Himmel, es gibt wohl nichts auf der Welt, das ihm gleichgültiger wäre.«

»Und der Verkauf von Grottenbrunn? Wäre der Ihnen auch so gleichgültig?«

»Grottenbrunn kostet uns nur Geld«, sagte Jochen bestimmt. »Die Instandhaltung des alten Gemäuers ist kostspielig, das können Sie mir glauben.«

»Nun, wie Sie selbst gesagt haben, bürgt der Wald allein für ein ansehnliches Kapital.«

»Aber nicht für uns«, rief Jochen erregt. »Wir haben davon nichts.«

»Und das Jagdrevier?«

»Ist so wichtig auch nicht. Wir haben Jagdfreunde genug, bei denen wir eingeladen werden. Und wenn sie verkaufen wollte, hätte sie vermutlich sowieso meine Hilfe gebraucht. Wer hätte mich daran gehindert, den Besitz an Freunde zu verkaufen, deren Gäste wir jederzeit sein konnten.«

»Aber sie hätte dann noch mehr Geld gehabt als jetzt«, warf Bollmann ein. »Und der Mann, den sie heiraten wollte, konnte Ihnen allerhand Schwierigkeiten in der Führung der Fabrik bereiten. Zusammen mit ihrem ansehnlichen Kapital.«

Darauf blieb es eine Weile still. Dann sagte Gisela, und erstmals merkte man ihr Ermüdung und Ratlosigkeit an: »Das klingt alles sehr plausibel. Aber ich schwöre, wir wußten nichts von einer geplanten Heirat.«

»Was heißt, ich schwöre?« sagte der Kommissar scharf. »Können Sie für alle schwören?«

Gisela warf ihm einen zornigen Blick zu. »Ja. Kann ich. Mein Mann hätte es mir gesagt. Jochen hätte es uns gesagt. Und Hella hätte es gewiß nicht für sich behalten. Irene nicht und Felix nicht.«

»Zwei Namen treten in Ihrem Schwur nicht auf. Paul und Rosa Hartwig.«

Gisela lachte zornig. »Die beiden als Mörder. Rosine hat nie in ihrem Leben ein Gewehr in der Hand gehabt. Und Paul...«

»Er kann ja wohl recht gut schießen.«

»Kann er. Aber sich Paul als Mörder vorzustellen, das ist absurd.«

Der Kommissar dachte an Hartwigs verbocktes Schweigen. Und Gisela, in jähem Schreck, dachte an das Gespräch beim Frühstück. An Rosines Angst, Grottenbrunn verlassen zu müssen. Kommissar Graf sah ihr an, daß ein neuer Gedanke durch ihren Kopf ging. »Nun, Frau Keller?«

»Also, ich muß jetzt was trinken«, sagte Gisela und stand auf. »Mir ist ganz schwach.«

Sie ging zu einem breiten Schrank im Hintergrund des Zimmers, klappte ihn auf, worauf eine stattliche Anzahl von Flaschen sichtbar wurde.

»Ich nehme mir jetzt einen Sherry«, verkündete sie.

»Und hier steht noch alles mögliche sonst. Also bitte, wer etwas will, soll es sagen.«

Sie brachte die Karaffe mit dem Sherry an den Tisch und einige Gläser. Als keiner widersprach, füllte sie reihum für jeden ein Glas.

Sie blieb stehen, trank einen Schluck, sah durch die Tür in den Garten hinaus, der so friedlich und blühend im Mailicht lag.

»Nun, Frau Keller?« wiederholte der Kommissar.

»Das wächst sich langsam zu einem Albtraum aus«, sagte Gisela. »Cora ist tot, und einer hat sie umgebracht. Kein Wilderer, und einer von den beiden Knaben war es auch nicht. Das habe ich übrigens auch nie angenommen, das sind keine Typen, die einen Mord begehen. Aber von ihnen, und nur von ihnen, Herr Kommissar, kommt die Nachricht, daß Cora heiraten wollte. Sie muß es denen gesagt haben. Aber nicht uns. Und wir wissen es nicht von den beiden Schwulen. Kann sein, sie haben es Rosine gesagt oder Paul. Oder sie selbst hat es ihnen gesagt.«

»Gisela!« rief Bert empört. »Willst du den Hartwigs etwas anhängen?«

»Nein, bei Gott nicht. Ich versuche bloß, das alles in meinem Kopf auseinanderzudividieren. Ich meine, das, was die letzten Neuigkeiten waren. Ihre Heirat. Der Verkauf von Grottenbrunn. Keiner von uns, wie wir hier sitzen, würde wegen Grottenbrunn einen Mord begehen. Nicht für das alte Gemäuer, nicht für das Jagdrevier.«

»Und die Hartwigs? Paul Hartwig?« fragte der Kommissar.

»Er würde auch keinen Mord begehen, für nichts und niemand. Und wenn Grottenbrunn wirklich verkauft worden wäre, dann hätten sie hier bei uns jederzeit ein Unterkommen gefunden. Beide. Hella braucht jemand für den Haushalt, und wir brauchen jemand für den Garten, sie wären hier so zu Hause wie in Grottenbrunn. Sie gehören einfach zur Familie.«

»Aber vielleicht hängen sie an Grottenbrunn«, sagte der Kommissar nachdenklich, mehr zu sich selbst.

»Ich kann das nicht mehr hören«, sagte Hella und begann wieder zu weinen.

»Natürlich hängen sie an Grottenbrunn, das ist doch klar«, sagte Gisela und trank den letzten Schluck aus ihrem Glas und stellte es dann unsanft auf den Tisch.

»Aber der Verkauf war ja noch gar nicht beschlossen. Das alles war doch weiter nichts als ein nebulöses Gerede. Brandneu.«

»Das stimmt nicht«, sagte Bert. »Cora hat schon einige Male zu mir davon gesprochen.«

»Daß sie Grottenbrunn verkaufen will?«

»Ja. Einmal sagte sie: Eure bescheuerte alte Klamottenburg bedeutet mir gar nichts. Ich komme eigentlich nur wegen der Pferde her. Und wegen Till.« Erklärend zu dem Kommissar setzte er hinzu: »Das ist der Hund.«

Der Kommissar nickte. »Ich kenne ihn. Sie hat also zu Ihnen davon gesprochen, Herr Keller, daß sie Grottenbrunn verkaufen möchte. Wann war das?«

»Vor einem halben Jahr etwa das erste Mal. Und dann, ja, weiß ich auch nicht mehr so genau, vor zwei Monaten etwa. Ich war draußen bei ihr, und sie war an dem Tag sehr

geschockt, sie wäre beinahe mit ihrem neuen Wagen verunglückt, ich hatte sie überhaupt noch nie so aufgelöst
gesehen.«

»Du warst bei ihr? Warum?« fragte Gisela aufgeschreckt.

»Ich weiß auch nicht mehr warum. Irgendeine geschäftliche Angelegenheit. Jochen überließ das immer lieber mir,
weil er fand, daß ich besser mit ihr zurechtkomme. Kein
Grund, mich so anzufunkeln, Gisela. Sie hatte ihren neuen
Liebhaber schon da.«

»Der Schwule?«

»Ich wußte nicht, ob er schwul ist oder nicht«, sagte Bert
mit erhobener Stimme. »Interessierte mich auch nicht. Der
saß da bloß rum, und sie war ein wenig betrunken und,
wie gesagt, von diesem Beinahe-Unfall genervt. Sie sagte:
Hier kann mich ja doch keiner leiden, ich will das alles
nicht mehr sehen, und eure alte bescheuerte Klamottenburg, die verkaufe ich demnächst. Das war es.«

Gisela beherrschte sich vorbildlich, machte die Runde
mit der Karaffe und goß die Gläser voll.

Herr Bollmann hob abwehrend die Hand. »Ich muß fahren«, sagte er.

Auch Kommissar Graf ließ das Glas stehen. Er stand auf
und sagte, an niemanden gerichtet: »Ja, es ist Zeit. Wir
müssen fahren. Sonntag mittag, wir wollen nicht länger
stören. Sie haben Zeit, alles zu bedenken und zu besprechen. So gemütlich wie heute, fürchte ich, können wir miteinander auf die Dauer nicht umgehen. Cora Ravinski ist
erschossen worden. Und ich werde herausbringen, wer es

getan hat. Darauf können Sie sich verlassen. Weitere Gespräche finden im Präsidium in Frankfurt statt. Guten Tag.«

Das war ein abrupter und unfreundlicher Abschied. Gisela und Bert folgten ihm zur Tür, keiner sprach mehr ein Wort.

Als Gisela ins Zimmer zurückkam, rief sie laut: »Zum Donnerwetter, das ist ja zum Kotzen. Hat einer von euch sie erschossen? Und Bert, was zum Teufel hast du mit dieser Frau gehabt?«

Darauf sank sie in den Sessel und fing an zu schluchzen. Das hatte noch kein Mensch bei Gisela erlebt.

Lorenz

Bollmann steuerte den Wagen den Weg zurück, den sie gekommen waren.

»Langsam wird es interessant«, meinte er.

»Ja«, gab der Kommissar zu. »Das ist ein Motiv, das wir überhaupt noch nicht bedacht haben: Eifersucht. Die ganze Zeit wird davon geredet, wie attraktiv diese Cora war und sicher auch als Verführerin geübt. Und da sind zwei Männer in ihrem Umkreis, die mit ihr zusammentreffen, die beide nicht blind sind. Warum zum Beispiel sollte Herr Keller, ein Mann im besten Alter, nicht ein Verhältnis mit Cora gehabt haben?«

»Und es paßt sogar hervorragend. Er ging Freitagmorgen im Wald spazieren, ziemlich lange, wie wir gehört haben. Cora war in aller Herrgottsfrühe mit den Pferden unterwegs. Und Frau Keller, mit berechtigtem Mißtrauen, folgt den beiden, ertappt sie in flagranti und schießt Cora nieder. Wie gut sie schießen kann, haben wir ja nun oft genug gehört. Dann findet sie sich zum Frühstück ein, und eine Weile später kommt ihr Mann. Beide teilen das Geheimnis, wie Cora ums Leben kam.«

»Das muß nicht unbedingt der Fall sein. Sie kann geschossen haben, nachdem Cora allein zurückblieb, dort bei den Pferden. Ihr Mann ging noch spazieren und traf sie am Frühstückstisch.«

»Wollen wir umkehren?« fragte Bollmann eifrig. »Und es ihnen auf den Kopf zusagen?«

»Noch nicht. Lassen wir sie noch braten. Ich werde sie morgen vorladen, ins Präsidium. Und werde jeden einzeln vernehmen. Das gleiche werde ich mit Hartwig tun. Denn eins ist mir jetzt klargeworden, Herr Bollmann: Hartwig weiß was. Das erklärt seine Bockigkeit. Er hat die Tat selbst gesehen. Oder er hat gesehen, wie Gisela zurückkam. Und noch etwas«, nun war der Kommissar in Fahrt, »das Gewehr im Stall. Gisela Keller konnte nicht mit dem Gewehr ins Haus kommen, sie versteckte es im Stall. Das kann Hartwig gesehen haben. Denn plötzlich wurde das verschwundene Gewehr im Stall entdeckt, und Hartwig fiel ein, daß er Kaninchen damit geschossen hatte. Wozu und warum sollte er auf Kaninchen schießen? Das ist ja lächerlich.«

»Das paßt alles sehr gut. Wollen wir nicht doch umkehren?«

»Vorausgesetzt, es war da was zwischen Cora und Bert Keller. Die Kellers haben eine zehnjährige Tochter, die angeblich von Cora sehr angetan war. Das Kind war heute nicht im Haus, sie haben es fortgebracht. Kleine Mädchen können manchmal sehr neugierig sein. Und auch sehr wachsam. Ich werde Gisela Keller bei unserem nächsten Zusammentreffen, und das wird morgen sein, fragen, ob ihre Tochter vielleicht Beobachtungen erzählt hat, die sie gemacht hat.«

»Es läuft«, freute sich Bollmann, »es läuft erstklassig. Wollten Sie den Fall nicht schon heute abend abgeschlossen haben?«

»Na, geben wir noch einen Tag dazu. Wenn es so war und wenn alle Motive, die wir bis jetzt haben, hinfällig sind, wenn Eifersucht das Motiv war, dann wird Gisela Keller morgen sprechen. So wie ich sie beurteile, wird sie sich nicht feige verkriechen, sie wird sich zu der Tat bekennen.«

»Sie war zuletzt ganz schön nervös.«

»Schade.«

»Was heißt schade?«

»Eine sehr sympathische Frau.«

»Ja, sicher, aber auch eine energische Frau. Und eine temperamentvolle Frau, würde ich sagen.«

Der Kommissar nickte. Der Wagen stand vor der Fabrik, und Bollmann schien immer noch geneigt, zurückzufahren.

»Hartwig«, sagte der Kommissar. »Paul Hartwig. Er weiß etwas. Und ihn muß ich zum Sprechen bringen. Aber das ist so einer, der sich eher umbringen ließe, als zu sprechen. Als gegen seine Familie zu zeugen. Und die Leute von Grottenbrunn sind seine Familie, ohne Ausnahme. Aber er wird es seiner Frau gesagt haben. Oder nicht?«

»Ich würde eher sagen, nicht. Sie wird ihm bloß anmerken, daß etwas mit ihm nicht stimmt. Und da sie nicht dumm ist, kann sie sich dabei was denken. Sie wird ihn fragen. Sie hat ihn gefragt.«

Beide waren jetzt von Jagdfieber gepackt.

»Fahren wir nach Grottenbrunn?« fragte Bollmann.

»Heute ist Sonntag«, sagte der Kommissar. »Haben Sie nicht das Verlangen, wenigstens den Nachmittag mit Ihrer Familie zu verbringen?«

»Sie arbeiten ja auch«, sagte Bollmann und sah den Kommissar an, und erstmals las Graf so etwas wie Zuneigung im Blick des jungen Kollegen.

»Ich habe keine Familie, wie Sie wissen. Jedenfalls nicht in Frankfurt. Nein, wir tun jetzt zuerst, was wir uns vorgenommen haben. Wir besuchen den Prokuristen. Hinter dieser Baumgruppe, da hinter der letzten Halle, sehe ich so ein putziges kleines Häuschen, das wird es sein.«

»Es ist Mittagszeit«, gab Bollmann zu bedenken.

»Wir werden uns entschuldigen und fragen, ob wir später wiederkommen dürfen. Dann fahren wir nach Gelsen hinein und sehen, ob wir etwas zu essen bekommen. Und Sie rufen Ihre Frau an.«

Aber es war nicht nötig, den Besuch bei Kurt Lorenz zu verschieben. Er hatte sie erwartet und war begierig zu sagen, was er wußte.

Er war ein mittelgroßer, hagerer Mann, mit vielen Falten im Gesicht. Seine Nase war schief, sie mußte gebrochen gewesen sein. Sein Kopf war ganz kahl.

Er lebte allein in dem Häuschen, er war Junggeselle, war es immer gewesen, und in gewisser Weise traf auf ihn zu, was der Kommissar über Hartwig gesagt hatte: Auch für Kurt Lorenz war die Familie Ravinski fast ein Leben lang seine Familie gewesen. Die Entschuldigung wegen der Mittagszeit schob er mit einer Handbewegung beiseite.

»Die Woche über esse ich in der Kantine«, erklärte er.

»Und am Samstag koche ich mir eine Suppe, die noch für Sonntag reicht. Die kann ich jederzeit aufwärmen.«

Viel Neues erfuhren sie nicht. Daß Lorenz die zweite Heirat seines Chefs abgelehnt hatte, wußten sie schon. Auch er hatte Dorothea Ravinski vergöttert und Karl Ravinski bewundert. Diese Bewunderung bekam Risse durch seine Ehe mit Cora und noch größere Risse durch das unmögliche Testament.

»Ich wußte, daß er eine Frau in Frankfurt hatte, die er ab und zu besuchte. Na schön, wenn er es haben mußte, sollte er. Aber heiraten? Sie in das Haus bringen, in dem

Dorothea gelebt hatte? Da habe ich ihn nie verstanden. Und ich habe es ihm auch gesagt.«

»Und wie hat er diese Kritik von Ihnen entgegengenommen?« wollte der Kommissar wissen.

»Ungnädig. Er sagte, das geht dich einen Dreck an, Lorenz. Du kannst ohne Frau leben, ich nicht. Na ja, ich mußte mich damit abfinden. Aber dann das Testament, das war ein großes Unrecht, das hätte er nicht tun sollen. Alle Kinder waren für ihn da, haben für ihn gearbeitet. Bis auf Irene, die war fortgegangen, und über die hatte er sich geärgert.«

Erstmals erfuhren sie etwas Näheres über Irenes mißglückte Ehe und den Widerstand, den der Vater dieser Heirat entgegengesetzt hatte.

»Ich habe den Domeck nie kennengelernt, sie hat ihn ja nicht mit hergebracht. Trotzig war sie, ja, das war sie. Er hat dann ihr Geld verjuxt, und betrogen hat er sie wohl auch. Dann kam sie erst recht nicht mehr. War ihr wohl peinlich.«

»Sie wollen also ausdrücken, daß Irene zu Recht auf das Pflichtteil gesetzt wurde.«

»Für mich hatte sie dennoch mehr Rechte als das Dämchen aus Frankfurt.«

»Und war ist mit Felix? Sie sagten, die Kinder haben alle für ihren Vater gearbeitet. Aber Felix doch nicht.«

»Nein, Felix nicht. Felix war ein Unglückskind. Dorotheas Tod hat ihn kaputtgemacht. Und ein Mensch wie

Karl, der hatte eben kein Verständnis für so ein Wesen wie Felix.«

»Karl Ravinski war also ein typischer Erfolgsmann. Ein Ellenbogenmensch, wie man zu sagen pflegt.«

»Ja, so kann man es nennen. Und das mußte er sein, sonst wäre das alles hier nicht aufgebaut worden. Und er mußte es schon vorher sein, sonst hätte er den Krieg und die Gefangenschaft nicht überlebt. So etwas macht hart. Manche Menschen. Andere zerbricht es. Ich bin bald zerbrochen an meinem Leben. Aber die Begegnung mit Karl hat mir wieder Lebensmut gegeben.«

Und nun hörten sie mit Erstaunen, was bisher noch keiner erwähnt hatte: Kurt Lorenz war im Konzentrationslager gewesen. Er war Halbjude und dazu als damals junger Mann in der Sozialdemokratischen Partei ziemlich aktiv. Als die Amerikaner ihn befreiten, war er dreiviertel tot, so drückte er es aus.

»Nur noch ein Skelett, meine Herren. Und ohne einen Funken von Lebenskraft.«

»Und wie kamen Sie an Karl Ravinski?«

»Erst steckten mich die Amerikaner in ein Hospital, man pflegte mich, doch, das schon. Aber ich wollte keinen Menschen mehr sehen, keinen, mein Leben lang. Und ich konnte nichts essen, ich behielt nichts bei mir. In Frankfurt war es schmutzig und laut, und alles lag in Trümmern. Da ging ich hier in den Wald. Ja, es war wirklich so, ich verkroch mich wie ein krankes Tier im Wald. In einem kleinen Dorf, nicht weit von Grottenbrunn, war ich bei einem Bauern untergekommen. Der war selber bettelarm, und der einzige Sohn war gefallen, doch er und seine Frau waren eigentlich sehr nett zu mir. Und dort stöberte mich – dreimal dürfen Sie raten –, dort stöberte mich Dorothea Ravinski auf. Das war noch, ehe Karl aus der Gefangenschaft kam. Sie hatte selber nichts, aber sie konnte keinen Menschen leiden sehen. Zu ihr konnte ich das erste Mal sprechen. Über mich, mein Leben. Sie saß da, ich weiß noch wie heute, es war im Frühling 1946, wir saßen vor dem Haus bei dem Bauern, sie saß da, sah mich an, hörte zu. Es tät mich freuen, sagte sie dann, wenn Sie mich gelegentlich in Grottenbrunn besuchen. Und was ich nicht für möglich gehalten hätte, das tat ich. Ich ging zu ihr. Und sie stellte mich eines Tages vor den schwarzen Spiegel und sagte: ›Schauen Sie da hinein, Herr Lorenz. Sie sind noch jung, und Ihr Leben liegt noch vor Ihnen. Der Spiegel sagt Ihnen die Wahrheit. Und er findet es unrecht, daß Sie alles, was noch kommen könnte, selbst zerstören wollen. Das dürfen Sie nicht. Man hat Ihnen Böses getan. Wen wollen Sie bestrafen, wenn Sie sich selbst nun auch Böses tun? Das ist ein großes Unrecht, und das wird Gott Ihnen nicht verzeihen.‹«

Lorenz schwieg, wischte sich über die Augen, schneuzte sich die Nase.

»Ja, so war sie. Saß da, selbst ein armer Flüchtling, wußte nicht, was aus dem Mann geworden war, hatte ein kleines Kind, und zu alledem tröstete sie alle um sich herum, all die anderen Flüchtlinge, die in Grottenbrunn waren. Das mit dem schwarzen Spiegel, das war so ein bißchen Hokuspokus, den sie trieb, aber das war sehr wirkungsvoll. Sie war nämlich klug. Und ich fand in ihrer Gegenwart meinen Verstand wieder.«

»Und wie war das mit Paul Hartwig?« fragte der Kommissar. »Irgendwie hat sie den ja auch gerettet oder so was ähnliches.«

»Der Paul war ein Flüchtling aus Schlesien. Und der war in demselben Dorf wie ich. Da lebten so ein paar Flüchtlinge zusammen in einer alten, halbverfallenen Baracke. Die Leute vom Dorf mochten sie nicht, gaben ihnen auch nichts. Wie das damals eben so war. Sie gingen wildem. Und der Förster erwischte den Paul eines Tages. An sich durfte man ja damals gar nicht schießen, da waren die Amerikaner sehr streng. Aber der Förster war natürlich da. Das Jagdrevier war damals Eigentum der alten Baronin Keppler, der auch das Schloß gehörte. Der Förster erzählte ihr, daß er einen erwischt und bei sich im Keller eingesperrt hatte und daß er ihn nach Gelsen bringen würde, damit man ihn vor Gericht stellte. Dorothea hörte das und sagte: Kann ich mir den Mann mal anschauen. Der Paul gefiel ihr, und sie fand, es seien gerade genug Leute eingesperrt gewesen. Sie holte ihn nach Grottenbrunn zum Holzhacken. Und schon ein halbes Jahr später verheiratete sie ihn mit der Rosa.«

»Und was ist das für eine Geschichte mit dem schwarzen Spiegel?«

»Das war eine von ihren Geschichten. Sie hatte immer selbsterfundene Geschichten im Kopf. Der Spiegel der Wahrheit, so nannte sie ihn. Wer in den Spiegel sah, der könne nicht lügen. Und der Spiegel würde seinerseits jedem die Wahrheit sagen. Ja, so ähnlich ging das. Sie war halt eine Frau mit viel Phantasie, und sie benützte das sehr geschickt, um Menschen – ja, wie soll ich sagen, aufzuschließen, sie zum Sprechen zu bringen.«

»Hm«, machte der Kommissar. Der Spiegel interessierte ihn nicht weiter.

Dagegen die Frage, wieso Karl Ravinski ausgerechnet auf die Fabrikation von Küchen gekommen war.

»Ich habe gehört, er wollte Förster werden.«

»Sicher wollte er das. Aber als er glücklich hier ankam, war er achtundzwanzig Jahre alt, Geld für ein Studium hatte er nicht, und für Frau und Kind wollte er schließlich sorgen, und das fing zunächst einmal mit der Schreinerei an.«

»Er wurde Schreiner?« fragte der Kommissar verwundert.

»Nein, nein, für Handwerksarbeit hatte er kein Talent. Aber hier im Ort gab es einen alten Schreiner, der lebt schon lange nicht mehr, und der werkelte so gut es ging vor sich hin. Holz gab es ja hier genug, auch noch in der Nachkriegszeit. Karl, der ja zunächst nichts zu tun hatte, fuhr viel mit einem Rad in der Gegend herum, er war rastlos, ruhelos, nachdem er sich einigermaßen von den Strapazen, die hinter ihm lagen, erholt hatte. Er wälzte wohl tausend Pläne in seinem Kopf, zu mir sprach er nicht davon, da kannten wir uns kaum. Er war auch ein paarmal in Frankfurt, sah sich da um, und wenn er zurückkam, sagte er jedesmal: Es ist schrecklich in der Stadt. Er war auch in Hanau, auch in sonstigen kleinen und großen Orten der Umgebung, überall waren die Leute arm und hungrig, wer konnte, versorgte sich über den Schwarzmarkt, na, wie das eben damals so war. Wir in Grottenbrunn lebten auch nur so von der Hand in den Mund. Geld hatten wir nicht soviel, daß wir auf dem schwarzen Markt hätten einkaufen können. Dorothea und Rosa, die hatte einen großen Garten angelegt mit Gemüse und Kartoffeln, dann hatten sie ein paar Hühner und Enten, und Dorothea, die jeder gern hatte, bekam auch immer mal von den Bauern etwas. Und vom Förster kriegten wir Wild, denn das Revier gehörte ja zum Schloß und daher der Baronin Keppler.«

»Eine alte Dame«, nickte der Kommissar. »Ich habe die Unterlagen über den späteren Verkauf gesehen.«

»Ja, sie war alt und hatte schweres Rheuma und ein Herzleiden dazu. Ihr Mann war schon lange tot, und wie sie da gehaust hatte in dem alten Schloß, ehe die Flüchtlinge kamen, kann ich mir gar nicht vorstellen.«

»Kommen wir zurück zu dem Schreiner«, erinnerte der Kommissar.

»Ja, das war so. Eines Tages kam Karl an, das war schon nach der Währungsreform, und da sagte er: Zu essen gibt es ja jetzt was, aber was die Leute brauchen, ist was zum Anziehen, und dann werden sie Möbel brauchen. Wo sollen sie die denn hinstellen? fragte ich, denn ich war inzwischen auch einmal mit ihm in Frankfurt gewesen. In die neuen Häuser, die man bauen wird, sagte er. Wer wird denn schon neue Häuser bauen können, sagte ich, und er lachte und sagte: Sie werden sich wundem, Lorenz. Ich kenne dieses Volk. Es wird nicht in den Trümmern sitzen bleiben. Na, und so war es denn ja auch.«

»Und dann beteiligte er sich an der Schreinerei?«

»Da war nicht viel zu beteiligen. Aber der Schreiner hatte ihn auf die Idee gebracht. Die Möbel wurden eine fixe Idee bei ihm. Er gab dann Annoncen auf, Zeitungen erschienen ja wieder, und suchte Schreiner, Schreinergesellen, und da meldeten sich auch viele. Und neben der Werkstatt vom alten Mollwig, so hieß der Schreiner, baute er dann Barakken, erst eine, dann zwei und drei. Da ließ er die Leute, die er gefunden hatte, Möbel machen, ganz einfache Möbel, Tische und Stühle und Schränke, und dann annoncierte er wieder, was er zu verkaufen hatte. Es war solide Arbeit, und preiswert waren wir auch, wir konnte ja hier, umgeben von Holz, billig produzieren, und die Arbeitskräfte waren auch billig, kein Vergleich zu heute.«

»Sie sprachen per wir. Sie gehörten schon dazu?«

»Ja. Er wußte, daß ich rechnen konnte und Buchhaltung gelernt hatte, da arbeitete ich einfach mit, weil er das so wollte, eigentlich lange Zeit nur so, ohne daß ich richtig angestellt war.«

»Aber es ist doch immerhin von hier bis Grottenbrunn noch ein Stück Weg. Und ein Auto hatten Sie doch damals kaum.«

»Oh, er hatte sehr schnell ein Auto, einen klapprigen Vorkriegsopel, und schon zwei Jahre später einen ordentlichen Volkswagen. Und gewohnt haben wir meist in diesem Haus, er und ich. Dorothea blieb mit den Kindern in Grottenbrunn. Sie hatte ja dann Irene bekommen. Wir wurden Freunde, Karl und ich, doch, das darf ich sagen. Und es ging sehr schnell aufwärts. Mitte der fünfziger Jahre hätten Sie das nicht mehr wiedererkannt. Ich meine, das, was am Anfang gewesen war. Es sah nicht aus wie heute, aber es war schon eine richtige Fabrik. Er beschäftigte damals zweihundert Leute. Und so ging das weiter. Dazwischen hatte er mal den Plan, in eine Stadt überzusiedeln, aber so billig produzieren wie hier konnte er nirgends, und er hatte inzwischen genug Kunden, Möbelgeschäfte und Versandhäuser, denen es nichts ausmachte, herzukommen und hier zu ordern.«

»Und wann kam das mit den Küchen?«

»Das war Ende der sechziger Jahre. Wir müssen uns spezialisieren, sagte er, und erstklassige Arbeit bieten. Und er stellte den Betrieb auf Kücheneinrichtungen um. Das wurde gleich ein großer Erfolg. Dann begannen wir sogar zu exportieren. KARA-Küchen kennt inzwischen jeder.«

Der Kommissar nickte. »Interessant.« Er sah den alten Buchhalter nachdenklich an. »Ein Stück Zeitgeschichte. Auch Ihr Leben, Herr Lorenz.«

»Ich habe großes Glück gehabt«, sagte Lorenz. »Erst daß Dorothea mich aufgriff. Daß ich sie treffen durfte auf dieser Erde. Und dann, daß Karl so war, wie er war. Früher war, meine ich.«

»Das verstehe ich nicht ganz. War er denn später anders?«

»Mir sind schlimme Dinge passiert in meinem Leben«, sagte der alte Mann leise. »Aber das Schlimmste, was mir je passieren konnte, war Dorotheas Tod. Ich habe sie über alles geliebt. Und dann mußte sie so jung sterben. Das war für alle ein großes Unglück. Für ihre Kinder. Und am meisten, das finde ich, für Karl. Später war er nicht mehr der Mann, den ich verehrt hatte. Ja, er war später anders. Jedenfalls für mich.«

»Das hing mit seiner zweiten Ehe zusammen?«

»Ja. Es tut mir leid, aber ich konnte ihm das nie verzeihen.«

»Daß er wieder geheiratet hat?«

»Daß er dieses Dämchen aus Frankfurt geheiratet hat. Und ganz und gar unverständlich wurde er mir, als es zur Testamentseröffnung kam. Es kam mir vor, als hätte ich diesen Mann nie gekannt.«

»Mich wundert es langsam«, sagte der Kommissar, »daß man Cora nicht schon längst umgebracht hat.«

Herr Lorenz war durch diese Bemerkung keineswegs schockiert.

»Ja, das wundert mich auch«, sagte er schlicht.

Jetzt war Bollmann nicht mehr zu halten und platzte mit der Frage heraus: »Können Sie schießen, Herr Lorenz?«

Herr Lorenz lächelte freundlich.

»Nein. Im Krieg war ich nicht. Und wo hätte ich es denn sonst lernen können?«

»Na, hier. Die schießen doch alle hier.«

»Ich wäre nie auf den Gedanken gekommen, ein Jäger zu werden. Und alle? Dorothea hat nicht geschossen. Aber daß Cora eines Tages bestraft werden würde, daran habe ich nie gezweifelt.«

»Bestraft? Wofür?« fragte der Kommissar ungeduldig. »Daß ein Mann Gefallen an ihr fand und sie heiratete, ist doch kein Verbrechen, für das sie bestraft werden mußte.«

»Nein, das nicht. Aber sie hat ihn umgebracht.«

»Woraus schließen Sie das?«

»Ich habe nie daran gezweifelt.«

»Und auf welche Weise soll sie ihn Ihrer Meinung nach getötet haben?«

»Gift vielleicht. Was weiß ich? Die Kreise, in denen sie verkehrte, die haben doch all so ein Zeug.«

»Was für ein Zeug?«

»Na, Drogen oder so was. Damit kannte sie sich doch bestimmt aus.«

Kommissar Graf seufzte. Die arme Cora! Sie hatte keine Drogen genommen, sie war Karl Ravinski eine liebevolle Frau gewesen, aber noch über ihren schrecklichen Tod hinaus folgten ihr böse Gedanken, wenn nicht Haß. Der Alte hier war wohl schon ein wenig senil. Auf jeden Fall wußte er nicht, auf welche Weise Karl Ravinski gestorben war, das hatte die Familie offenbar für sich behalten.

Das war nur klug gewesen, dachte der Kommissar. Man hätte ihr dann erst recht die Schuld an seinem Tod gegeben, und das Gerede der Leute wäre nur lästig und peinlich gewesen.

»Ich hab' damals gesagt, als er so plötzlich gestorben war, man müsse eine Anzeige gegen sie machen«, sagte Lorenz. »Aber die Kinder wollten es nicht.«

»Sie werden einen Grund dafür gehabt haben«, sagte Kommissar Graf müde.

Der Punkt war gekommen, an dem er Überdruß empfand. Heute wollte er keinen mehr sehen und keinen mehr sprechen. Er stand auf, bedankte sich bei Kurt Lorenz und ging. Lorenz schien enttäuscht zu sein, er hätte gern noch weitergeredet, das war ihm anzumerken.

Als sie im Auto saßen, sagte Graf: »Genug für heute. Fahren wir nach Frankfurt zurück, und kümmern Sie sich um Ihre Frau. Sie wird schon was für Sie zum Essen haben.«

»Sie wollten den Fall bis heute abend lösen«, erinnerte Bollmann ihn unnützerweise.

Graf warf ihm einen ärgerlichen Blick von der Seite zu.

»Morgen ist auch noch ein Tag«, sagte er.

Doch er hatte nicht die geringste Hoffnung, daß er den Fall am nächsten Tag, dem Montag, lösen würde.

Graf Sigurd

Hinter seinem Rücken nannten ihn seine Kollegen manchmal Graf Sigurd. Das war abweisender Spott gegen seine Überlegenheit, sein sicheres Auftreten und seine gepflegte Erscheinung, seine eleganten Anzüge. Natürlich auch vermischt mit Neid auf seine erfolgreiche Arbeit. Wie konnte auch ein Mensch nur Sigurd heißen, das fanden sie ebenfalls.

Doch dafür konnte er nichts, den Namen hatte er von seiner schwedischen Mutter bekommen, von ihr auch die schlanke große Gestalt und das gute Aussehen.

Von seiner Mutter sprach er nicht, ebensowenig wie von seinem Vater. Das hatte seinen guten Grund. Niemand, außer seinen Vorgesetzten, wußte etwas über seine Laufbahn, sein früheres Leben. Dieses Geheimnis, das ihn dadurch umgab, schuf ihm nicht gerade Freunde unter seinen Mitarbeitern. Was ihm aber nichts ausmachte. Er hatte sich für diesen Außenseiterweg entschieden, nun mußte er auch die Außenseiterrolle spielen. Oder nicht einmal spielen, sie lag ihm von Natur aus.

Dr. Sigurd Graf stammte aus vermögendem Haus; sein Vater war ein bekannter Wirtschaftsanwalt in Hamburg. Die Kanzlei betrieb er zusammen mit seinem Bruder, sie hatten weltweit Klienten und die dazugehörenden Verbindungen. Die Familie war alteingesessen in Hamburg, der Großvater war ebenfalls Anwalt gewesen, ein Onkel war

Reeder, ein anderer besaß eines der großen Güter in Ostholstein.

Die schöne blonde Schwedin hatte sich Dr. Oswald Graf schon vor dem Krieg aus Stockholm geholt, es war eine Liebesheirat, die nur durch den Krieg gefährdet worden war, besser gesagt, durch die Naziregierung, denn Kristina sah nicht ein, warum sie in einer Diktatur leben und auch noch einen Krieg mitmachen sollte.

Geheiratet hatten sie 1938, und als der Krieg begann, befand sich Oswald Graf gerade in Südamerika, wo er eine langwierige Verhandlung zu führen hatte. Kristina hatte ihn auf der Reise nicht begleitet, sie hatte kurz zuvor ihr erstes Kind bekommen, ihren Sohn Sigurd.

Sie telegrafierte ihrem Mann lakonisch, er möge am besten bleiben, wo er sei. Sie ihrerseits gehe zu ihren Eltern nach Stockholm. Das tat sie auch; sie verließ das schöne Haus an der Elbchaussee und kehrte mit dem Baby zurück zu ihren Eltern, die außer der Stadtwohnung noch ein Haus in den Schären hatten. Diese Lösung fanden alle angemessen. Warum einen Krieg erleiden, wenn es sich vermeiden ließ?

Oswald gelang es auf abenteuerlichen Umwegen, auch nach Schweden zu kommen, ehe der Feldzug gegen Rußland begann. Von seinen Schwiegereltern wurde er freundlich aufgenommen, sie kannten ihn lange genug und wußten, daß er mit dem Regime in Deutschland nie sympathisiert hatte. Oswald Graf hatte keinerlei Gewissensbisse, weil er sich vor dem Krieg drückte, wie er es nannte, er war ein kühl denkender Tatsachenmensch und war sich klar darüber, daß dieser Krieg, von den Nazis begonnen, ein großes Unrecht war und daß Deutschland ihn sowieso verlieren würde. Er sorgte sich nur um seine Eltern, die in Hamburg waren, und um seinen Bruder, den man eingezogen hatte. Aber auf dem Gut in Holstein fanden die Eltern Zuflucht vor den Bomben, die die schöne Stadt Hamburg verwüsteten, und Oswalds Bruder Albert wurde zwar verwundet, jedoch ersparte ihm das den Rest des Krieges, er überlebte und wurde auch wieder ganz gesund.

Zusammenfassend konnte man sagen, die Familie hatte Glück gehabt und war gut über die böse Zeit gekommen. Auf diese Weise hatte Sigurd die ersten Jahre seines Lebens in Schweden verbracht, und kein Luftangriff hatte seinen Kinderschlaf gestört.

Als Oswald Graf und seine Frau Kristina nach Kriegsende nach Hamburg zurückkehrten, hatte Sigurd noch eine kleine Schwester, und 1948 wurde sein Bruder Henrik geboren.

Das Haus an der Elbchaussee war nur leicht beschädigt worden, es wurde hergerichtet, später neu eingerichtet, sie lebten im Wohlstand, wie es die Familie von eh und je gewohnt war, und sie hatten keinerlei Grund, keiner von ihnen, sich über ihr Leben zu beklagen.

Dann kam der Ärger mit dem ältesten Sohn, mit Sigurd. Und es führte zu einem echten Zerwürfnis mit seinem Vater. Besser gesagt, es hätte zu einem bleibenden Zerwürfnis geführt, wäre da nicht Kristina gewesen mit ihrem realistischen Verstand und ohne Hamburger Familienstolz.

Es begann damit, daß Sigurd zunächst einmal den Beginn seines Studiums hinausschob und sich fast zwei Jahre lang in der Welt herumtrieb, ohne von seinem Vater Geld dafür zu bekommen. Doch als er dann zurückkehrte, das war Anfang der sechziger Jahre, begann er unverzüglich sein Jurastudium, absolvierte es in der kürzest möglichen Zeit, machte beide Staatsexamen, promovierte, und statt sich nun, wie erwartet, in die Kanzlei von Vater und Onkel einzuarbeiten, erklärte er, daß er lieber Strafverteidiger werden wolle.

Das war nach dem Herumzigeunern in der Weltgeschichte, wie sein Vater es genannt hatte, der zweite Krach, aber beide waren gar nichts gegen den dritten, denn plötzlich stellte Sigurd fest, daß er auch nicht Verteidiger werden, sondern lieber dort arbeiten wollte, wo die Verbrechen ermittelt, untersucht, aufgeklärt wurden: bei der Kriminalpolizei.

»Als was denn?« fragte sein Vater höhnisch. »Du bist Akademiker, für dich kommt nur die höhere Laufbahn in Frage, wenn du beim Staat arbeiten würdest. Denkst du, die stellen dich als Streifenpolizist ein?«

Dr. Sigurd Graf war nicht nur klug, er war ebenso hartnäckig. Und Idealist war er auch ein wenig. Die steigende Kriminalität im Land war für ihn eine Art Herausforderung, die es zu bekämpfen galt, und das konnte nicht vor Gericht geschehen, wo er unter Umständen einen Verbrecher hätte verteidigen müssen. Schon seine Doktorarbeit hatte sich mit dem Thema beschäftigt, wie es möglich war, daß in einem Land, in dem Wohlstand und weitgehend soziale Sicherheit herrschte, die Kriminalität zunahm.

Es dauerte eine Weile, bis er bekam, was er wollte. Wie sein Vater ganz richtig gesagt hatte: Man nahm keinen promovierten Juristen in den Ermittlungsdienst. »Und Polizeipräsident kannst du ja nicht gleich werden«, höhnte sein Vater dazu.

Hamburg mußte er verlassen. Zwei Stationen in kleinen Städten, dann nahm ihn Frankfurt. Hier avancierte er sehr rasch, und nur seine Vorgesetzten kannten seinen Lebenslauf.

Die Versöhnung mit seinem Vater brachten Kristina und Onkel Albert zustande, und auch Bruder Henrik, der pünktlich studiert hatte und Sigurds Stelle in der Kanzlei antrat.

Wer nicht zu versöhnen war, war Almut, Sigurds Frau. Sie war auch eine familienstolze Hamburgerin. Sie hatten während seiner Referendarzeit geheiratet, später sagte sie dann, sie habe nicht die Absicht, die Frau eines Polizisten zu sein. Und schon gar nicht in Frankfurt.

Sie lebten eine Zeitlang getrennt, vor zwei Jahren war die Ehe, die kinderlos geblieben war, geschieden worden, Almut hatte wieder geheiratet.

Kriminalkommissar Sigurd Graf nicht. Er fühlte sich sehr wohl als Junggeselle, als Single, wie es heute hieß, er besaß eine hübsche Zweizimmerwohnung in Neu-Isenburg, und das Beste von allem: Seine Arbeit befriedigte ihn.

Natürlich gab es immer wieder Augenblicke, wenn er vor einem Toten stand, vor einem brutal ermordeten Menschen, daß er sich sagte, wieviel angenehmer sein Leben in Hamburg, in seines Vaters Kanzlei, verlaufen wäre. Aber in ihm war etwas von einem Jäger, er wollte den Verbrecher jagen und fangen, und sein ganz spezielles Talent, sich in ein Milieu, aber auch in die Denkweise des fremden Menschen, eben des Verbrechers, zu versetzen, machte seine Arbeit so erfolgreich.

Bevor er an diesem Sonntag nachmittag seine Wohnung betrat, holte er sich erst einmal seinen Hund, der während seiner Abwesenheit bei einer Nachbarin untergebracht wurde, die einen großen Garten besaß und wo Emilio das schönste Leben hatte.

Nur eben Herrchen nicht.

Zweifellos war es unsinnig, wenn ein Mann seines Berufes sich einen Hund hielt. Aber ein Leben ohne Hund schien ihm auch unerträglich, denn von Kindheit an hatten Hunde zur Familie gehört.

Den letzten Hund hatte seine Frau behalten, und er mußte einsehen, daß es für das Tier besser war. Aber dann, vor zwei Jahren, brachte er aus dem Urlaub in Ischia einen kleinen schwarzen Italiener mit, gescheit, drollig, anhänglich, sehr gelehrig. So viele Hunde liefen dort heimatlos herum, keiner kümmerte sich um sie, sie vermehrten sich laufend und verbrachten ihr karges und oft kurzes

Hundeleben in größter Armut, immer hungrig, kein Dach über dem Kopf, keine Hand, die sie liebkoste.

Außer den Urlaubern, die sie niedlich fanden, ihnen ein paar Bissen zuwarfen, Liebe und Hoffnung in dem kleinen Hundeherzen erweckten – und dann wieder wegreisten.

So war es Graf mit Emilio gegangen. Das heißt, zunächst hatte er keinen Namen, er nannte ihn ›na, du kleiner Schwarzer, da bist du ja wieder‹, und der kleine Schwarze fand sich jeden Tag ein, nachdem er wußte, wo der große fremde Mann aus Deutschland wohnte. Graf gewöhnte sich an, ihm etwas zu essen mitzubringen, er unterhielt sich mit ihm, streichelte ihn, und die charmante junge Dame aus Essen, sein Urlaubsflirt, meinte, der Hund sei ja wirklich ganz niedlich, aber sicher stecke er voller Flöhe, und jede Menge Zecken habe er auch im Fell. Und es wäre besser, ihn nicht so freundlich zu behandeln, um so trauriger würde er sein, wenn man wieder abreisen müsse.

Graf entfernte die Zecken, was dem Hund zunächst nicht besonders gefiel, dann kaufte er Flohpulver und ein Halsband, und als er zurück nach Deutschland fuhr, hatte er den Hund dabei. Er war nicht geflogen, sondern mit dem Wagen gefahren, denn er hatte noch Urlaub gut und war zunächst durch die Toscana gereist. Auf dem Rückweg begleitete ihn die junge Dame aus Essen, das Verhältnis hatte sich intensiviert und dauerte fast noch ein Jahr lang und wäre wohl auch noch weitergegangen, wenn es nicht, wie immer bei diesen angeblich so modernen Frauen, auf das eine hinausgelaufen wäre: sie wollte heiraten.

Er wollte nicht. Nicht schon wieder, und eigentlich am liebsten gar nicht.

Also war das eines Tages zu Ende, doch Emilio, den sie zusammen gut über die Grenze gebracht hatten, blieb ihm. Und wenn er ihn oft allein lassen mußte, tröstete er ihn etwa so: »Hör zu, Emilio. Wenn ich dich in Ischia gelassen hätte, wärst du immer noch ein herumstreunender Hund, hungrig, im Winter frierend, von Ungeziefer geplagt. Hier wirst du gut gefüttert, hast in meiner Wohnung ein schönes Lager, einen bequemen Sessel und notfalls mein Bett. Bei Frau Pachmayr hast du ebenfalls ein Lager, eine gutgefüllte Schüssel und dazu noch einen Garten. Und lieb ist sie auch zu dir. Kannst du dich beklagen?«

Emilio beklagte sich nicht. Sein Leben war fabelhaft, denn in zwei Haushalten war er ein verwöhnter Liebling, Frau Pachmayr nahm ihn mit zum Einkaufen, und der Metzger hatte immer etwas für ihn bereit, und Frau Pachmayr nahm ihn auch mit zu ihrer Freundin Ilse, dort fand sich stets ein Wiener Würstchen und manchmal auch ein gutes Stück Rindfleisch, und beide Damen gingen, der schlanken Linie wegen, gern spazieren, da durfte er mitgehen. Und Herrchen, wenn er da war, ging natürlich auch mit ihm spazieren, sogar sehr lange und sehr weit, manchmal nahm er ihn mit im Auto, das war ein bißchen langweilig, wenn er irgendwo warten mußte, und ein paarmal war er auch schon in dem komisch riechenden großen

Haus gewesen, in dem Herrchen arbeitete. Was heißt Herrchen! Bei sich nannte Emilio seinen Freund und Beschützer immer noch Signore.

Aber da er nicht sprechen konnte, wußte das keiner. Nicht einmal der kluge Kriminalkommissar.

»Füttern brauchen Sie ihn heute nicht mehr«, sagte Frau Pachmayr, als Sigurd Graf seinen Hund abholte, aber so etwas ging natürlich auch nicht, eine Handvoll Doko zur Begrüßung mußte schon sein.

Dann ging der Signore unter die Dusche, was Emilio interessiert verfolgte. Er fürchtete die Dusche nicht, manchmal, wenn er naß und schmutzig war, kam er da auch mit drunter, und er fand es ganz angenehm.

Dann zog sich Signore ein leichtes seidenes Hemd an und schöne helle Hosen, an denen sich schwarze Hundehaare besonders gut ausnahmen, denn zunächst einmal mußte Emilio lange und ausdauernd seinen Kopf an Signores Knie reiben. Denn so gut er es auch bei Frau Pachmayr hatte, wer ihn gefunden, aufgelesen und mit in dieses Luxusleben genommen hatte, vergaß er nie.

Da den Kriminalkommisar Graf heute niemand gefüttert hatte, war er hungrig und begab sich in seine kleine Küche. Er machte sich Rühreier mit Schinken, aß noch ein Wurstbrot obendrauf und kochte sich Tee. Und die ganze Zeit über grübelte er an der Sache von Grottenbrunn herum. Er hatte das Gefühl, die Lösung sei ganz einfach. Natürlich war es einer von der Familie, und natürlich wußte jemand, außer dem, der geschossen hatte, wie es gewesen war. Zumindest Paul Hartwig wußt es. Oder Gisela? Oder Irene? Er nannte sie alle schon beim Vornamen. Dann dachte er über Felix nach und seine mondsüchtige Frau. Aber schießen konnte die sicher nicht. Genau rekapitulierte er noch einmal das Gespräch mit dem Buchhalter. Schießen konnte der auch nicht. Oder vielleicht doch?

Wenn Karl Ravinski so versessen darauf war, daß alle schießen lernten, konnte er es seinem Buchhalter auch beigebracht haben. In der Nachkriegszeit zum Beispiel, als sich allerhand Gesindel in der Gegend herumtrieb. Und dann diese Frau, die erste Frau Ravinski, Dorothea, die alle in den Himmel hoben. Genaugenommen war sie die Täterin. Wäre sie nicht von allen so geliebt worden, hätten sie die zweite Frau Ravinski nicht so gehaßt. Diesen Gedanken fand er interesssant, und er beschäftigte ihn eine Weile. Die Tatsache, daß ein allzu edler Mensch sehr wohl die Ursache für böse Taten sein konnte.

Er hatte einmal begonnen, ein Buch zu schreiben, nur die viele Arbeit verhinderte, daß er weiterschrieb. Das Thema paßte ganz gut hierher: Der Ursprung eines Verbrechens.

Das Wort Ursprung gefiel ihm nicht mehr. Die Ursache war besser. Andererseits war Ursprung in diesem Fall doch treffender. Was für verrückte Gedanken! Die Frau war seit dreizehn oder gar vierzehn Jahren tot. Er mußte sich einmal genau erkundigen, wann sie gestorben war.

Die Stimme des Buchhalters: nicht etwa verehrt, bewundert, geachtet. Schlicht und einfach: Ich habe sie geliebt.

Und wie war die Ehe der Ravinskis wirklich gewesen? Der Mann erst im Krieg, dann mit dem Aufbau einer Firma beschäftigt, ein Vollblutmann, wie es schien. Auch was Frauen betraf. Hatte die Edle von Grottenbrunn ihm vielleicht schon lange nicht mehr genügt? Suchte er Abwechslung in Frankfurts wilder Sexszene?

Sigurd rief sich selbst zur Ordnung. Er fing an zu fabulieren. Er sollte keinen Roman über die Familie Ravinski schreiben, sondern denjenigen finden, der Cora erschossen hatte. Die arme Cora. Nicht geliebt, nicht geachtet, nicht verehrt, sondern nur gehaßt. Von allen. Das altmodische Wort Dämchen, das Lorenz gebraucht hatte, klang noch viel verächtlicher als die Nutte aus Irenes Mund.

Fünf Jahre war sie nur mit Karl Ravinski verheiratet gewesen, und das konnte kein Zuckerlecken gewesen sein bei all der Abneigung, die man ihr entgegenbrachte. Hatte Karl Ravinski sie denn wirklich geliebt, oder war sie nur eine Bettgefährtin für ihn gewesen, eine, die ihn schließlich das Leben kostete. Welch eine Bestätigung für die Kinder! Und dann das Testament! Hatte Cora davon gewußt? War es als Strafe für die widerborstigen Kinder gedacht gewesen, ein Schreckschuß! Hätte Karl Ravinski es später wieder geändert?

Wer hatte, außer dem Notar, vor seinem Tod gewußt, wie sein Testament lautete?

Fragen über Fragen. Graf trank die letzte Tasse Tee, dann griff er zum Telefonhörer und rief in Hamburg an.

Nachdem das Verhältnis zwischen ihnen sich gebessert hatte, nicht ganz gut geworden war, aber immerhin, besprach er sich manchmal ganz gern mit seinem Vater. Nur so, um mit einem verständigen Menschen zu sprechen.

Oswald Graf war da, und das Wetter in Hamburg war an diesem Sonntag nicht so prachtvoll wie im Frankfurter Raum. Seine Mutter war auf Sylt, wie er erfuhr, wo die Familie auch ein Haus besaß. Dort ist das Wetter ja immer gut, meinte sein Vater.

»Und was macht sie da?«

»Was wird sie machen? Sie geht mit den Hunden spazieren und läßt sich den Nordseewind um die Nase blasen. Du weißt ja, sie braucht das.«

Seine Mutter war fünfundsechzig, aber sie nahm es mit ihren langen geschwungenen Schritten leicht mit ihren Söhnen auf. Im Geist sah er sie am Strand entlanglaufen, mit dem wehenden blonden Haar über der steilen geraden Stirn.

»Und du?« fragte sein Vater. »Du hörst dich etwas bekümmert an.«

»Ich habe einen Fall, und der ist ein Problem.«

»Aha«, sagte sein Vater, und dann bekam er die Geschichte erzählt.

»Tja«, sagte sein Vater dann, und das mußte ja wieder einmal gesagt sein, »das hast du dir alles selber eingebrockt. Wenn du wenigstens Verteidiger geworden wärst, dann könntest du die Irene verteidigen.«

»Warum sprichst du gerade von ihr?«

»Ich hatte das Gefühl, daß sie dich in diesem Fall am meisten interessiert. Und merkwürdig ist ja immerhin, daß der Mord gerade geschieht, wenn sie seit Jahren wieder einmal da ist, in diesem Grottendings.«

»Das wäre aber sehr unklug von ihr.«

»Sind Mörder immer klug? Hier handelt es sich um eine Tat im Affekt. So etwas kann sich angestaut haben. Und wenn auch Berechnung mit im Spiel ist, so ist diese Berechnung gekoppelt mit dem Affekt.«

»So siehst du das«, sagte der Kriminalkommissar langsam.

»Ich kann gar nichts sehen und gar nichts beurteilen. Es scheint mit so nur ganz plausibel.«

Nach dem Telefongespräch mit seinem Vater zog sich Sigurd Graf ein leichtes beigefarbenes Sakko über und sagte zu Emilio: »Wie wär's mit einem kleinen Spaziergang?«

Emilio war dafür. Aber er wurde enttäuscht. Sie kamen nicht bis zum Wald, wie er gehofft hatte, sondern Signore drehte sehr bald wieder um und ging, ziemlich rasch, zurück.

Auch gut, dachte Emilio, verbringen wir einen gemütlichen Abend. Aber auch damit war es nichts, Signore ging nicht ins Haus, sondern in die Garage und holte seinen Wagen heraus.

»Du darfst mitkommen«, sagte er zu Emilio, und der hopste mäßig begeistert auf den Rücksitz.

Sie fuhren los, und eigentlich wußte Kriminalkommissar Graf bei der Abfahrt selbst noch nicht, wohin er fahren wollte.

Am besten also erst einmal ins Präsidium, die Akte durchsehen, die auf seinem Schreibtisch lag. Doch dann war er auf einmal, er wußte selbst nicht, wie es dazu kam, auf der Bundesstraße 40, fuhr eine Weile später durch das liebliche Tal der Kinzig, bog ab von der großen Straße in eine kleine Straße.

Ich muß ja nicht hinfahren, dachte er, nur mal eben so durch die Gegend.

»Wir lassen den Wagen irgendwo stehen, Emilio, und dann spazieren wir beide durch den Wald. Zur oberen Koppel. Der Spaziergang wird dir gefallen. Und vielleicht kommt mir eine Erleuchtung. Oder ...«, er stockte, schwieg. Möglicherweise traf er dort oben jemand. Die alte Fabel: den Mörder zieht es an den Ort der Tat.

Der schwarze Spiegel III

Unschlüssig, was ich tun soll, stehe ich vor der Tür herum, an die Mauer gelehnt, neben dem Fliederstrauch. Eigentlich wäre es Zeit, nach München zu fahren. Wenn ich jetzt losfahre, bin ich gegen zehn da, kann noch ein bißchen Musik hören und nicht zu spät schlafen gehen.

So sieht ein normales Leben aus. Aber ich bin ziemlich sicher, daß ich auch in dieser Nacht nicht schlafen kann. Und kann ich einfach wegfahren und diesen ganzen ungeklärten Schlamassel hinter mir lassen? Felix und seine arme Elsa? Die verstörte Rosine und ihr schweigsamer Paul? Muß nicht auch eine Beerdigung stattfinden?

Und vor allem: darf ich einfach wegfahren?

Während ich all die Gedanken in meinen Kopf wälze, biegt da vorn ein blaugrauer BMW um die Birkengruppe, kommt den schmalen Weg heran und fährt durch das Tor. Ein richtiges Tor ist es nicht mehr, nur die beiden Seitenpfosten stehen noch.

Ich stehe und rühre mich nicht, der Wagen hält, und er steigt aus, und hinter ihm springt noch ein schwarzer, kurzhaariger Hund aus dem Auto, der sich freundlich wedelnd umblickt.

Da kommt auch schon Till an, der irgendwo in der Gegend gelegen hat, verhält und wartet ab.

Na also, es geht weiter. Sonntag oder nicht.

Er steht und schaut mich an, und ich ihn. Verflixt, sieht der Mann gut aus! Jetzt trägt er helles Beige, ein zartrosa Hemd mit offenem Kragen, diesmal keinen Schlips.

Wenn mir schon ein Mann begegnet, der mir gefällt, warum muß es dann ausgerechnet ein Kriminalbeamter sein, der mich des Mordes verdächtigt?

Er kommt langsam auf mich zu, läßt mich immer noch nicht aus den Augen und sagt: »Ich würde gern wissen, was Sie gerade gedacht haben.«

»Wann? Ehe Sie kamen, oder als ich Sie sah?«

»Letzteres.«

»Sie würden sich wundern, wenn ich Ihnen sage, was ich da gedacht habe.«

»Sie wollen es nicht sagen?«

»Nein. Im Moment lieber nicht. Kürzen wir es mal so ab, ich wundere mich, Sie schon wieder hier zu sehen. Existiert für einen Kommissar das geheiligte Wochenende nicht? Was sagt Ihre Frau, wenn Sie ständig unterwegs sind?«

»Meine Frau befindet sich in Hamburg und ist nicht mehr meine Frau. Herrn Bollmann habe ich, wie Sie sehen, zu seiner Frau nach Hause geschickt. Dies ist übrigens Emilio.«

»Aha, Sie haben sich einen neuen Mitarbeiter mitgebracht. Tag, Emilio.«

Ich beuge mich zu dem Hund, der an meiner Hand riecht, sich dann gern streicheln läßt. »Kannst du einen Mörder finden?«

Beide schauen wir den schwarzen Hund an, dem ich offensichtlich gefalle, er hebt die Pfote, will weiter gestreichelt werden.

»Emilio hält mich nicht für eine Mörderin.«

»Emilio ist nicht darauf abgerichtet, einen Mörder zu erschnüffeln. Soweit sind wir noch nicht. Es gibt Hunde, die Rauschgift entdecken und Verschüttete finden, aber Mörder? Ich übrigens auch nicht.«

»Was, Sie auch nicht?«

»Ich halte Sie auch nicht für eine Mörderin. Ich täte es ziemlich ungern.«

»Danke.«

»Was danke?«

»Ach, nur so. Es erleichtert mich.«

»Warum denken Sie, daß ich Sie verdächtige?«

»Tun Sie das nicht mit jedem von uns?«

»Was bleibt mir anderes übrig. Heute nachmittag hat mir jemand, mit dem ich den Fall durchsprach, gesagt, daß man Sie eigentlich von allen am meisten verdächtigen müsse.«

»Warum?«

»Weil der Mord geschah, nachdem Sie seit längerer Zeit zum erstenmal wieder in Grottenbrunn waren.«

»Da müßte ich ja wohl ziemlich bekloppt sein.«

»Das meine ich auch. Außerdem haben Sie mir ja gestern schon auseinandergesetzt, daß man dumm oder primitiv sein müsse, um einen Mord zu begehen.«

Till und Emilio beschnüffeln sich vorsichtig, Emilio wedelt heftig, der Jagdhund zieht sich distanziert zurück und wartet erst mal ab.

Ich mache eine vage Bewegung zur Tür hin.

»Wollen Sie bitte eintreten.«

»Nein. Ich bin nicht dienstlich hier.«

»Wieso sind Sie dann hier?«

»Ich wollte mit Emilio ein Stück Spazierengehen.«

Emilio hört seinen Namen und drängt nun dicht an sein Knie.

»Ausgerechnet hier?«

»Ist doch eine schöne Gegend. Begleiten Sie mich?«

Ich schaue ihn mißtrauisch an. »Sie wollen zur oberen Koppel?«

»Muß nicht unbedingt sein. Sind Sie ganz allein im Haus?«

»Rosine und Paul sind da, aber sie reden nicht mit mir. Felix und seiner Elsa habe ich auch einen Spaziergang empfohlen. Ich hab' gesagt, eine werdende Mutter kann nicht immer bloß liegen und sitzen, sie muß auch mal ein paar Schritte gehen. Da sind sie denn gegangen, vor einer halben Stunde etwa. Was mich betrifft, so wollte ich eigentlich jetzt nach München fahren.«

»So. Jetzt noch?«

»Ich müßte morgen früh im Geschäft sein. Darf ich nicht fahren?«

»Sie dürfen. Aber ich bin froh, daß ich Sie noch angetroffen habe. Vielleicht könnten wir in Ruhe alles noch einmal durchsprechen.«

»Ich dachte, Sie seien nicht dienstlich hier?«

»Nur so ein bißchen. Können Sie nicht bis morgen bleiben?«

»Sicher, kann ich. Linda, meine Freundin, die mir im Laden hilft, macht das schon. Sie bringt die Kleinen in den Kindergarten, das ist ganz in der Nähe, und dann ist sie halt im Laden. Ich habe vorhin versucht, sie anzurufen, aber sie war nicht da. Wenn das Wetter in München auch so schön ist, macht sie mit ihrem Mann einen Ausflug. Ich werde es später noch mal versuchen. Was ist denn morgen?«

»Morgen werden wir im Präsidium in Frankfurt jeden, der mit dem Fall zu tun hat, einzeln vernehmen.«

»Ach du lieber Himmel.«

»Wollen wir jetzt Spazierengehen?«

»Wie Sie wünschen.«

Wir gehen zum Tor, das kein Tor ist, hinaus und biegen dann auf den schmalen Pfad ein, der in den Wald führt. Zur oberen Koppel will er offenbar nicht unbedingt.

»Sie haben ja heute schon die ganze Familie verhört«, sage ich, nachdem wir eine Weile schweigend nebeneinander hergegangen sind, Till wie immer in leichtem Trab vorweg, Emilio interessiert rechts und links in den Büschen schnüffelnd.

»Man hat Ihnen berichtet?«

»Mehrmals und ausführlich. Auch daß Sie bei Herrn Lorenz waren.«

Er nickt und schweigt.

»Wenn verdächtigen Sie nun am meisten?«

»Tja«, sagt er nur darauf.

Na denn nicht. Gisela, die ziemlich aufgeregt war, hat mir erzählt, daß sie etwas Dummes gesagt hat. Daß sie plötzlich den Verdacht hatte, zwischen Bert und Cora könne etwas gewesen sein. Und ich blöde Gans, hat sie gesagt, hab' mir das auch noch anmerken lassen.

Erstens glaube ich nicht, daß da etwas war. Obwohl ich lange nicht hier war und die Verhältnisse so genau auch nicht kenne.

Zweitens kann ich mir vorstellen, daß Gisela sehr heftig dazwischenfunkt, aber nicht, daß sie frühmorgens mit einem Gewehr Cora nachschleicht, um sie einfach abzuknallen.

Ob ich davon spreche? Nein, lieber nicht.

Der Wald wird dichter, der Pfad schlängelt sich mal nach da, mal nach dort, wird zeitweise so schmal, daß wir hintereinander gehen müssen. Geht er hinter mir, spüre ich seinen Blick im Nacken.

Geht er neben mir, bemühe ich mich um ein sorgloses Gesicht.

Einmal versuche ich es mit Pfeifen, gebe es gleich wieder auf.

Das wirkt so, wie Kinder, die sich fürchten im dunklen Wald und sich dann eins pfeifen.

Ich fürchte mich auch. Nicht in diesem Wald, sondern daß einer dieser Menschen, die zu mir gehören, ein Mörder sein soll.

Dann kommen wir zur Grotte. Das ist ein kleiner Platz im schweigsamen, geheimnisvollen Walddunkel, da steht eine mannsgroße Grotte aus verwittertem Stein, halbrund, und darin plätschert eine kleine Quelle.

»Das ist die Grotte, die dem Schloß den Namen gab.«

»Romantisch«, sagt er.

»Romantisch wird es erst, wenn Sie die Geschichte hören, die meine Mutter erzählte. Wollen Sie sie hören?«

»Gern.«

»In alten Zeiten lebte in dieser Grotte und um sie herum das Grottenmännlein. Das heißt, man kann nicht wissen, ob es nicht vielleicht auch heute noch da ist.« Ich versuche den leisen geheimnisvollen Ton nachzuahmen, mit dem Mutter so etwas erzählte.

»Man sieht es nur nicht. Kann sein, es ist da und versteckt sich, wenn Menschen kommen. Und viele, viele Jahre lang, mindestens hundert Jahre lang, vielleicht noch länger, da saß in dieser Grotte eine Kröte. Eine dicke, häßliche Kröte mit wunderschönen goldgrünen Augen.«

Ich strecke den Arm aus, wie Mutter es getan hat, und zeige auf den Absatz in der Steinmauer, die das Halbrund der Grotte bildet.

»Wenn sie nicht im Wasser war, die Kröte, saß sie gern dort auf diesem Balkönchen, denn dort kam manchmal, an schönen Sommertagen, ein Strahl Sonne hin. Die Kröte liebte die Sonne über alles, aber sie bekam sehr wenig davon ab. Das Grottenmännlein wußte, warum ihr die Sonne soviel bedeutete: Du bist eine verzauberte Prinzessin, sagte es, die eine böse Hexe in diese Gestalt verwandelt hat und hierher verbannte. Die Kröte, die nicht sprechen konnte, blickte mit ihren goldgrünen Augen traurig das Grottenmännlein an. Du willst wissen, warum? fuhr es fort. Das kann ich dir erklären. Dein Vater hatte einen großen Schatz. Und als es den großen Krieg gab und die Schweden hier durchs Land zogen und in ihrem Gefolge viele Räuber, da vergrub dein Vater diesen Schatz. Du weißt, wo er ihn vergraben hat, du warst dabei. In den goldgrünen Augen der Kröte spiegelte sich kein Erinnern, und das Grottenmännlein sprach weiter: Wenn du wieder ein Menschenkind würdest, könntest du dich daran erinnern. Auch wenn es lange her ist.«

Ich verstumme, denn sein Blick liegt unausgesetzt auf mir, das macht mich verlegen. Ich kann auch die Geschichte nicht so schön erzählen wie Mutter.

»Und weiter?« fragt er.

»Die Hexe hat dich aus Wut verwandelt, weil du ihr nicht gesagt hast, wo der Schatz vergraben liegt. Sie wollte selber danach suchen, doch dann kam ein großer Zauberer, der war stärker und hat sie vertrieben. Er suchte den Schatz auch, aber er fand ihn genausowenig wie die Hexe. Nun wollte er dich gern zurückverwandeln, damit du ihm zeigst, wo der Schatz vergraben ist. Aber er kannte das Wort nicht, das dich erlösen würde. Das kannte nur die Hexe. Er saß oft bei mir hier in der Grotte, sah dich an und probierte alle möglichen Worte aus, aber keines war das richtige. Eines Tages kam die Hexe vorbei und lachte gellend, er zwang sie mit seinen starken Händen auf den Boden und wollte das Wort von ihr wissen, aber sie lachte ihn nur aus, da erschlug er sie im Zorn.«

Ich wandte den Kopf zu meinem Zuhörer, denn inzwischen hatte ich mein Gesicht nur auf die Grotte gerichtet, um seinem Blick auszuweichen, der mich verwirrte.

»Eine Tat im Affekt, nicht wahr?«

Er nickte. »Da die Kröte nicht mehr hier ist, nehme ich an, sie wurde doch erlöst. Fand der Zauberer das Wort?«

»Nein, er nicht. Er versuchte es viele Jahre lang, dann wurde er alt und grau, und eines Tages kam er nicht mehr wieder. Vielleicht war er gestorben oder hatte sich in seine Zauberhöhle zurückgezogen. Wer kann das wissen?«

Ich seufzte, wie auch Mutter immer an dieser Stelle geseufzt hatte.

»Und die arme Kröte saß da weiter viele, viele Jahre, und nur selten traf sie ein Sonnenstrahl. Und wenn sie das Grottenmännlein nicht gehabt hätte, wäre sie ganz allein auf der Welt gewesen.«

An dieser Stelle kamen mir als Kind immer die Tränen, obwohl ich ja den guten Ausgang der Geschichte kannte.

»Es kamen auch immer mal wieder Wanderer durch den Spessart gezogen, feine Herren auf schönen Pferden und natürlich viele Räuber. Selten, daß jemand bei der Grotte vorbeikam, sie liegt so versteckt, die Hexe hatte den Platz gut gewählt.

Doch eines Tages kamen zwei junge Burschen, das waren Studenten, und sie zogen von der Universität Göttingen nach der Universität Würzburg, das ist ein weiter Weg, aber da sie kein Geld hatten, konnten sie sich keine Pferde leisten, auch keine Postkutsche, sie mußten laufen. Zufällig kamen sie an der Grotte vorbei, und da sie sehr müde waren, setzten sie sich hin, um auszuruhen. Hungrig waren sie auch, denn sie hatten lange nichts Ordentliches gegessen, nur einen einzigen Kanten Brot hatten sie noch im Sack, den teilten sie sich. Und dann bückte sich der eine, um aus der Grotte zu trinken, und da sah er die Kröte und rief: ›Geh weg, du häßliches Vieh!‹ Die Kröte sprang vor Angst auf den Mauerabsatz und sah die fremden Männer mit ihren goldgrünen Augen furchtsam an, und der eine rief wieder: ›Weg mit dir, du ...‹

Und er nahm einen großen Stein, warf ihn nach der Kröte und traf sie am Bein. Sie zog das Bein hoch und konnte nicht mehr weghüpfen, weil sie verletzt war. Aber da war der andere Student schon aufgestanden, beugte sich über die Grotte und griff mit beiden Händen nach der Kröte, hob sie hoch und sagte zu dem, der den Stein geworfen hatte: ›Wie kannst du nur so gemein sein! Und du willst Theologie studieren. Du willst ein Pfarrer werden. Weißt du nicht, was das ist, was ich in meinen Händen halte? Das ist ein Gottesgeschöpf.‹ Und er neigte sein Gesicht dicht über die Kröte und murmelte noch einmal leise: ›Gottesgeschöpf.‹

Da dehnte sich der Körper, den er in Händen hielt, und wuchs und wuchs, er mußte seine Hände öffnen, und dann die Arme, und was er schließlich in den Armen hielt, war ein schönes, junges Mädchen mit blondem Haar und goldgrünen Augen.«

Ich verstumme und sehe ihn an, und täusche ich mich, oder schimmern seine Augen wirklich feucht?

Ja, Mutters Geschichten!

»Gottesgeschöpf war also das Lösungswort«, sagt er.

»Ja. Darauf war der Zauberer natürlich nicht gekommen.«

»Und wie ging es weiter?«

»Es gab ein wundervolles Happy-End. Das blonde Mädchen führte die beiden zu dem vergrabenen Schatz, denn wieder Mensch geworden, wußte es sofort, wo sich der Schatz befand. Und der, der den Stein geworfen hatte, bekam einen Teil davon ab, damit er ohne Plage und ohne Not studieren konnte. Obwohl er sagte, er habe das nicht verdient, weil er den Stein geworfen habe. Doch der andere sagte: Hättest du den Stein nicht geworfen, hätte ich mein geliebtes Mädchen nicht erlösen können. Daran siehst du, sagte meine Mutter, daß man nie vorschnell urteilen darf. Es kann manchmal auch aus einer bösen Tat Gutes sich entwickeln.«

»Und der andere? Studierte er weiter?«

»Aber nein. Mit dem Schatz bauten sie das Schloß Grottenbrunn und lebten viele Jahre glücklich und zufrieden und bekamen viele Kinder. Die blonde Frau mit den grüngoldenen Augen hinkte zwar immer ein bißchen, das war die Folge von dem Steinwurf. Übrigens kam sie öfter hierher zur Grotte, um das Grottenmännlein zu sprechen, aber sie hat es nie wiedergesehen. Keiner hat es jemals mehr gesehen.«

Er nimmt meine Hand und küßt sie.

»Schön haben Sie das erzählt.«

Ich bin verlegen. »Ach, das ist gar nichts. Sie hätten meine Mutter hören müssen.«

Wenn wir noch eine Weile hier stehenbleiben, ob er mich dann richtig küßt?

Die Vorstellung treibt mir einen Schauder über den Rücken, er sieht es und sagt: »Ihnen ist kalt? Gehen wir lieber zurück.«

»Ja, es wird kühl.«

Es dämmert, und hier bei der Grotte ist es sowieso immer zum Frösteln.

Soll ich vielleicht ...? Nein, bloß nicht. Man darf ja nicht vergessen, wie es wirklich um uns steht. Eine eventuelle Mörderin und ein Kriminalkommissar.

Wir gehen also zurück, und nach längerem Schweigen sagt er: »Der schwarze Spiegel, das ist wohl auch so eine Geschichte.«

»Ja. Wer hat Ihnen davon erzählt?«

»Herr Lorenz.«

»Ach so.« Und nach einer Weile sage ich, da sind wir schon beinahe wieder da: »Stellen Sie jeden von uns vor den Spiegel, dann werden Sie wissen, wer Cora erschossen hat.«

Er bleibt stehen und schaut mich kopfschüttelnd an.

»Wenn es so einfach wäre ...«

Es ist so einfach.

Wir kommen ins Haus, Elsa und Felix sitzen in der Halle, still und bedrückt wie immer, der Spaziergang hat nicht viel geholfen. Arme Elsa! Du bist auch ein Gottesgeschöpf, doch wer soll dich erlösen? Vielleicht das Kind, das du bekommen wirst. Wenn es denn lebendig zur Welt kommt, und wenn es nicht – ach, jetzt ist mir wieder elend zumute.

Er hat die beiden begrüßt, sie sagen artig guten Abend und scheinen sich gar nicht zu wundern, daß er da ist, sie nehmen das wohl als gegeben hin. Elsa sieht wirklich ein wenig lebendiger aus, der Spaziergang hat ihr gutgetan.

Die beiden Hunde sind mit ins Haus gekommen, Till hat Felix begeistert begrüßt, worauf sich Emilio sofort anschloß. Beide wurden ausführlich gestreichelt und mit freundlichen Worten bedacht, nun haben sie sich friedlich hingelegt. Ihre Welt ist in Ordnung.

Da klingelt wieder einmal das Telefon, es ist Gisela. Als sie hört, daß der Kommissar da ist, sagt sie: »Schon wieder? Das ist ja gräßlich. Armes Kind!«

Soll ich ihr sagen, daß mir wohl ist in seiner Gegenwart? Sie würde denken, ich sei übergeschnappt.

»Ich wollte dich fragen, ob du nicht zum Abendessen zu uns kommen willst. Dir muß ja ganz schön belämmert zumute sein.«

»Geht gerade noch so. Eigentlich wollte ich heute noch nach München fahren.«

»Und? Erlaubt er es nicht?«

»Es ist ihm lieber, wenn ich morgen zum Verhör ins Präsidium komme.«

Als ich wieder in die Halle komme, erzähle ich unaufgefordert, daß meine Schwester Gisela angerufen habe. Sie wollte wissen, was wir so tun.

Der Kommissar nickt schweigend. Felix hat rote Flecken auf den Wangen, sie haben sich also unterhalten. Quatsch, unterhalten. Er hat wieder mal hinterlistige Fragen gestellt, der Herr Kommissar. Was wird Felix ihm wohl für unsinniges Zeug erzählt haben?

Ich erfahre es gleich.

»Wir haben über den schwarzen Spiegel gesprochen«, sagt er.

»Ach ja? Wollen wir alle hingehen und hineinschauen? Dann ist der Fall gleich geklärt.« Meine Stimme klingt forciert, und ich schäme mich für das dumme Gerede. Ich sehe ihn an und bitte mit einem Lächeln um Entschuldigung. »Ich habe Ihnen gar nichts angeboten«, füge ich hinzu.

»Vielen Dank, aber ich werde jetzt heimfahren.«

»Aber wollen Sie nicht vorher eine Kleinigkeit essen? Felix, habt ihr etwas gegessen?«

Er schüttelt den Kopf, ich schaue mir seine Elsa an, springe auf und wende mich zur Küche.

»Also heute wird richtig zu Abend gegessen, das ist ja kein Zustand. Elsa, du bist auch so unvernünftig, schließlich solltest du doch ein wenig sorgfältiger mit dir jetzt umgehen.«

Na bitte, seit ich weiß, daß sie dieses unglückselige Kind erwartet, fange ich an, mich um sie zu sorgen. So was gibt's ja gar nicht.

Und mir wird daraufhin etwas noch nie Dagewesenes zuteil: ein Lächeln von Elsa und eine Antwort.

»Danke«, sagt sie mit ihrem heiseren Stimmchen. »Ja, wir werden etwas essen. Und der Spaziergang war sehr schön, es war eine gute Idee von dir.«

Ich bin so verblüfft, daß ich mitten in der Bewegung innehalte und sie betrachte, als hätte ich sie nie gesehen.

Sie ist ein Mensch. Offenbar ist sie ein halbwegs normaler Mensch.

Diese Entdeckung macht mich geradezu verlegen.

»Was ist eigentlich mit Rosine los? Sie kümmert sich überhaupt nicht mehr um uns.« Dann gehe ich durch den breiten Vorraum, durch die frühere Gesindestube, in die Küche.

Der Kommissar kommt mir einfach nach.

Rosine und Paul sitzen an dem Tisch in der Ecke. Sie haben zwar im Seitenflügel neben ihrem Schlafzimmer noch einen Wohnraum, aber sie sitzen am liebsten in der Küche, da haben sie ihren gemütlichen Platz.

»Wir waren bei der Grotte«, sage ich.

Rosine schaut den Kommissar feindselig an, mich übersieht sie.

Beide bleiben sitzen.

»Rosine, könnten wir nicht etwas zu essen haben? Irgend etwas?«

Sie steht langsam auf.

»Ich könnte ein paar Kanapees zurechtmachen«, sagt sie.

Ich starre sie sprachlos an. Kanapees! Wo hat sie das denn her?

Sicher von Cora.

»Ja«, sage ich, nachdem ich mich von meinem Staunen erholt habe, »das wäre sehr schön, danke.«

Sie nimmt ein Weißbrot aus dem Schrank, holt die Butter aus dem Kühlschrank, ein paar gekochte Eier, Schinken, Wurst und legt alles auf die Anrichte. Es tut ihr wohl, daß sie etwas zu tun hat, das ist ihr deutlich anzusehen.

»Da muß ich mal eben runter zu dem großen Kühlschrank«, sagt sie, »da hab' ich noch eine Dose Kaviar und eine sehr gute Pastete und – na, ich muß mal nachschauen.«

»Ich komme mit, Rosine. Und Sie auch, Herr Kommissar. Dann kann ich Ihnen gleich den schwarzen Spiegel zeigen. Ich habe sowieso vorgeschlagen, daß wir uns alle, einer nach dem anderen, vor den Spiegel stellen. Er sagt die Wahrheit, wie ihr wißt. Da kann der Kommissar sehen, ob einer von uns ...«

Paul, der an dem Tisch in der Ecke sitzt, senkt den Kopf und sagt müde: »Das ist nicht nötig. Ich sage die Wahrheit auch so. Du brauchst den Spiegel nicht, damit wir alle hineinsehen, Fräulein Irene. Ich war es. Ich habe Frau Ravinski erschossen.«

Der schwarze Spiegel IV

»Und stell dir vor«, erzähle ich Gisela zwei Stunden später am Telefon, »wir haben dann doch noch etwas gegessen, sogar den Kaviar. Muß auch eine Hinterlassenschaft von Cora sein.«

»Ihr habt vielleicht Nerven.«

»Weil er das so ruhig und vernünftig behandelt hat. Geradezu verständnisvoll. Er hat so gar kein Drama daraus gemacht. Und irgendwie hat er auf uns beruhigend gewirkt nach dem Schock.«

»Du sprichst offenbar nur noch per Er von diesem Kommissar. Er muß großen Eindruck auf dich gemacht haben.«

»Doch, das gebe ich zu. Wir hätten ja auch an einen anderen Typ geraten können. Er ist ein Gentleman.«

»Ich glaube, du bist nicht ganz dicht«, ist ihr Kommentar.

Ich habe ihr alles berichtet, der Reihe nach. Aber sie war schließlich nicht dabei.

Mein Entsetzen, nachdem Paul das gesagt hat. Die unbewegte, doch nach wie vor freundliche Miene des Kommissars. Und Rosines Gesicht, unglücklich, aber keineswegs erstaunt. Sie hatte es also gewußt.

Paul war aufgestanden, nachdem er dieses Geständnis gemacht hatte, stand da mit gesenktem Kopf, sah keinen von uns an.

Der Kommissar ging auf ihn zu und sagte: »Setzen Sie sich doch.«

Er schob sich in die Bank, und Paul, nach einem kurzen Zögern, setzte sich wieder auf seinen Platz, und so saßen sie sich gegenüber, zwischen sich den Tisch mit der rot-weiß karierten Decke, die mit einer weißen Spitzenborte eingefaßt ist. Ich sah das alles ganz deutlich und erinnerte mich daran, daß ich diese Tischdecke von früher kannte. Und doch sah ich alles, als hätte ich es nie gesehen.

Oben an der Wand, in der Nische, in der sich diese Bank und in der Mitte der Tisch mit dem rot-weißen Tischtuch befindet, hängt ein Kruzifix. Rosine, die Schlesierin, ist katholisch.

»Und warum?« fragte der Kommissar. »Warum haben Sie Cora Ravinski erschossen?«

»Sie hat gesagt, sie will Grottenbrunn verkaufen.« In Pauls Stimme klang Trotz.

»Hat sie das zu Ihnen gesagt?«

»Nein.«

Er wandte den Kopf zu Rosine, die immer noch vor der Anrichte stand, das Weißbrot in der Hand.

»Zu Ihnen, Frau Hartwig?«

Rosine schüttelte den Kopf und legte das Weißbrot vorsichtig zurück.

»Woher wußten Sie es dann?«

»Herr Felix hat es uns erzählt. Hier in der Küche. Am Abend nach dem Essen«, sagte Paul, seine Stimme war leise, aber ganz gefaßt. Er hob den Kopf und sah sein Gegenüber an. »Grottenbrunn ist unsere Heimat. Ich habe schon einmal meine Heimat verloren. Rosa auch. Und jetzt sind wir alt.«

»Die Familie Ravinski hätte Sie doch bestimmt nicht im Stich gelassen.«

»Was sollen wir denn in Gelsen? Und in der Fabrik? Hier leben wir jetzt seit vierzig Jahren. Hier ist es uns gutgegangen. Und die Pferde. Und unser Garten. Und das Wild in den Wäldern. Und dieses Haus hier. Es ist unsere Heimat.« Jetzt klang nicht nur Trotz, auch ein Schluchzen in seiner Stimme.

»Die Sie nun doch verlassen müssen, nach dem, was Sie getan haben.«

»Ja, ich. Aber Rosa nicht. Sie kann hierbleiben, bis sie stirbt.«

»Sind Sie denn so sicher, daß Grottenbrunn nicht doch eines Tages verkauft wird? Von der Familie wohnt doch keiner mehr hier. Und es ist doch sehr kostspielig, dieses Schloß zu unterhalten.«

»Ach, das Schloß«, Paul machte eine wegwerfende Bewegung mit der Hand. »Der Wald und die Jagd, die tragen das Schloß leicht. Nein, sie hätten es bestimmt nicht verkauft. Es ist ja ihre Heimat auch.«

»Das gilt für die Damen. Aber Herr Baumgardt und Herr Keller dürften kaum die gleiche Beziehung zu dem Schloß haben.«

»Sie wissen, was das Gebiet wert ist. Der Wald vor allem. Und Herr Felix! Er gehört in das Schloß. Sein Vater hat alles gekauft, und ihm gehört es. Herrn Felix, meine ich. Er ist gern hier.«

»Hat er das gesagt?«

»Das wissen wir. Wo soll er denn sonst hin? Und wenn seine Frau jetzt ein Kind kriegt ...«

Das wußten sie also auch, die Hartwigs.

»Sie haben also, um Grottenbrunn der Familie und vor allem sich und Ihrer Frau zu erhalten, einen Mord begangen«, sagte der Kommissar ruhig. »Sie haben ein Recht auf

Ihre Heimat, sagen Sie. Hatte Cora Ravinski kein Recht auf ihr Leben?«

Nun stützte Paul den Kopf in die Hände, aber seine Stimme klang immer noch trotzig, als er antwortete: »Sie hatte kein Recht, hier zu sein, hatte sie nicht.«

Der Kommissar wendete mir das Gesicht zu, ich höre einen kleinen Seufzer, dann sagte er: »Womit wir wieder bei Dorothea Ravinski wären.«

»Jawoll«, sagte Paul, und es klang noch viel trotziger »es war ihr Haus, ihr Wald, ihre Heimat.«

»Sie ist tot, Herr Hartwig. Seit vielen Jahren.«

»Für uns nicht. Rosa, sag es. Für uns war sie nicht tot. Wir haben immer alles so gemacht, wie sie es wollte. Und ihre Kinder waren unsere Kinder. Nein, sie war immer noch da. Sie wird auch noch hier sein, wenn ich hingerichtet worden bin.«

»Wir haben keine Todesstrafe in unserem Land, Herr Hartwig, das wissen Sie sehr genau. Aber haben Sie nicht bedacht, daß Sie nun viele Jahre, vielleicht für den Rest Ihres Lebens, im Gefängnis sein werden? Ohne diese Heimat, die Sie so lieben?«

»Das ist mir egal. Egal ist mir das. Die Kinder werden hier sein können, wenn sie wollen. Und Rosa. Und das Haus gehört wieder Frau Ravinski. Der richtigen Frau Ravinski, meine ich.«

Der Kommissar betrachtete Paul eine Weile nachdenklich, dann tat er etwas Erstaunliches. Er stand auf, ging um den Tisch herum und legte Paul die Hand auf die Schulter.

»Sie brauchen nicht bockig zu sein, Herr Hartwig. Ich verstehe Sie. Ich bin nicht Ihr Ankläger und nicht Ihr Richter. Wir werden morgen in Ruhe alles durchsprechen. Nachdem Sie darüber geschlafen haben. Sie werden mir morgen alles in Ruhe der Reihe nach erzählen. Wie es war, im einzelnen. Sehr genau, Herr Hartwig, werden wir darüber sprechen.«

Paul hat den Kopf gehoben und sieht ihn an. Der Trotz ist aus seinem Gesicht verschwunden, nur Verwirrung steht darin.

Und mir bricht bald das Herz. Paul, lieber alter Paul. Freund meiner Kindheit, Vater, Onkel, großer Bruder, alles warst du für mich. Bei dir zum Beispiel habe ich schießen gelernt. Wie man ein Pferd striegelt und aufzäumt. Wie man Salatpflanzen setzt, wie man Kartoffeln rauszieht. Wie man still im Wald auf dem Hochsitz wartet, bis die Rehe auf die Lichtung kommen, um zu äsen. Nicht um sie zu schießen, um ihnen zuzusehen.

Du hast mich gelehrt, auf das Röhren der Hirsche zu lauschen, hast mir erklärt, was sie tun, was sie wollen. Du hast das Wild nicht geschossen, nie mehr, das tat Vater, taten seine Jagdgäste, der Förster, seine Jäger. Ich hatte als Kind immer Angst vor dem Schwarzwild, du hast mir erklärt, wie ich mich verhalten müsse, wenn ich einem Eber im Wald begegne. Du warst der beste Freund eigentlich, den ich je hatte. Wie konnte ich das vergessen?

Mir steigen die Tränen in die Augen, ich gehe halb blind zu dem Tisch und schiebe mich in die Bank neben Paul, lege beide Arme um seinen Hals.

»Paul! Paul! Warum hast du das getan? Sie hätte Grottenbrunn nicht verkauft. Ich hätte es auch nicht erlaubt. Es ist auch meine Heimat. Ich war so dumm, ich habe es manchmal vergessen, Paul. Ich werde nicht erlauben, daß man dich einsperrt. Du kriegst den besten Verteidiger. Wir werden das alles bezahlen, Paul. Wir werden dich nicht verlassen, Paul. Niemals, du gehörst zu uns.«

Er legt den Kopf auf meine Schulter, er weint nicht, so wie ich, aber er sagt: »Ich habe es für euch getan. Und für eure Mutter.«

Und erstaunlich gefaßt und stark kommt Rosines Stimme: »Der wir alles verdanken. Und das darf man nie vergessen.«

Der Kommissar steht ein bißchen perplex am Rande dieser rührseligen Szene. Sieht uns alle drei der Reihe nach an, wie das so seine Art ist, und sagt dann ganz leise und ganz sanft: »Sollten wir jetzt nicht Ihrem Bruder erzählen, was hier vorgefallen ist, Frau Domeck?«

Ich bin kein Mensch, der von Emotionen überwältigt wird, ich sagte es schon. Aber das, was hier geschehen ist in den letzten Tagen, und nun dies noch, heute abend, das hat mich an den Rand meiner Kräfte gebracht. Zum erstenmal, noch ganz unbewußt, fühle ich, was für ein verlorener, einsamer Mensch ich im Grunde bin. Ich habe Familie, ja, aber sie steht am Rand meines Lebens. Ich habe einen Beruf, ich habe Arbeit, ich muß kämpfen, es fällt mir nichts in den Schoß, aber da ist nichts und niemand, der wirklich zu mir gehört. Und eine Heimat? Gibt es das denn noch in unserer Welt?

Aber wenn ich ehrlich bin, dann muß ich zugeben, daß ich es gespürt habe in den letzten Tagen. Daß ich eine Heimat habe – und daß sie hier ist.

Der Kommissar räuspert sich. Ich wische mir die Tränen ab, suche nach einem Taschentuch, da ist Rosine schon da und hat eines für mich. Hatte sie das nicht immer?

Ich stehe auf und umarme sie.

»Mein Gott, Rosine!«

Sie umarmt mich und sagt, ganz gefaßt, ganz gelassen:

»Schon gut, Fräulein Irene. Wein nicht mehr. Denk an deine Mutter. Was sie alles durchgestanden hat. Und jetzt mache ich euch was zum Essen.«

Das bringt sogar den Kommissar aus der Fassung. Ich sehe es ihm an, halbwegs wieder imstande, etwas aufzunehmen. Ich weiß ja nicht, was ihm sonst alles zustößt. Aber so etwas wie hier ist sicher auch für einen abgebrühten Kriminalkommissar aus Frankfurt nicht alltäglich.

Das denke ich, und das bringt mich wieder auf den Boden der Tatsachen.

Ich sehe ihn an und sage: »Das ist schrecklich.«

»Ja«, sagt er, sonst nichts.

Paul steht mühsam auf und sagt: »Da müssen Sie mich ja wohl nun verhaften.«

»Aber nein«, sagt der Kommissar. »Ich bin ja nicht dienstlich hier. Ich schicke morgen Herrn Bollmann.«

Paul ist verblüfft. »Und wenn ich weglaufe heute nacht?«

»Das tun Sie sicher nicht. Schlafen Sie heute nacht in Ihrem Bett, und sprechen Sie zuvor mit Ihrer Frau. Wo wollen Sie denn hinlaufen? So groß ist die Welt für Sie nicht. Und Rosine wird gut auf Sie aufpassen.«

Und dann fragt mich Gisela, warum ich diesen Mann bewundere. Ich habe keine Erfahrung mit der Kriminalpolizei, es ist mein erstes Erlebnis dieser Art, hoffentlich auch mein letztes, aber es ist jedenfalls ganz anders, als ich mir das vorgestellt habe.

Wir gehen zurück in die Halle, und der Kommissar sagt leise und mit einem Lächeln: »Für eine kühle Geschäftsfrau sind Sie doch ganz schön emotional.«

»Ihren Spott können Sie sich sparen«, erwidere ich traurig.

»Es war kein Spott. Ich habe das alles sehr genau beobachtet.«

»Natürlich. Das ist ja Ihr Beruf. Und?«

»Was und?«

»Zu welchem Ergebnis sind Sie gekommen?«

»Tja«, sagt er wieder mal.

Felix hat sogar ein Feuer im Kamin gemacht, das kann er gut, das konnte er schon als kleiner Junge; begeistert saß er immer davor und sah den Flammen zu.

Den Hunden gefällt es auch. Sie räkeln sich vor dem Feuer und haben anscheinend Freundschaft geschlossen, der schwarze Emilio hat seine Schnauze dicht an Tills Fell gebettet.

»Wo bleibt ihr denn so lange?« fragt Felix. »Ich denke, wir kriegen was zu essen.«

»Ja, gleich«, sage ich.

Seine Elsa in ihrem grauen Schlabberkleid sieht direkt hübsch aus, der Widerschein des Feuers macht ihr Gesicht lebendig.

Wo hat er sie eigentlich her? Wie hat er sie kennengelernt, warum hält er so fest zu ihr? Geheiratet hat er sie erst nach Vaters Tod, aber sie kannten sich wohl lange vorher schon.

Und irgendwie liebt er sie ja wohl, oder wie man das bei so zwei verlorenen Seelen nennen soll.

Ach, ich brauche mich gar nicht so aufzuspielen, ich mit meiner gescheiterten Ehe, mit all dem Unheil, das sie mir gebracht hat. Liebe! Was ist das denn schon?

Ich schaue den Kommissar an, halte einen Moment inne: »Sagen Sie es ihm.«

»Paul Hartwig hat soeben ein Geständnis abgelegt«, sagt er ganz sachlich. »Er hat Cora Ravinski erschossen.«

Mein Bruder starrt erst in die Flammen des Kamins, dann legt er beide Hände vor die Augen.

»Das ist ja fürchterlich«, murmelte er.

Schweigen. Felix scheint einigermaßen gefaßt. Elsa schaut mit großen Augen, dann senkt sie wieder die langen Wimpern, sie schweigt.

Der Kommissar schweigt auch.

Ich sage: »Felix, hast du gehört? Ist das nicht fürchter-lich?«

»Das sage ich ja eben. Aber – ich habe es mir fast ge-dacht.«

»Felix!« schreie ich. »Warum? Wieso?«

»Ich habe ihnen das erzählt, am Abend vorher, daß Cora Grottenbrunn verkaufen will. Sie waren ganz außer sich. Und dann die Sache mit dem Gewehr im Stall, nicht?«

»Ja, die Sache mit dem Gewehr im Stall«, wiederholt der Kommissar langsam. »Wo ist es eigentlich?«

»Das haben Ihre Kollegen in Gelsen«, sage ich.

»Ein Gewehr, aus dem vor kurzem geschossen wurde und das das gleiche Kaliber hat.«

Ich muß an Cora denken, und ich fühle keinen Haß mehr. Haß! Das war es nie, was für ein unmögliches Wort.

»Wenn ich mir vorstelle«, sage ich, »daß Paul ihr nach-geht, ihr und den Pferden, die Büchse in der Hand, und dann schießt er. Also, es geht einfach nicht in meinen Kopf hinein.«

Der Kommissar sieht mich eine Weile an, so in der Art, wie er schauen kann, und dann sagt er: »In meinen auch nicht.«

Mir schnürt es den Hals zu, wie er das sagt, und plötz-lich weiß ich, was er denkt.

Er denkt, ich war es. Alles, was sich heute abgespielt hat, war auf mich gezielt. Der einzige, dem er diese Tat zutraut, bin ich.

Das ist der Grund, daß ich noch sehr spät am Abend, ehe er wegfuhr, mit ihm zu dem schwarzen Spiegel ging.

Vorher hatten wir Rosines Canapees gegessen, und wir haben sie wirklich gegessen, vielleicht nicht mit großem Appetit, aber gegessen haben wir sie, ein Glas Wein dazu getrunken, und Felix hat uns erstaunlich gut unterhalten, mit eigenen Geschichten und mit Mutters Geschichten, er war ganz gelöst und gar nicht deprimiert. Irgendwie, wie soll man es nennen, ja, irgendwie euphorisch. Heiter und gelöst. Und natürlich denke ich mir, daß er wieder so ein Mittel genommen hat, keine schwere, eine leichte Droge, die ihn das Leben ertragen läßt.

Elsa bleibt erstaunlicherweise auch die ganze Zeit bei uns, schaut verträumt ins Kaminfeuer, krault die Hunde und sieht irgendwie glücklich-verträumt aus. Eine Frau, die ein Kind erwartet. Was immer ihr Leben bisher war, jetzt ist es dies.

Dies und nichts sonst.

»Was macht Paul?« frage ich Rosine, als sie die Teller abräumt.

Die erstaunliche Antwort: »Er sitzt beim Fernsehen. Es gibt einen Krimi.«

Mir bleibt der Mund offenstehen, ich schaue den Kommissar an, der lacht ein wenig.

»Die Welt von heute hat einige Vorteile für die Menschen. Das Geschenk der Ablenkung.«

»Das Geschenk der Verdummung«, erwidere ich heftig.

»Sowohl-Als-auch«, antwortet er. »Lassen Sie Herrn Hartwig seinen Fernsehkrimi. Ich glaube nicht einmal, daß er schlecht schlafen wird in dieser Nacht.«

»Ich verstehe Sie nicht«, sage ich verzweifelt.

»Nein?«

Darum habe ich ihn vor den schwarzen Spiegel geschleppt, ehe er ging.

»Schauen Sie hinein. Sehen Sie mich! Ich habe Cora nicht getötet.«

Wir stehen beide vor dem Spiegel, unsere Blicke treffen sich darin.

»Ich habe Cora nicht erschossen.«

»Wer hat einen Verdacht gegen Sie, Frau Domeck?«

»Sie haben ein Geständnis.«

»Ja«, sagt er, »nur meine ich, daß es ein falsches Geständnis ist.«

»Paul hat gelogen?«

»Ja. Paul hat gelogen. Es ist eine Lüge.«

»Und warum?«

»Er will einen von euch schützen.«

»Einen von uns?«

»Seine Kinder. Die auch seine Heimat sind.«

Und dann fuhr er fort.

Zweifel

Im Präsidium wurde Kommissar Graf am nächsten Tag zu seiner erfolgreichen Arbeit beglückwünscht. Bevor die Leute an diesem Montagmorgen in der Zeitung davon lasen, war das Verbrechen aufgeklärt, der Mörder gefunden.

»Da haben Sie es also doch noch bis Sonntag abend geschafft«, sagte Bollmann neidisch, ein wenig verärgert darüber, daß er nicht dabeigewesen war.

Dafür durfte er nach Gelsen fahren, begleitet von einem Polizisten, um bei den Kollegen das Gewehr abzuholen und anschließend nach Grottenbrunn, um Paul Hartwig festzunehmen.

Noch im Laufe des Vormittags wurde Graf zum Kriminalrat gebeten, der den Bericht gelesen hatte und noch ein paar Einzelheiten hören wollte.

»Das war gute Arbeit«, sagte er. »Meine Anerkennung, Dr. Graf. Mir kam die Sache zunächst recht kompliziert vor.«

»Das war sie, und das ist sie«, gab Graf rätselvoll zur Antwort.

»Wie meinen Sie das?«

»Nun, die zahlreiche Familie, von der jeder ein Motiv hatte; das ungerechte Testament des Vaters. Dazu die Gefühle jedes einzelnen, die sich ähnelten: Abneigung gegen die junge Frau, möglicherweise Haß. So etwas kann unterschwellig wuchern wie ein Krebsgeschwür, um eines Tages aufzubrechen, wenn der Moment kam, in dem ein Anlaß gegeben war, eine Ursache, den aufgestauten Ärger, den unterdrückten Zorn freizusetzen, so daß es zu einer Gewalttat eskaliert.«

»Und diesen Moment hielten Sie für gekommen?«

»Ja. Der angedrohte Verkauf des Schlosses. Das ging mehr die leiblichen Kinder von Ravinski an, weniger die beiden Männer, die eingeheiratet hatten. Doch für die war die Wiederverheiratung der Witwe eine drohende Gefahr. Allerdings haben alle übereinstimmend versichert, davon nichts gewußt zu haben. Das kann man glauben oder nicht. Ich bin übrigens sehr gespannt, ob sich dieser eventuelle neue Ehemann bei uns melden wird. Vielleicht sieht man ihn bei der Beerdigung.«

»Die Leiche wird also freigegeben?«

»Ja.«

»Der Verkauf des Schlosses war aber dann auch ein Motiv zum Mord für einen, der nicht zur Familie gehörte, wie ich Ihrem Bericht entnehme.«

»Paul Hartwig, der sich selbst des Mordes an Cora Ravinski bezichtigt, und seine Frau sind ein Teil der Familie. Ihre Bindung an den Besitz ist fast noch stärker, denn sie leben dort seit der ersten Nachkriegszeit. Und ebenso stark ist ihre Bindung an die Familie, besonders an die Menschen, die sie seit ihrer Kindheit, sogar seit ihrer Geburt kennen. Es sind ganz spezielle Verhältnisse da draußen im Wald, die man nur verstehen kann, wenn man die Vergangenheit kennt. Die erste Frau Ravinski ist seit vielen

Jahren tot, aber für die Hartwigs ist sie immer noch präsent, nicht weniger für ihre Kinder. Sogar für Außenstehende, wie zum Beispiel der Buchhalter Lorenz.

Bitte, ich will nicht romantisieren, aber sie ist wie ein Geist in diesem Haus, unsterblich geradezu, man könnte sie für den Mord verantwortlich machen. Deswegen ist es so schwer, die Wahrheit zu erkennen.«

Er war nahe daran, von dem schwarzen Spiegel zu erzählen, bremste sich aber gerade noch. »Jedenfalls hätte Ravinski seine junge Frau niemals nach Grottenbrunn bringen dürfen, dann lebte sie noch. Und es ist mir unverständlich, daß Cora nach dem Tod ihres Mannes dort draußen blieb, oder sagen wir, immerhin viel Zeit dort verbrachte.

Sie mußte doch spüren, besser gesagt, sie mußte wissen, wie ungern man sie sah und daß keiner es gut mit ihr meinte. Abgesehen davon ist es ein sehr einsamer Ort für eine junge, lebenslustige Frau.«

Der Kriminalrat lächelte. »Wie ich sehe, Dr. Graf, haben Sie wieder einmal gründliche psychologische Studien betrieben. Aber so weit ab von der Welt liegt dieses Schloß doch nun wirklich nicht, und wie ich dem Bericht entnehme, hatte diese Cora ja auch eine Wohnung hier in der Stadt. Und Gäste hatte sie offenbar auch öfter.«

»Ja, schon. Aber nun war sie soweit, daß sie sich von dem Besitz befreien wollte. Sie hätte ja einfach woanders leben können. Aber sie wollte verkaufen. Warum? Aus Rancune, um den anderen ihre Macht zu zeigen? Oder nur des Geldes wegen? Und warum tötete der Mörder? Um den Besitz, also den Wert, den er darstellte, der Familie zu sichern? Um sie zu bestrafen, weil sie dies geliebte Schloß einfach verkaufen wollte? Oder einfach aus Anhänglichkeit an diesen Platz. Letzteres würde dann für Paul Hartwig zutreffen.«

»Es klingt merkwürdig, wie Sie das sagen, Dr. Graf. Haben Sie Zweifel an der Echtheit des Geständnisses?«

»Ja. Ich werde das Gefühl nicht los, daß Paul Hartwig jemanden schützen will. Daß er den Mörder sehr wohl kennt und daß er sich opfert für einen aus dieser Familie, die, wie gesagt, für ihn wie eine eigene Familie ist.«

»Das würde die beiden Schwiegersöhne entlasten.«

»Ja. Es bleiben die drei Töchter und der Sohn. Sie können natürlich, oder einer von ihnen, nur Auftraggeber gewesen sein.«

»Das ist ja eine üble Sache«, sagte der Kriminalrat. »Und ich dachte, der Fall sei erledigt. Haben Sie, außer zu mir, zu irgend jemand davon gesprochen?«

»Nein. Und ich habe auch nicht die Absicht, es zu tun. Es liegt ein Geständnis vor, das klar und eindeutig ist. Und begründet. Sobald Herr Hartwig hier eingetroffen ist, werde ich ihn noch einmal genau vernehmen, mit der entsprechenden Warnung verbunden, welche Folgen eine falsche Aussage für ihn haben kann. Jetzt, und erst recht später im Prozeß. Ich habe dann ein ausführliches Protokoll, und er wird dem Untersuchungsrichter überstellt. Auf diese Weise kommt es zu keinem unnötigen Wirbel, auch die Presse mischt sich nicht weiter ein. Das gibt mir die Möglichkeit, über den Fall inoffiziell – nun, sagen wir, weiter nachzudenken.«

»Und wenn sich dieser Hartwig in Widerspüche verwikkelt? Bei der Vernehmung durch Sie? Oder vor dem Untersuchungsrichter?«

»Dann muß man offiziell weiterarbeiten.«

»Ist er denn ein harter Typ?«

»Nein, das ist er nicht. Aber Treue und Liebe können stark genug sein, um einem einfachen Menschen Kraft zu verleihen.«

Der Kriminalrat betrachtete sein Gegenüber eine kleine Weile, wie schon so oft, mit Staunen. Dieser Graf! Wie der sich immer in einen Fall hineindachte, besser gesagt, in die Menschen, die damit verbunden waren.

»Haben Sie schon daran gedacht«, sagte er vorsichtig, »daß dieser Hartwig sich das Leben nehmen könnte? Vielleicht hat er es schon getan, da er doch so gut mit einem Gewehr umgehen kann.«

»Selbstverständlich habe ich daran gedacht. Es würde mich nicht daran hindern, weiterzuforschen.«

»Na, mein Lieber, Sie können einem aber wirklich die Laune verderben.«

»Es wäre sogar möglich, falls das Geständnis wirklich falsch ist, daß der wahre Täter Paul Hartwig in der letzten Nacht ermordet hätte, allerdings nur auf eine Art, die einen Selbstmord vortäuscht.«

Der Kriminalrat stand auf. »Sie machen mir Spaß. Und dann sitzen Sie hier so ruhig?«

Graf war ebenfalls aufgestanden. »Keinesfalls ruhig, Herr Kriminalrat. Aber wenn so etwas geschehen wäre, wüßten wir es wohl schon. Außerdem ist Hartwig bei seiner Frau in guter Hut. Und so wie ich diese Menschen da draußen kennengelernt habe, die für eine solche Tat in Frage kämen, halte ich es für unmöglich. Auch Dankbarkeit würde schließlich eine Rolle spielen, nicht wahr?«

Niemand hatte Paul Hartwig etwas angetan, schon kurz darauf meldete sich Bollmann bei Graf. Der Transport war ohne Zwischenfall verlaufen.

»Und wie sieht's da draußen aus?« fragte Graf.

»Es gab einen bewegten und tränenreichen Abschied. Frau Domeck weinte, Herr Ravinski weinte, und von den beiden anderen Damen, die gekommen waren, weinte auch eine.«

»Hella Baumgardt, nehme ich an.«

»Richtig. Gisela Keller weinte nicht. Sie sagte statt dessen: ›Eine verdammte Scheiße ist das.‹ Und dann sagte sie noch: ›Ich kann's einfach nicht glauben.‹«

»Sieh an, das sagte sie also auch. Die Ehemänner der Damen waren nicht da?«

»Nein. Aber Herr Lorenz war da, der Buchhalter. Er umarmte Hartwig immer wieder, klopfte ihm auf den Rücken und sagte: ›Nicht verzagen, standhalten. Standhalten, Hartwig. Ich weiß, wovon ich rede. Wir holen Sie da raus. Bald holen wir Sie raus.‹«

»Da bin ich aber gespannt, wie er das machen wird.«

»Das habe ich mir auch gedacht.«

»Und Frau Hartwig?«

»Hat nicht geweint. Sie hat ihrem Mann verschiedenes eingepackt, auch zum Essen natürlich, und sagte zu mir, falls ihr Mann irgendwas braucht, soll man ihr das sofort mitteilen. Sie war erstaunlich gefaßt.«

Der Kommissar nickte. »Erstaunlich, ja.«

Dann schwieg er, in Nachdenken versunken.

»Soll ich Herrn Hartwig jetzt heraufbringen?« fragte Bollmann nach einer Weile.

»Nein, jetzt nicht. Er soll sich erst ausruhen, der Abschied und die Fahrt werden ihn aufgeregt haben. Ich möchte, daß er ganz zur Ruhe kommt. Sorgen Sie dafür, daß er etwas Anständiges zu essen bekommt. Ich möchte ihn dann am Nachmittag, so gegen vier Uhr sehen.«

»Der Mann war nicht aufgeregt. So komisch es klingt, er kam mir irgendwie zufrieden vor. Geradezu entspannt.«

»Sehr gut beobachtet, Herr Bollmann. Zufrieden, weil er getan hat, was er tun mußte und wollte, das Geständnis ablegen. Und entspannt, daß er alle los war und für sich sein konnte. Zum Nachdenken, vielleicht. Und dafür wollen wir ihm noch ein wenig Zeit lassen.«

»Ach ja, und Frau Domeck läßt Ihnen sagen, daß sie nach München fährt. Auf Wunsch ist sie jederzeit zurück.«

Graf nickte. Er empfand Bedauern, daß sie wegfuhr, daß er sie vielleicht nie wiedersehen würde. Er sah sie vor sich, wie sie gestern abend an der Grotte standen, wie sie das

Märchen erzählte. Und dann später am Abend, als ihre Blicke sich im Spiegel trafen.

Der schwarze Spiegel.

Sehr seltsam, es ging eine Verzauberung von diesem alten Schloß aus, die auch ihn nicht unberührt gelassen hatte.

Der Spiegel der Wahrheit. Sie hätte sich nicht mit ihm davorgestellt, wenn sie den Mord begangen hätte.

Mit einer jähen Aufwallung von Leidenschaft dachte er: Sie darf es nicht gewesen sein.

Sie ist es nicht.

Sie hätte sich nicht mit ihm zusammen vor den Spiegel gestellt.

»Sonst noch etwas?« fragte Bollmann.

»Nein, danke. Das wäre im Augenblick alles. Vielen Dank, Herr Bollmann. Das haben Sie gut gemacht.«

Was denn eigentlich? dachte Bollmann und sah den Kommissar verwundert an. Der schien mit seinen Gedanken ganz woanders zu sein. Auf einmal sagte Bollmann: »Es ist komisch mit diesem Spessart. Irgendwie hat er etwas ... ja, wie soll ich sagen, etwas ...«

»Ja«, sagte der Kommissar, »das hat er.«

Nach dem Mittagessen traf sich Graf mit einem Kollegen vom Rauschgiftdezernat, und da erfuhr er eine Neuigkeit, die sogar ihm die Sprache verschlug.

Elsa Ravinski, geborene Carson, war dem Kollegen wohlbekannt.

»Ich habe schon auf Sie gewartet, Graf, als ich von der Sache hörte. Und nun haben Sie den Fall schon glänzend gelöst, wie ich höre.

Elsas Geschichte war dennoch interessant. Sie war die Tochter eines Schaustellers, eines Schießbudenbesitzers genau gesagt.«

»Wollen Sie damit sagen, daß sie schießen kann?«

»Es ist anzunehmen. Was man da halt so schießen nennt, auf bewegliche Figuren, auf Blumen, auf Papptiere, was weiß ich. Sie hat eine dementsprechend unruhige Jugend gehabt, von Rummelplatz zu Rummelplatz, keine richtige Schule besucht, immer so sporadisch vermutlich. Der Vater trank, war oft in Schlägereien verwickelt, auch mal Knast dazwischen wegen Gewalttätigkeit, dazu eine Stiefmutter, die das Kind geschlagen hat.«

»Das wissen Sie alles.«

»Sie hat es mir selbst einmal hier erzählt, als wir sie vollgepumpt mit Stoff aufgegriffen hatten. Ein hübsches Mädchen war sie, aber scheu und verklemmt und total kaputt. Ich habe dann immer mal nachgeforscht, weil ich fürchtete, sie könne wieder kriminell werden.«

»Wieso wieder?«

»Es fing erst mal damit an, daß so ein Typ vom Rummel sie verführt hat, da war sie vierzehn, und sie wurde schwanger. Die Stiefmutter zwang sie zur Abtreibung. Dann kam Hasch, später die harten Sachen. Mit sechzehn kam sie in eine Jugendstrafanstalt, weil sie auf ihre Stiefmutter geschossen hat.«

»Das darf nicht wahr sein.«

»Die Frau war nicht tot, aber ziemlich schwer verletzt.«

»Und wie ging es weiter?«

»Immer abwärts. Kaum war sie draußen, hatte sie wieder einen Kerl, und sie wurde abermals schwanger und trieb wieder ab.

Sie blieb hier in Frankfurt, schlug sich mühselig durch, manchmal hatte sie Arbeit, eine Zeitlang arbeitete sie in der Küche einer Kneipe, aber da sie von dem Zeug nicht loskam, wurde nie etwas Richtiges aus diesen Jobs, sie verlor sie so schnell wieder. Eines tat sie nie, sie ging nie auf den Strich. Von Männern wollte sie nichts mehr wissen. Sie muß heute etwa so siebenundzwanzig sein. Warten Sie, ich habe es hier, sechsundzwanzig genau. Mit Felix Ravinski lebte sie zusammen, als der aus London zurückkam. Was er dort gemacht hat, wissen wir nicht.

Können Sie aber sicher erfahren. Ja, und dann war das eine Liebesgeschichte, eine sehr intensive sogar. Sie lebten in einer kleinen Wohnung, der Junge bekam ja wohl Geld von zu Hause, kriminell wurden sie beide nicht. Sie koksten nur auf Deibel komm raus. Sein Vater muß das lang nicht gewußt haben. Als er es erfuhr, ging er rabiat vor, er trennte die beiden, der junge Ravinski kam in eine Entziehungsanstalt. Dann starb der Alte. Der Junge kehrte sofort zu Elsa zurück, die auch treulich auf ihn gewartet hatte, und sie heirateten. Und vor anderthalb Jahren steckten ihn dann seine Geschwister zusammen mit Elsa in ein ziemlich teures Sanatorium.

Er hatte sich geweigert, sich von ihr zu trennen, und willigte in die Kur nur ein, wenn Elsa sie mitmachte.«

»Woher wissen Sie das alles?«

»Ach, man kennt die Typen aus der Szene. Elsa wurde sehr beneidet, weil sie einen so netten jungen Mann gefunden hatte, der sie nicht nur heiratete, sondern auch noch über Geld verfügte. Nicht viel Geld, aber sicheres, immer wieder eintreffendes Geld. Von einem Schloß war die Rede, wohin sie immer wieder entschwanden. Nach der Kur war Elsa clean, und es heißt, sie sei es geblieben. Was möglich ist, wenn sie an ihrem Mann einen Halt gefunden hat. Frauen bringen das in solchen Fällen fertig. Er ist ständig in ärztlicher Behandlung, steht unter Kontrolle.«

»Sie erwartet wieder ein Kind«, sagte Graf. »Und diesmal will sie es haben.«

»Na, dann kann man nur das Beste hoffen. Kommt darauf an, was sie zur Welt bringt. Es kann die endgültige Rettung sein oder das endgültige Verderben.«

»Eine Schießbude? Kennen Sie den Namen des Vaters?«

»Sicher. Carson. Joe Carson, so nannte er sich. Er ist tot, nach dem brauchen Sie nicht zu suchen. Hat sich totgesoffen vermutlich.«

»Und die Frau?«

»Keine Ahnung.«

Graf ging sehr nachdenklich in sein Zimmer zurück. Elsa hatte also irgendwann schießen gelernt. Ob gut oder schlecht, ob überhaupt auf ein fernes Ziel, war die Frage.

Und nun bekam sie das Kind und wollte das Kind, und wenn es einen Ort der Welt gab, wo sie Sicherheit fand, Schutz, eine Zuflucht, dann war es Grottenbrunn, und es war Felix und seine Liebe, die offenbar unvermindert anhielt.

Wer hätte denn an so etwas gedacht?

Graf stützte den Kopf in die Hände, als er wieder an seinem Schreibtisch saß, er hatte das Gefühl, er müsse ganz von vorn anfangen. Im Geiste sah er die beiden vor sich, Felix Ravinski, seine stumme Elsa.

Die Vorstellung, nach Grottenbrunn zu fahren und ihr auf den Kopf zuzusagen, was er nun wußte, war eine Horrorvorstellung. Sie war imstande und bekam eine Fehlgeburt.

Würde Paul Hartwig für Elsa einen Mord begehen? Nicht für sie, doch für Felix.

Aber wußten die Hartwigs das alles? Einiges davon? Es mußte eine fremde Welt für sie sein. Dennoch konnte ihnen nicht verborgen geblieben sein, was mit Felix los war. Und nun ging es ihm besser, und Elsa auch, und von dem Kind hatten die Hartwigs auch gewußt, was bewies, daß die Vertrautheit zwischen ihnen und Felix groß war.

Und Felix Ravinski? Für ihn war Grottenbrunn genauso wichtig wie für Elsa, als Zuflucht, als Schutz, als Sicherheit. Cora hatte ihn nicht daran gehindert, in Grottenbrunn zu sein, wann immer er wollte. Und er sei gut mit ihr ausgekommen, hatte es geheißen. Vielleicht konnte Cora ihn besser verstehen als jeder andere.

Doch wie würde der neue Mann von Cora sich verhalten? Und was geschah mit Felix und Elsa, wenn das Schloß verkauft wurde?

Dieser neue Mann von Cora! Wenn man doch wüßte, wer das war. Es war nötig, noch einmal ausführlich mit diesem Plassner zu sprechen. Ihn genau zu befragen, was sie von diesem Mann, den sie angeblich heiraten wollte, erzählt hatte.

Und dann, beschloß der Kommissar, mußte er wieder hinausfahren nach Grottenbrunn. Nein, vorher zu Gisela Keller. Die würde ihm am besten Auskunft geben können über das Leben ihres Bruders in den letzten Jahren. Die Kur hatte schließlich die Familie bezahlt.

Wenn Hartwig geschossen hatte, dann hatte er es für Felix getan, nicht nur für das, was er seine Heimat nannte.

Die Schwester

Am Freitag wurde Cora Ravinski beerdigt.

Kommissar Graf fand sich auf dem Südfriedhof ein, nicht etwa versteckt, ganz offiziell gesellte er sich zu der Trauergemeinde. Sie war nicht allzu groß. Die Familie war vollzählig da, nur Elsa und Rosine fehlten. Die Ehepaare standen nebeneinander, Felix neben seiner Schwester Irene, er wirkte ruhig und gelassen, sah bemerkenswert gut aus in einem dunklen Anzug. Herr Plassner und sein Freund waren die einzigen, die Tränen vergossen. Sodann noch einige weibliche Wesen, vermutlich Bekannte oder sogar Freundinnen aus Coras früherem Leben.

Kurt Lorenz war nicht erschienen.

Doch der Kommissar entdeckte zu seinem Erstaunen den Maler, Thomas Dietz, und an seiner Seite eine schlanke Frau mit dunkelblondem Haar und einem wohlgeformten, klugen Gesicht, dem man Trauer und Schmerz ansah. Sie trug ein einfaches schwarzes Kostüm und wirkte sehr distinguiert.

Der Kommissar rätselte darüber, wer sie sein mochte. Sie stand regungslos neben dem Maler, trat dann an das offene Grab und warf ein paar weiße Nelken hinein. Die Familie übersah sie, wandte ihr ziemlich brüsk den Rücken, als die Zeremonie zu Ende war, und ging dann mit Thomas rasch fort.

Der Kommissar sah ihnen nach und entschloß sich ebenso rasch, den beiden zu folgen.

Ein unbekannter Mann, der als der in Aussicht genommene Ehemann in Frage kommen könnte, war nicht dabeigewesen. Thomas Dietz hatte gemerkt, daß Graf ihnen folgte, und blieb am Eingang des Friedhofes stehen, um ihn zu erwarten.

Sie begrüßten sich, und Thomas sagte: »Sie haben den Fall ja wieder einmal bravourös gelöst, Graf. Darf ich bekannt machen? Hauptkommissar Sigurd Graf. Elisabeth Hagen.« Und nach einer kleinen wirkungsvollen Pause fügte er hinzu: »Coras Schwester.«

Graf hob erstaunt die Brauen. Da tauchte also doch noch eine neue Person in diesem traurigen Spiel auf. Cora Ravinski hatte eine Schwester gehabt. Davor hatte ihm bisher kein Mensch ein Wort gesagt.

Er murmelte ein paar Worte des Beileids und sagte, schnell entschlossen: »Gnädige Frau, würden Sie es als sehr zudringlich empfinden, wenn ich Sie um ein kleines Gespräch bitte?«

Thomas sagte: »Das habe ich erwartet. Lisa, ich hatte dich darauf vorbereitet.«

Die Dame nickte, sah Graf an und sagte: »Ja, bitte. Wenn Sie Wert darauf legen. Ich werde Ihnen kaum etwas über meine Schwester sagen können, was Sie nicht schon wissen. Aber ich kann sehr gut einen Zug überspringen. Müssen wir aufs Präsidium?«

»Aber nein. Wir finden sicher einen ruhigen Ort, wo wir uns unterhalten können. Wohin müssen Sie fahren, gnädige Frau?«

»Zurück nach Heidelberg. Ich wohne da.«

»Lisas Mann hat einen Lehrstuhl für Geschichte an der Universität Heidelberg. Ich kenne sie so lange, wie ich Cora kannte. Lisa war damals schon verlobt, ich kenne also auch ihren Mann, und wir waren oft zusammen aus. Cora war sehr jung damals, neunzehn Jahre.« Sie standen vor dem Portal des Südfriedhofes, der Maler sah melancholisch über die belebte Straße hinaus. »Sie war jung und sehr hübsch und ich liebte sie unbeschreiblich. Ja, Lisa wußte das. Und sie hatte nichts gegen mich.« Er blickte über die Schulter zurück. »Da kommen die anderen. Müssen Sie noch mit ihnen sprechen?«

»Nein«, sagte der Kommissar. »Nicht hier und nicht jetzt.«

»Dann gehen wir. Ich weiß ein nettes kleines Lokal, da ist zu dieser Stunde keiner, dort können wir in Ruhe reden. Sie haben sicher Ihren Wagen da, Graf. Wir sind mit dem Taxi gekommen.«

Eine Weile später saßen sie am Holztisch einer gemütlichen Kneipe in Sachsenhausen, wo Thomas bekannt war und einen Tisch in einer ruhigen Ecke bekam, denn ganz so leer, wie er vermutet hatte, war das Lokal in dieser frühen Nachmittagsstunde nicht.

»Cora war neunzehn, und ich war vierundzwanzig«, erzählte der Maler versonnen. »Und ich tat zwei Dinge: Ich liebte sie, und ich malte sie. In sämtlichen Posen, die denkbar waren, in allen möglichen Kostümen und Drapierungen und natürlich auch ohne diese. Am liebsten malte ich ihr schönes, ernstes Gesicht mit diesen großen rätselvollen Augen, die immer auf irgend etwas zu blicken schienen, das ich nicht sehen konnte. Ich hatte kein Geld, und mir machte das gar nicht so viel aus, weil ich ein glücklicher Mensch war, mit Cora und mit meiner Arbeit.«

»Und Cora?« fragte Graf.

»Sie wünschte sich natürlich tausend Dinge, die sich jede Frau wünscht. Und sie war sich klar darüber, daß sie etwas besaß, was sich sehr leicht in Kapital umwandeln ließ: ihre Schönheit. Sie hatte damals bereits Jobs als Fotomodell und als Mannequin, und am meisten erboste es mich, daß sie sich nackt fotografieren ließ.« Der Maler lachte kurz auf. »Was selbstverständlich höchst albern von mir war, ich hatte sie schließlich nackt gemalt. Ich will damit nur sagen, daß es auch Streit gab zwischen uns.«

Elisabeth Hagen lächelte traurig. »Nicht zu knapp, würde ich sagen. Du warst sehr temperamentvoll, Thomas. Und Cora konnte sehr verletzend sein.« Sie sah den Kommissar an. »Zu mir auch. Ich machte ihr öfter Vorhaltungen über ihr Leben, denn ich wollte gern, daß sie einen ordentlichen Beruf erlernt, und schließlich wußte ich auch, was Thomas damals nicht wußte, daß sie sich von anderen Männern einladen ließ, um schick auszugehen und vielleicht auch ...«

»Nicht vielleicht«, unterbrach der Maler, »sondern später erfuhr ich es genau, sie schlief auch mit anderen Männern, wenn für sie etwas dabei heraussprang. Sie ist tot, und dieses Ende hat sie nicht verdient, aber mich hat es damals schwer getroffen, als ich nach und nach merkte, daß sie mich betrog.«

»Ich ärgerte mich auch über sie«, sagte Lisa. »Ich bin sechs Jahre älter als Cora und fühlte mich für sie verantwortlich, weil sie mir nachgekommen war nach Frankfurt und meine Eltern glaubten, ich würde gut auf sie aufpassen. Wir stammen aus einer Kleinstadt in der Nähe von Kassel, aus sehr bürgerlichen Verhältnissen. Unser Vater war Beamter bei der Stadtverwaltung, und ich gebe es zu, auch mir war es auf die Dauer zu langweilig zu Hause. Ich hatte Bankkaufmann gelernt, arbeitete bei der Sparkasse, und dann bewarb ich mich eines Tages kurz entschlossen in Frankfurt, Banken gibt es ja hier gerade genug.«

Lisa in Frankfurt also, bald in guter Position mit einer eigenen kleinen Wohnung, und nicht viel später verliebt und dann verlobt mit einem Dozenten der Universität, gesicherte ordentliche Verhältnisse wie daheim auch. Mit achtzehn kam die kleine Schwester nachgereist, sich ihres guten Aussehens und ihrer Wirkung auf Männer wohl bewußt.

»Sie dachte nicht daran, etwas zu lernen, da konnte ich sagen, was ich wollte. Erst wohnte sie bei mir, dann bei Thomas, was ich nicht ganz richtig fand, aber ich mochte ihn und wußte, daß er sie liebte. Nun ja, und dann eben die Versuchungen in einer Stadt wie dieser für ein Mädchen wie Cora. Mein Vater hat es nie erfahren, wie sie lebte. Die Modefaxerei, wie er es nannte, gefiel ihm zwar nicht, aber er war auch stolz, wenn er einmal ein Bild von ihr in einer Zeitschrift fand. Zu einer wirklichen Karriere als Fotomodell reichte es nicht. Denn auch dazu gehört wohl Arbeit und Fleiß und, wie ich glaube, ein solides Leben.«

»Ihre Eltern leben noch?« fragte der Kommissar.

»Nein. Mein Vater starb ziemlich früh, kurz nach seiner Pensionierung. Aber meine Mutter erlebte noch Coras Heirat mit, und sie war sehr glücklich darüber, daß beide Töchter nun sicher und versorgt waren. Wir haben sie manchmal besucht, sie kam besonders gern nach Heidelberg, nachdem mein Mann dort den Lehrstuhl bekommen hatte. Frankfurt mochte sie nicht so sehr, es war ihr zu groß und zu laut. Zweimal war sie in Grottenbrunn draußen, das hat ihr sehr imponiert. Doch sie sagte zu mir: Ist der Mann denn nicht viel zu alt für Cora? Sie will doch sicher Kinder haben. Und ich weiß noch, daß ich damals ziemlich ruppig erwiderte: Wenn sie welche will, wird sie welche kriegen. Aber ich glaube, sie will keine.«

Lisa nahm einen Schluck von ihrem Äppelwoi und fügte mit einem kleinen Achselzucken hinzu: »Mutter war nicht so dumm, daß sie nicht begriffen hätte, warum Cora gerade diesen Mann geheiratet hatte. Und eine gewisse Vorstellung von Coras Leben hatte sie wirklich. Übrigens war Karl Ravinski sehr nett zu Cora, und sie lebte gut mit ihm zusammen. Er hat mich gerettet, sagte sie einmal zu mir, und mir ein neues Leben geschenkt. Wer weiß, was aus mir noch geworden wäre.«

»Sie haben Ihre Schwester öfter getroffen, gnädige Frau?«

»Nein, nicht sehr oft. Im Grunde waren wir sehr verschieden. Sie fand mein Leben spießig. Und mich auch. Aber manchmal kam sie nach Heidelberg, sie mochte meine Kinder, brachte ihnen immer etwas mit. In Grottenbrunn war ich ein einziges Mal. Meist trafen wir uns in Frankfurt. Oder eben in Heidelberg. Sie raste ja immer wie eine Wahnsinnige mit ihrem Wagen durch die Gegend, ich bin einmal mit ihr gefahren und wundere mich heute noch, wie wir diese Fahrt überlebt haben. Sie war eine gute Fahrerin, das schon, aber tollkühn.«

»Hatte sie schon einen Wagen vor ihrer Heirat?«

»Selbstverständlich. Das konnte sie sich leisten. Nicht gerade die Art von Wagen, die sie später fuhr, aber immer so einen flotten kleinen Flitzer.«

»Ihre Mutter lebt noch?«

»Nein. Und es wäre schrecklich, wenn sie erlebt hätte, wie Coras Ende war. Sie liebte ihre jüngste Tochter sehr. Nein, meine Mutter starb im selben Jahr wie Karl Ravinski. Seltsam, nicht? Genau vier Wochen vorher.«

»Hatte sich das Leben Ihrer Schwester sehr verändert nach dem Tod von Karl Ravinski?«

»Das kann ich Ihnen nicht sagen. Ich wußte wenig über ihr Privatleben. Mal war sie in Frankfurt, mal in Grottenbrunn, gereist ist sie eigentlich selten. Sicher wird es auch Männer gegeben haben, das weiß ich nicht.«

»Es gab mich zum Beispiel«, sagte der Maler. »Wieder. Aber auch nur vorübergehend. Einmal sagte sie zu mir: Ich möchte so einen Mann wieder haben wie Karl. So stark und so mächtig. Ein wenig jünger könnte er ja sein, damit ihm nicht gleich wieder die Puste ausgeht, wenn er ... na, Sie wissen sicher, Graf, wie Ravinski starb.«

Der Kommissar nickte und wunderte sich. Darüber hatte Cora also ungeniert gesprochen. Auch Lisa zeigte kein Erstaunen, sie schien es auch zu wissen.

»Womit wir beim Thema wären«, sagte Graf. »Hat Cora in letzter Zeit davon gesprochen, daß sie wieder heiraten will? Und wer dieser Mann ist?«

»Ich habe sie das letzte Mal Weihnachten gesehen«, sagte Lisa. »Sie kam am zweiten Feiertag zu uns, und fuhr am selben Abend wieder zurück. Von einer geplanten Heirat war nicht die Rede.«

»Und bei mir ist es schon länger her, daß ich sie getroffen habe«, ergänzte der Maler. »Damals, die Vernissage, Sie erinnern sich?«

Der Kommissar nickte.

»Kurz danach war es wieder mal aus zwischen uns. Das ist ungefähr ein Jahr her. Schluß, hatte ich mir gesagt, Schluß ein für allemal mit dieser Frau, die dich nur als Spielzeug betrachtet. Was für einen Mann sie sich wünschte, habe ich gerade erzählt. Daß einer existierte von dieser Art, ist mir nicht bekannt.«

Viel Neues kam für den Kommissar bei diesem Gespräch nicht heraus.

Nachdem sie Lisa Hagen an den Bahnhof gebracht und in den Zug gesetzt hatten, verabschiedete er sich von Thomas und ging die wenigen Schritte zum Präsidium. Setzte sich wieder an seinen Schreibtisch, studierte die neuen Fälle, konferierte kurz mit Bollmann und einigen der anderen Mitarbeiter, erledigte dringende Arbeit und ertappte sich kurz darauf dabei, wie er abermals die Akte Ravinski studierte.

Inzwischen kannte er die Akte auswendig. Cora Ravinski war begraben. Paul Hartwig saß in Untersuchungshaft. Soweit es ihn betraf, konnte er die Akte schließen.

Er griff zum Telefon und wählte die Nummer von Grottenbrunn. Irene war am Apparat.

»Ich wollte fragen, wie es Ihnen geht und ob Sie gut nach Hause gekommen sind.«

»Wir sind alle gut nach Hause gekommen«, erwiderte Irene, »und es geht mir den Umständen entsprechend.«

»Es hat sich nichts Ungewöhnliches ereignet?«

Die Frage klang besorgt, und sie antwortete mit einer gewissen Schärfe: »Was erwarten Sie, Herr Kommissar? Einen weiteren Mord?«

Darauf schwieg er, und Irene sagte leise: »Entschuldigen Sie bitte. Ich bin mit den Nerven etwas herunter. Diese Beerdigung heute – und überhaupt.«

»Sind Sie gleich nach Grottenbrunn gefahren?«

»Nein, wir waren noch bei Hella und Jochen. Aber wir sind nicht lange geblieben, weil wir Elsa und Rosine nicht so lange allein lassen wollten. Na, und nun sitzen wir hier und blasen Trübsal.«

»Wegen Cora?«

»Nein«, antwortete Irene hart. »Wegen Paul.«

»Haben Sie die Dame gesehen, die auf dem Friedhof war?«

»Mit der Sie fortgegangen sind? Ja. Gisela sagte, es sei Coras Schwester. Uns hat sie keines Blickes gewürdigt. Warum, weiß ich nicht.«

Der Kommissar ging nicht näher darauf ein.

»Haben Sie die Absicht, wieder über das Wochenende in Grottenbrunn zu bleiben?«

»Ich bleibe morgen noch und werde Sonntag nach München fahren.«

»Würden Sie morgen mit mir zu Abend essen?«

»Oh«, machte Irene. »Mit Ihnen?«

»Mit mir.«

»Dienstlich?«

»Außerdienstlich.«

Sie schien verwirrt, und es dauerte eine Weile, bis ihr einfiel, was sie sagen sollte.

»Das ist seltsam, nicht?«

»Ja«, gab er zu, »sehr seltsam.«

»Und Sie können versprechen, daß es ohne lästige Fragen abgeht?«

»Das kann ich nicht versprechen.«

»Verdächtigen Sie mich noch des Mordes?«

»Sie haben mich das schon mehrmals gefragt.«

»Mehrmals? Wirklich?«

Im Hintergrund hörte Graf eine männliche Stimme etwas rufen, und Irene sagte: »Das war mein Bruder. Er sitzt vor dem Kamin und kann das Gespräch hören. Er will wissen, wer mich des Mordes verdächtigt und warum ich so einen Unsinn rede. Er hat recht, nicht?«

»Ja. Ich nehme an, daß er recht hat. Dann wollen wir das Gespräch beenden. Darf ich Sie morgen abend gegen neunzehn Uhr abholen?«

»Hier?«

»Wo sonst?«

»Wo ... ich meine ...«

»Ich möchte in Frankfurt mit Ihnen in ein hübsches kleines Restaurant gehen, wo Sie bestimmt gut zu essen bekommen. Ich weiß, Sie sind verwöhnt, da Sie aus München kommen.«

»Ich habe selbst einen Wagen. Ich kann in die Stadt kommen.«

»Ich möchte Sie abholen«, sagte der Kommissar bestimmt.

»Also gut. Bis morgen dann.« Nachdenklich legte er den Hörer auf.

Er wußte selbst nicht, warum er sie eingeladen hatte. Aber er konnte sich nicht einfach selber vormachen, der Fall sei erledigt. Er mußte etwas in Gang setzen, er wußte selber noch nicht was. Er war ein Jäger. Es genügte ihm nicht, daß Cora begraben war und Paul in Untersuchungshaft saß.

Da war noch etwas. Irgend etwas war da noch, was er wissen mußte.

Drei bleiben übrig

»Das war der Kommissar?« fragte Felix mißgestimmt, als Irene sich wieder zu ihm und Elsa vor den Kamin setzte.

»Ja.«

»Was will der Kerl immer noch von dir? Ich dachte, wir haben jetzt endlich Ruhe vor ihm.«

»Er will mich morgen abend sprechen.« Daß es sich um eine Einladung zum Essen handelte, wollte sie nicht sagen.

»Morgen abend? Warum denn?«

»Felix, ich weiß es nicht.«

»Er kommt hierher?«

»Ja. Er holt mich ab. Dann fahren wir nach Frankfurt.«

»Ein Verhör am Samstagabend im Präsidium? Das gibt's ja gar nicht.«

»Von einem Verhör hat er nichts gesagt.«

Felix nölte weiter herum, sagte, sie hätte das ablehnen sollen, das sei eine Zumutung. Der habe schließlich ein Geständnis und Paul sei verhaftet, und damit könne ja nun wohl Ruhe sein.

Irene unterbrach ihn, blickte Elsa an.

»Wie fühlst du dich heute, Elsa?«

»Danke, sehr gut«, antwortete Elsa. »Aber wenn das natürlich immer so weitergeht.« Ihre Stimme hatte diesen larmoyanten Klageton, der Irene auf die Nerven fiel.

»Ich fahre mal eben runter zu Gisela und Bert«, sagte sie, der Gedanke war ihr gerade gekommen.

»Warum denn das?« fragte Felix mit gerunzelter Stirn.

»Genügt dir unsere Gesellschaft nicht?«

»Ach, hör auf rumzujaulen. Ich will halt mal mit Gisela sprechen.«

»Wegen dieser Schwester von Cora, die heute da war?«

»Auch.«

»Die erbt nichts, da kannst du ganz beruhigt sein.« Irene ersparte sich die Antwort, stand auf, sagte »bis später« und verließ den Raum.

Zuerst ging sie in die Küche, wo Rosine nun allein an dem Tisch in der Ecke unter dem Kruzifix saß.

Sie saß ganz still, die Hände auf dem Schoß gefaltet und blickte starr vor sich hin.

Irene trat hinter sie und umarmte sie.

»Ach, meine arme Rosine! Bist du sehr unglücklich?«

Rosine lehnte ihren Kopf sachte an Irenes Schulter. Ihre Antwort lautete: »Nein.«

»Das glaube ich dir nicht.«

»Es ist nun mal, wie es ist, Fräulein Irene. Und Paul hat es richtig gemacht, alles so zu sagen.«

»Ich hab' dein Lachen immer so gern gehabt, Rosine.«

»Nun gibt es nichts mehr zu lachen«, sagte Rosine ruhig, sie löste sich von Irene und stand auf.

»Kann ich etwas für dich tun, Fräulein Irene?«

»Ich fahre mal schnell zu Gisela hinunter. Sicher bekomme ich da was zu essen. Aber den beiden Trauerweiden da drin solltest du ein ordentliches Abendessen hinstellen.«

»Herr Felix ist nicht traurig.«

»Nein? Na ja, irgendwie hast du recht. Eher krötig würde ich sagen. Wird dir nicht angst und bange, wenn die ein Kind bekommt?«

»Warum?«

»Na ja, gesund ist sie ja nicht gerade. Und so ... so ... weggetreten.«

»Wir werden uns um das Kind schon kümmern, Herr Felix und ich. Und wenn sie das Kind hat, wird sie vielleicht anders werden. Und wenn Paul wieder da ist, werden wir alles für das Kind von unserem Felix tun.«

Irene schwieg verblüfft.

»Glaubst du denn, daß Paul so bald wiederkommt?« fragte sie dann.

»Ja«, sagte Rosine. Sie sah Irene gerade in die Augen.

»Ich werde darum beten, daß es ein gesundes Kind wird. Gott wird uns helfen. Und deine Mutter auch.«

Irene sagte nichts mehr, sie floh geradezu ins Freie. Nachgerade kam ihr die Situation im Schloß makaber vor.

Rosine erwartete Pauls baldige Rückkehr, und sie wußte offenbar recht gut über den Zustand von Elsa und Felix Bescheid. Und welche Gefahr für das ungeborene Kind damit verbunden war. Und wieder einmal mußte ihre Mutter als Hilfsgeist angerufen werden.

Zu ihrem eigenen Erstaunen dachte Irene: Dieser verdammte alte Kasten hier, nachgerade spukt es wirklich in diesem Gemäuer.

Rosine kam ihr nach in den Seitenhof, wo Irene ihren Wagen abgestellt hatte.

»Ich mache gleich Abendessen für die beiden«, sagte sie, und es klang wieder ganz normal. »Aber Fräulein Irene, du mußt dich morgen um die Pferde kümmern. Seit Paul fort ist, sind sie nicht bewegt worden. Ich habe sie gefüttert und ich habe sie mal auf der kleinen Wiese hinter dem Stall gehabt, aber sie kriegen dicke Beine. Du mußt sie reiten oder auf die Koppel bringen.«

Es hatte angefangen zu regnen, ganz sacht und leise, die Luft war rein und duftete nach Frühling.

»Ich habe keine Reitsachen hier, Rosine. Wenn es nicht zu schlimm regnet, bringe ich sie morgen auf die obere Koppel. Aber ich fahre Sonntag wieder weg. Was soll denn überhaupt aus den Pferden werden? Felix reitet nicht.«

»Nein, reiten mochte er nie besonders gern. Die Kleine von Gisela kam oft herüber, um die Stute zu reiten. Aber ob sie das allein kann?«

»Ich könnte Gero mitnehmen nach München und schauen, ob ich ihn in der Universitäts-Reitschule unterbringen kann. Das wäre nicht weit von meiner Wohnung entfernt. Viel Zeit habe ich ja nicht. Aber ich würde gern wieder reiten.«

»Du kannst die beiden nicht trennen.«

»Ich kann nicht zwei Pferde in München unterstellen. Das kann ich mir nicht leisten. Ich werde es mit Gisela besprechen. Sie können die Pferde doch auch in Gelsen in den Stall bringen, und wenn Gisela reitet und ihre Tochter, dann wäre dieses Problem ja gelöst.«

»Aber du kannst die Pferde nicht von Grottenbrunn wegnehmen. Sie waren ihr Leben lang hier.«

»Na, dann weiß ich auch nicht, was man tun soll. Adieu, Rosine, ich fahr jetzt mal.«

Sie küßte Rosine auf die Wange, setzte sich in ihren Wagen und war froh, als sie durch das Tor gefahren war.

Mit Gisela zu sprechen, so schien ihr, würde erholsam sein. Sie und Bert waren nicht mit ihnen zurückgefahren, sie hatten in Frankfurt noch etwas zu erledigen, wie sie gesagt hatten. Und die Stunde, die sie bei Hella verbrachte, war entnervend gewesen, allein wegen der vorlauten Bemerkungen der Kinder, die auf Jochens ausdrücklichen Befehl bei der Beerdigung nicht dabeigewesen waren.

Hella war fahrig und nervös, Jochen verschwand nach wenigen Minuten in sein Büro.

»Mein Gott, der arme, arme Paul!« So ungefähr Hella.

»Wer hätte das von ihm gedacht.«

Und Nicole: »Paul, der Killer. Find ich gar nicht so abwegig. Wer so 'n armes Reh totschießt, knallt auch Leute ab.«

Während sie nach Grottenbrunn fuhr, sagte Irene:

»Wenn ich nur mal verstehen könnte, warum ein Mensch partout Kinder kriegen will.«

Von Felix, der neben ihr saß, kam keine Antwort. Irene sagte auch nichts mehr, aber sie empfand kein Mitleid mit ihrem Bruder. Zerstörte Menschen wie Elsa und Felix sollten ihrer Meinung nach sowieso keine Kinder in die Welt setzen, und wenn Felix noch einen Fetzen Verstand in seinem Kopf hatte, mußte ihm angst und bange vor der Zukunft werden.

Doris, Giselas Tochter, war von anderer Art als Hellas Kinder. Sie war still und blaß und offenbar tief geschockt von der Tragödie, die sich in der Familie abgespielt hatte. Trotz der Ermunterung ihrer Mutter aß sie lustlos, bewegte jeden Bissen im Mund hin und her, als bereite es ihr Mühe, ihn hinunterzuschlucken.

Sie saßen nämlich gerade beim Abendessen, als Irene kam, und sie sagte: »Entschuldige bitte, daß ich so hereinplatze, ich hätte ja vorher anrufen können.«

»Unsinn«, sagte Gisela. »Gut, daß du kommst. Uns ist sowieso belämmert zumute. Komm, Doris, sei so lieb und iß noch ein paar Bissen. Ist doch nett, daß Irene gekommen ist, nicht?«

Doris blickte mit ihren dunklen Augen zu Irene auf und antwortete gehorsam: »Ja.«

Es gab Piccata Milanese mit Spaghetti, und Gisela sagte: »Setz dich und iß, es ist reichlich da. Wir hatten eigentlich Herrn Lorenz zum Essen eingeladen, weil wir dachten, er wollte hören, wie das heute so gegangen ist, aber er hat abgelehnt. Vielen Dank, gnädige Frau, aber ich habe mir selbst schon Essen zubereitet. Ich habe mir ein Hähnchen gebraten.«

Gisela ahmte übertrieben den Tonfall von Lorenz nach.

»Ein Hähnchen! Wie findet ihr das? Habe ich in meinem Leben noch nie gehört, daß der sich ein Hähnchen brät. Es kommt mir vor, als feiere er still für sich die Beerdigung von Cora.«

Ein leiser erstickter Laut kam von Doris, und Bert sagte: »Gisela, bitte!«

»Ja, schon gut. Irgendwie muß der Mensch sich abreagieren.«

Sie stellte einen Teller vor Irene hin, legte ihr eine Scheibe von dem Fleisch auf den Teller und schob die Schüsseln mit den Spaghetti und der Tomatensauce zu ihr.

»Tu mir den Gefallen und iß du wenigstens.«

»Ja, ich esse gern etwas«, sagte Irene. »Ich habe seit dem Frühstück nichts bekommen, und da hat es mir auch nicht geschmeckt. Hast du das alles zubereitet, seit du aus Frankfurt zurück bist?«

»Auch schon was! Das mach ich mit links. Außerdem hat Doris mir geholfen. Nicht, Schatz? Sie war heute nachmittag bei ihrer Freundin Petra, sie haben Schularbeiten gemacht, und als wir zurückkamen, haben wir sie abgeholt.«

»Schmeckt aber wirklich prima«, sagte Irene, nachdem sie eine Weile schweigend gegessen hatten. Sie lächelte das Kind an, und Doris lächelte scheu zurück. »Du hast es sicher oben nicht mehr ausgehalten, wie?« fragte Gisela.

»Na ja, Felix und Elsa schweigsam vor dem Kamin, Rosine schweigsam und einsam in der Küche, dann rief der Kommissar noch an, und da wurde Felix dann auch noch grantig.«

»Warum? Wollte er was von Felix?«

»Nein. Er will mich morgen noch einmal sprechen.« Gisela schob die Brauen zusammen.

»Er will dich sprechen, warum?«

»Ich weiß es nicht.«

Bert legte mit einem Klirren sein Besteck auf den Teller.

»Zum Teufel, was will er von dir? Kann die Sache nicht endlich erledigt und begraben sein?«

»Begraben wie Cora?« fragte Irene langsam. »Mir scheint, das ist sie noch lange nicht.«

Mit einem Blick auf das Kind verstummte sie erschrocken. Doris hatte ebenfalls ihre Gabel sinken lassen, ihre Lippen bebten, und schon rollten Tränen über ihre Wangen.

»Ich bin blöd«, sagte Irene. »Entschuldigt.«

Eine Weile herrschte betretenes Schweigen um den Tisch, Bert schenkte noch einmal Wein ein, er sagte sanft: »Doris hat Cora sehr gern gehabt.«

»Ja, ich weiß. Ihr habt es mir erzählt. Ihr seid zusammen geritten, Doris, nicht wahr? Übrigens, da fällt mir ein, was ich mit euch besprechen muß. Es handelt sich um die Pferde. Doris, das geht dich auch an.«

Sie berichtete von ihrem Gespräch mit Rosine und schloß: »Ich war ja lange nicht da. Wie hat man es denn bis jetzt gemacht? Wenn Cora nicht da war. Wer hat dann die Pferde bewegt?«

»Paul«, sagte Doris und wischte sich die Tränen von den Backen. »Er hat sie longiert. Draußen oder in der Reitbahn. Oder sie waren eben auf der Koppel. Im Sommer.«

Eine kleine Reitbahn gab es ein Stück entfernt vom Schloß, die hatte Karl Ravinski bauen lassen, damit er auch im Winter reiten konnte.

»Bist du da auch geritten, Doris?« fragte Irene, »in der Bahn, meine ich.«

»Ja. Da hat Cora mich am Anfang reiten lassen. Damit ich es lerne. Und dann sind wir manchmal zusammen ausgeritten.«

Doris nahm die Gabel wieder in die Hand und schob sich tapfer ein Stück Fleisch in den Mund und begann wieder ausdauernd zu kauen.

Sie blickten alle drei auf das Kind, erst als Bert sich räusperte, wandten sie die Blicke ab, Gisela und Irene sahen sich an, Gisela hob die Schultern.

»Ja, was machen wir denn nun?« fragte Irene. »Rosine sagt, es geht nicht, daß ich Gero mit nach München nehme, man darf die beiden nicht trennen. Wie alt ist die Stute denn? Wie heißt sie denn eigentlich? Ach ja, fällt mir ein, Juscha. War mal ein sehr gutes Pferd.«

»Sie ist achtzehn und immer noch ein gutes Pferd«, meinte Gisela. »Ruhig und umgänglich. Aber da hat Rosine natürlich recht. Wenn man sie von Gero trennen würde, bräche ihr das Herz.«

Eine Weile redeten sie von den Pferden, das lenkte Doris ab, sie beteiligte sich an dem Gespräch, und es war deutlich zu sehen und zu hören, wieviel ihr an den Pferden lag.

»Dann stellen wir sie eben in den Reitstall nach Gelsen«, sagte Bert schließlich, »Gisela geht ja da sowieso manchmal zum Reiten hin, und Doris kann richtig Reitstunden nehmen, und wenn sie es richtig kann, wird sie auch Gero reiten können.«

»Gero ist auch ganz brav«, sagte Doris. »Ganz lieb.«

Gero war das Pferd ihres Vaters gewesen, erinnerte sich Irene, ein Trakehner. Er war als Vierjähriger nach Grottenbrunn gekommen, von allen bewundert. Das mußte auch schon an die zehn Jahre her sein. Also war Gero auch nicht mehr der Jüngste, und ihn nach München umziehen zu lassen, würde ihm sicher nicht gut bekommen.

Nach dem Essen setzten sie sich in das Wohnzimmer, Gisela schloß die Tür zur Terrasse, denn inzwischen regnete es heftig. »Schade«, sagte sie, »wir wollten morgen Golf spielen.«

»Ja, und mit der Koppel wird es dann auch nichts werden«, meinte Irene. »Aber ich könnte Gero in der Bahn longieren.«

Plötzlich kam ihr eine Idee. »Und weißt du was, Doris? Wie wäre es, wenn ich dich hole und du reitest die Juscha eine Stunde in der Bahn? Oder wir reiten überhaupt zusammen. Du sagst, Gero ist brav, also dann könnte ich es ja wieder mal versuchen.«

»Hast du denn einen Dress?« fragte Gisela.

»Natürlich nicht. Aber es wird auch mal in anderen Hosen gehen.«

»Vielleicht ...«, begann Gisela, verschluckte aber den Rest des Satzes.

»Du brauchst Doris nicht zu holen, ich bringe sie dir hinauf«, schlug Bert vor. »Da kann ich gleich mal sehen, wie es mit ihren Reitkünsten bestellt ist.«

»Willst du damit sagen, du hast noch nie beim Reiten zugesehen?« kam es rasch von Gisela, gleich darauf legte sie die Hand über den Mund. Da war immer noch der Rest einer dummen Eifersucht, der sie zum erstenmal vor einer Woche, hier in diesem Raum, bei den Fragen des Kommissars angeflogen war.

Bert streifte seine Frau mit einem kurzen Blick, doch Doris rief eifrig: »Doch, Vati, du hast uns schon zugesehen. Und du hast gesagt, ich mache es ganz gut. Und Cora, hast du gesagt, sieht überhaupt fabelhaft aus auf Gero.«

»Na da!« machte Bert und seufzte resigniert.

Ohne jeden Übergang begann Irene von München zu erzählen, von ihrem Geschäft, von ihrer Freundin Linda und deren dreijährigem Töchterchen.

»Wirklich, ein süßes Kind«, erklärte sie enthusiastisch, was ihr einen ironischen Blick von Bert eintrug und von Gisela die Bemerkung: »Danke, danke, es genügt. Ich habe sowieso alles schon vermasselt.«

Was ihr nun wiederum einen verständnislosen Blick ihrer Tochter eintrug.

»Gehst du jetzt zu Bett, Liebling?« fragte Gisela sodann, und das Kind willigte sofort ein. Es spürte die Spannung im Raum, und verstört war es auch.

»Bis morgen dann«, sagte Irene, als Doris ihr gute Nacht sagte. »Schauen wir mal, wie wir mit den Pferden hinkommen.«

Als Gisela mit ihrer Tochter nach oben gegangen war, fragte Irene unumwunden: »Hast du mit Cora ein Verhältnis gehabt? Es geht mich nichts an, und ich wäre nie auf die Idee gekommen, aber irgendwie benehmt ihr euch komisch.«

Bert nahm in aller Ruhe einen Schluck von seinem Wein, lehnte sich dann zurück und zündete sich eine Zigarette an.

»Was heißt, es geht dich nichts an? Alles, was hier ungeklärt im Raum steht, geht momentan uns alle etwas an. Der Kommissar hat dich angerufen und will dich morgen sprechen, hast du gesagt. Hast du eine Ahnung, warum?«

»Warum. Darum. Er glaubt nicht, daß Paul es war. So ist das nämlich. Das habe ich ihm von vornherein angemerkt. Und einmal hat er gesagt, am verdächtigsten von allen bin ich, weil ich seit langer Zeit zum erstenmal wieder in Grottenbrunn war.«

»Sieht er darin einen Anlaß für einen Mord?«

»In einem Fall wie diesem kann man so ziemlich jedem von uns etwas andichten. Bei mir etwa lang verhohlenen Groll, der dann plötzlich angesichts von Cora und dem lieben alten Vaterhaus zum Ausbruch kommt, mir die Büchse in die Hand drückt und mich der armen Cora nachschleichen läßt.«

»Und Paul? Was hätte er für einen Grund, einen Mord auf sich zu nehmen, den er nicht begangen hat?«

»Dafür könnte man Gründe finden, wenn man sie sucht. Paul hat mir das Schießen beigebracht, Paul hat mir das Reiten beigebracht, Paul spielte in meiner Kindheit eine größere Rolle als mein Vater. Und wir alle sind so gut wie Pauls Kinder.«

»Also könnte sich Paul für jeden von euch opfern, nicht nur für dich?«

»Ja, für mich. Für Gisela. Für Felix. Gewiß nicht für dich oder für Jochen.«

»Du hast Hella vergessen.«

»Hella fällt sowieso aus.«

»Wieso?«

»Erstens kann sie nicht schießen, so gut wie nicht. Und zweitens hätte sie überhaupt keinen Grund.«

»Denselben wie wir alle. Oder wo ist der Unterschied zwischen dir und Gisela und Hella?«

»Du hast meine Frage nicht beantwortet.«

»Ich hatte kein Verhältnis mit Cora. Einen kleinen Flirt, so könnte man es nennen. Und das war allgemein bekannt. Denn einer von der Familie mußte ja mal vernünftig mit ihr reden können. Schließlich gab es genügend gemeinsame Interessen, nicht? Es stimmt, ich habe Doris manchmal hinaufgefahren. Schon allein, um zu sehen, daß nichts passieren kann bei der Reiterei. Als Doris ihre ersten Reitversuche machte, war sowieso immer Paul dabei, und er verstand zweifellos mehr von Pferden als Cora, die ja erst durch deinen Vater reiten gelernt hatte. Das alles weiß Gisela. Und ich verstehe überhaupt nicht, woher dieser alberne Verdacht auf einmal bei ihr kommt. Aber es ist offenbar gar nicht anders möglich; in einer Situation wie dieser denkt und handelt kein Mensch mehr normal. Ich habe Gisela einmal betrogen, das ist schon ein paar Jahre her, und sie hat mich auch erwischt, es gab dramatische Szenen, aber dann war es erledigt. Wir führen eine relativ gute Ehe. Und im allgemeinen ist Gisela eine vernünftige Frau.«

In diesem Augenblick kam Gisela ins Zimmer und sagte: »Natürlich bin ich eine vernünftige Frau, das weiß jeder. Und das war vorhin furchtbar dämlich von mir. Nicht wegen euch. Wegen Doris.«

»Schläft sie?«

»So schnell geht das nicht. Sie liest noch. Willst du wirklich morgen mit ihr reiten?«

»Warum nicht? Die Pferde müssen bewegt werden, es regnet, raus können sie nicht, also reiten wir ein bißchen. Oder Doris reitet Juscha, und ich longiere Gero. Ihr könnt ja mitkommen, falls ihr meint, ihr könnt es besser als ich.«

»Ich komme auf jeden Fall mit. Weil man ja nicht weiß, wie Doris reagiert, wenn sie die Pferde sieht, und die Reitbahn ohne Cora. Und Paul ist auch nicht da. Was für eine verdammte Situation!« Er blickte seine Frau an. »Und was dich betrifft...«

»Schon gut, ich bin eine dumme Gans, ich gebe es zu. Du und Cora, das habe ich auch nie gedacht. Ich weiß, daß du nicht unfair bist.«

»Also, wenn ich das so richtig betrachte, werdet ihr euch jetzt nicht streiten. Dann kann ich ja beruhigt nach Hause fahren«, sagte Irene.

»Warte noch! Was will der Kommissar morgen von dir?«

»Ich weiß es nicht, Gisela. Mit mir reden, sagt er. Wir fahren irgendwohin und werden irgendwo essen und ...«

»Ihr wollt zusammen essen gehen?«

»Himmel noch mal«, rief Irene wütend, »wir können uns doch nicht im Regen an den Waldrand setzen. Ich nehme halt an, daß er nicht glaubt, daß es Paul war.« Gisela antwortete ruhig: »Ich auch nicht.«

»Womit wir wieder da angelangt wären, wo wir waren«, sagte Bert. »Wir sprachen davon, als du oben warst. Irene meint, es gibt nur drei Menschen, die Paul auf diese Weise schützen würde.«

»Mich, Irene und Felix«, sagte Gisela. »Ganz klar. Und er würde Rosine schützen.«

»Du wirst nicht im Ernst behaupten, daß Rosine mit einer Büchse durchs Gelände schleicht.«

»Nein, ich wollte den Personenkreis nur vervollständigen. Rosine könnte ihn angestiftet haben. Sie könnte gesagt haben, dieses Weib will uns hier vertreiben, bring sie um.«

Irene stand mit einem Ruck auf.

»Ich fahre jetzt. Ich kann's nicht mehr hören, ich werde noch verrückt. Ich schwöre euch, ich habe Cora nicht umgebracht. Das werde ich dem Kommissar morgen genauso sagen. Und ich werde verlangen, daß er mich Paul gegenüberstellt, und Paul soll sagen, ob er es getan hat oder nicht, und wenn nicht, für wen er das tut. Ich will die Wahrheit wissen. Da ist noch irgend etwas ... irgend etwas Ungreifbares. Ein Geheimnis. Ich will die Wahrheit wissen.«

Bert legte die Hand auf ihren Arm.

»Komm! Reg dich nicht auf. Setz dich hin und trink noch ein Glas.«

»Nein, Bert, sie muß fahren.«

»Die Wahrheit«, wiederholte Irene in wildem Ton.

Gisela stand auf und schloß Irene in die Arme.

Daraufhin begann Irene zu weinen.

Bert stand ebenfalls auf und ging mit stürmischen Schritten durch den Raum, blieb stehen und wandte sich abrupt um.

»Die Wahrheit! Die Wahrheit! Irgendeiner kennt sie. Zumindest Paul. Und Rosine vermutlich auch. Aber nun ehe es allzu dramatisch wird, wollen wir doch mal die Dinge sachlich betrachten. Wer kommt als Mörder in Frage? Der Wilderer? Abgehakt. Plassner und Freund? Abgehakt.«

»Wieso?« rief Gisela. »Daß sie in Coras Wohnung im Bett lagen, ist noch lange kein Alibi. Das kann Raffinesse sein.«

Irene löste sich aus Giselas Armen, putzte sich die Nase.

»Unsinn. Paul würde kaum einen Mord auf sich nehmen, den ein Wilderer oder der Schwule begangen hätte. Also bleiben wir doch nur übrig.«

»Dann hat es Paul eben doch getan, und das Geständnis ist echt. Hier.« Er reichte Irene das gefüllte Glas. Sie sah es starr an, dann nahm sie es, trank einen Schluck. »Danke«, sagte sie.

Die Wahrheit? Wußte sie es nicht schon? Lag sie denn nicht greifbar nahe?

»Danke«, sagte sie noch einmal. »Ich fahre jetzt.«

»Soll ich dich nicht lieber heimbringen?« fragte Bert.

»Ich komme dann morgen mit deinem Wagen.«

»Wirklich nicht. Ich bin total nüchtern. Und ich fahre ganz langsam. Außerdem ist auf der Straße zu uns hinauf zu dieser Zeit sowieso kein Verkehr.«

243

»Und paß auf, daß dir kein Reh über den Weg läuft, das tun die manchmal.«

»Und noch etwas«, sagte Gisela. »Laß dein Geschrei mit der Wahrheit. Mach Rosine nicht kopfscheu. Sag ihr lieber, daß wir morgen kommen, ich komme auch mit, und sie soll für uns alle ein gutes Mittagessen machen, das wird sie ablenken. Vorher wird geritten oder longiert, und es wird kein Wort über Cora und den Mord und schon gar nicht über die Wahrheit gesprochen. Hör dir erst mal an, was der Kommissar von dir will. Auch den sollten wir nicht kopfscheu machen.«

»Den? Der hat einen ganz besonderen Kopf. Ich wünschte, ich könnte da mal hineinsehen.«

»Das verdammte Spukschloß!« sagte Bert, als er Irene zum Abschied küßte. »Ich wünschte, Cora hätte es längst verkauft.«

Irene fuhr nicht die kleine Straße nach Grottenbrunn hinauf, sie fuhr nach Gelsen hinein, an den alten Häusern vorbei, die Straße wieder hinaus und auf die Autobahn.

Sie fuhr eine Dreiviertelstunde lang, konzentriert und sicher, in gleichmäßigem, nicht zu raschem Tempo, dann fand sie eine Ausfahrt und fuhr zurück durch die stillen, dunklen Dörfer, hügelan, hügelab.

Es war nach Mitternacht, als sie in Grottenbrunn ankam, und wie sie gehofft hatte, saß keiner mehr vor dem Kamin und keiner mehr in der Küche. Vor dem Haus brannte die Lampe, in der Halle war ebenfalls Licht. Till kam ihr entgegen und freute sich, sie zu sehen.

Sie kniete bei ihm nieder und nahm vorsichtig seinen Kopf zwischen die Hände.

»Du kennst die Wahrheit. Du weißt, wie es geschehen ist. Und die Pferde wissen es auch. Nur wir drei bleiben übrig. Ich war es nicht. Gisela oder Felix. Sie kann gut schießen. Er nicht. O, Till!«

Oben an der Treppe bewegte sich etwas, Felix im Schlafanzug.

»Wo bleibst du denn? Gisela hat schon dreimal angerufen.«

»Ich bin noch ein Stück herumgefahren.«

»Mitten in der Nacht?«

»So spät ist es doch noch nicht.«

»Sie wartet auf deinen Anruf.«

»Gut. Ich rufe gleich an. Geh schlafen.«

Er sah sie ruhig an, von da oben, von der Treppe aus.

»Fehlt dir etwas?«

»Nein. Mir geht es bestens. Gute Nacht, Felix.«

»Gute Nacht.«

»Felix?«

»Ja?«

»Wer hat Paul angestiftet, Cora zu erschießen?«

Er kam drei Schritte die Treppe herab, sein Gesicht war blaß, mit Flecken auf den Wangen, sein Blick flackerte.

»Das Kind in Elsas Bauch. Es konnte nicht erlauben, daß Grottenbrunn verkauft wird.«

Sie starrte ihn entsetzt an.

»Du bist ja verrückt«, flüsterte sie.

»Geh schlafen!« sagte er sanft. »Hör auf, dir unnötige Gedanken zu machen. Und rede keinen Unsinn mit deinem Kommissar. Ein krankes Kind braucht eine Heimat. Das sieht Paul genauso wie ich. Und Rosine auch. Wir gehören alle zusammen. Und ich rate dir, misch dich nicht ein.«

»Willst du mir drohen? Felix! Bist du verrückt.«

Im Vorraum klingelte das Telefon.

»Das wird Gisela sein«, sagte er.

Als Irene vom Telefon zurückkam, war die Treppe leer. Sie suchte im Schrank nach der Whiskyflasche, sie war noch zu einem Drittel gefüllt, genau wie sie sie vor einer Woche verlassen hatte. Keiner hatte seitdem daraus getrunken.

Der schwarze Spiegel V

Wie ich diesen Tag hinter mich gebracht habe, weiß ich nicht. Die Nacht ging einigermaßen, nachdem ich den Whisky ausgetrunken und zwei Schlaftabletten genommen hatte. Morgens saß ich allein beim Frühstück, von Rosine aufmerksam betreut, wie immer. Daß die Pferde bewegt werden und daß wir Gäste zum Mittagessen haben würden, nahm sie mit Befriedigung zur Kenntnis. Ich fragte nicht nach Elsa und Felix, die wie immer in ihrem Zimmer frühstückten. Ich dachte nur: Hoffentlich schlucken sie endlich genug von ihrem Giftzeug, daß sie alle beide hin sind. Oder besser alle drei, dieses fürchterliche Kind in Elsas Bauch ebenfalls.

Mein Kopf schmerzte, meine Augen waren gerötet, ich mußte geweint haben im Schlaf. Eine Weile betrachtete ich mich im schwarzen Spiegel, er war leer, gab keine Antwort, und die Wahrheit wußte er schon gar nicht.

»Aber ich weiß sie nun, Spiegel. Ich weiß sie eher als du. Dein Zauber ist gebrochen, Spiegel. Mutter wacht nicht mehr über uns. Schon lange nicht mehr. Eins ist mir klargeworden, Spiegel. Die Toten sind tot, von ihnen ist keine Hilfe zu erwarten. Kein Schutz. Keine Liebe. Ich fahre morgen fort und werde nie mehr hierher zurückkehren, Spiegel. Ich will mein Gesicht in dir nie wiedersehen.«

Dann raste ich die Treppe hinauf, denn es war mir klar, daß ich anfing zu spinnen. Ich rief den Hund und machte einen Spaziergang mit ihm, ich lief rasch, es hatte zwar aufgehört zu regnen, aber es war grau und trüb und ziemlich kühl, ich fror in meinem dünnen Blazer. Ich ging weder zur Grotte, noch zur oberen Koppel, sondern den Weg hinunter zum Dorf. Und vor dem Dorf ging ich seitwärts einen Feldweg entlang, der leicht anstieg, der Wind wehte von Nordwest, und ich fror noch mehr. Als ich zurückkam, waren Kellers schon da, sie waren im Stall, Gisela und Doris putzten die Pferde, die es dringend nötig hatten, ich kratzte Gero und dann Juscha die Hufe aus, und man merkte richtig, wie die Tiere sich wohl fühlten, daß sie endlich wieder versorgt wurden.

Doris war keinerlei Bedrückung anzumerken, sie schmuste mit den Pferden, sie schien restlos glücklich zu sein, daß sie hier war, Cora war dazu nicht vonnöten.

Gisela war im Reitdress und entschlossen, Gero zu reiten. »Aber wenn er jetzt so lange gestanden hat«, warnte ich sie.

»Ich werd' schon fertig mit ihm.«

Das war gar nicht so einfach, wie sich herausstellte, sie hatte allerhand zu tun mit ihm, er platzte vor Tatendrang, er buckelte und stieg sogar einmal, sein Temperament, das gute alte Trakehner-Temperament, war ungebrochen.

Juscha ließ sich davon nicht stören, sie trabte artig ihre Runden, die leichten Kinderhände waren genau richtig für sie. Eine Weile mußte Gero hinter ihr hertraben, dabei beruhigte er sich dann.

Bert, der neben mir an der Tür lehnte, sagte: »Ich werde nie verstehen, was die Leute daran finden. Ein langweiliger Sport. Immer so im Kreis herum.«

»Das kann man nur verstehen, wenn man auf einem Pferd sitzt. Gisela war es heute bestimmt nicht langweilig. Sieh nur, wie sie schwitzt. Und deine Tochter ist selig, das kannst du ihr deutlich ansehen.«

Zum Schluß machten sie noch ein paar Runden Galopp, dann gingen sie Schritt.

»Regnet es eigentlich?« fragte Gisela.

Ich blickte über die Schulter ins Freie.

»Nö. Es ist trüb, aber es regnet nicht.«

»Gut. Dann gehen wir noch eine halbe Stunde hinaus. Was meinst du, Doris?«

»Au ja, das wäre prima.«

»Erkältet euch nicht«, warnte Bert.

»Erkälten! Auf dem Pferd!« Gisela gab ihm einen verächtlichen Blick. »Ich zieh die Jacke über, sie hängt da an dem Nagel neben der Tür. Und dann nehmen wir den Weg ins Tal, da können sie noch ein Stück ordentlich traben, das wird dann wohl langen für heute.«

Mit leuchtenden Augen und roten Backen kamen sie zurück, nach fast einer Stunde, und ich erkannte wieder einmal, was für eine gute Therapie das Reiten ist gegen jedwede seelische Belastung. Ich bekam selbst auf einmal große Lust, wieder zu reiten. Schade, daß ich den Gero nicht mitnehmen konnte.

Das Mittagessen verlief ganz normal, Gisela und Doris, wie alle Reiter nach befriedigten Ritten, erzählten jede Kleinigkeit, die sie erlebt hatten, die Elster, die neben ihnen im Busch aufgeflogen war und sogar die brave Juscha erschreckt hatte, so daß sie einen kleinen Satz zur Seite machte, die Rehe, die am Waldrand standen und ihnen ruhig nachsahen, denn vor Pferden haben Rehe keine Angst, und schließlich hatten sie den Förster mit seinem Hund getroffen, waren bei ihm stehengeblieben und hatten sich mit ihm unterhalten. Gero seinerseits hatte sich mit dem Hund unterhalten, der genauso aussah wie Till, was kein Wunder war, denn er war Tills Bruder. »Und Gero und Till lieben sich sehr«, erzählte Doris eifrig. »Wir haben ihn oft mitgenommen, wenn wir ausgeritten sind, Cora und ich.«

Coras Name kam ihr ganz leicht über die Lippen, sie erschrak auch nicht, als sie ihn ausgesprochen hatte. Sie aß mit gutem Appetit, nicht so lustlos wie am Abend zuvor. Juscha hatte dazu geholfen, daß Cora für Doris nun wirklich begraben war.

Nach dem Essen, wir hatten uns etwas abseits gesetzt, erzählte mir Gisela, daß der Förster verlegen gewesen sei.

»Der Hartwig, hat er gesagt, nein, das ist mir ganz unbegreiflich, daß der Hartwig so etwas tut.«

Die beiden kannten sich gut, hatten sich oft im Wald getroffen, über das Wild gesprochen, über die Pflege des Waldes. Es war natürlich nicht mehr der Förster aus der Nachkriegszeit, der Paul beim Wildern erwischt hatte.

»Die Leute im Dorf«, erzählte Gisela weiter, »seien auch ganz unglücklich, hat er gesagt. Der Paul ist sehr beliebt, das habe ich wieder mal gehört. Und daß er nun für den Rest seines Lebens eingesperrt werden soll, will den Leuten nicht in den Kopf.«

Ich war nahe daran, ihr von dem nächtlichen Gespräch mit Felix zu erzählen. Aber was sollte das? Sie war in meinen Augen nun ganz und gar entlastet, und sie wußte schließlich selber, daß sie keinen Mord begangen hatte. Felix, der zweifellos nicht mehr ganz richtig im Kopf war, hatte den armen Paul zu dieser Tat angestiftet. Und Rosine hatte das stillschweigend mitgemacht. Alles wegen dieses Kindes in Elsas Bauch, das sowieso ein Monster sein würde, wie ich von Anfang an vermutet hatte.

»Dieses verdammte Kind!« sagte ich.

»Was meinst du?« fragte Gisela.

»Jetzt nicht. Ich komme morgen bei euch vorbei, ehe ich nach München fahre, und da werde ich dir was erzählen. Erst muß ich hören, was der Kommissar von mir will.«

»Ach ja, richtig, du Ärmste, du mußt das ja heute abend über dich ergehen lassen.«

Ich dachte, daß es besser sein würde, als hier vor dem Kamin zu sitzen mit Felix und Elsa und dem Kind in ihrem Bauch. Das sagte ich zu Gisela, und als sie mich erstaunt ansah, sagte ich noch: »Außerdem gefällt er mir.«

»Der Kommissar?«

»Ja.«

»Ein gutaussehender Mann, das stimmt. Und so gute Manieren, nicht? Das erwartet man von so einem Menschen gar nicht.«

»Er hat einen Hund. Der heißt Emilio. Er hat ihn sich aus Italien mitgebracht.«

»Aha«, machte Gisela und schien amüsiert. »Hast du dich in den Kommissar verliebt?«

»Das würde mir bei dem nicht schwerfallen.«

Gisela lachte, und dann kam Bert und sagte, wir sollten in die Halle kommen, Rosine serviere den Kaffee. Noch einmal kam das Gespräch auf die Pferde, und Gisela war bereits zu einem Entschluß gekommen, gescheit wie sie war.

»Also jetzt kommt der Sommer«, sagte sie. »Ich stelle mir das so vor, daß wir beide, Doris und ich, drei- oder viermal in der Woche heraufkommen und reiten. Nicht, Doris?«

»Au ja, Mami! Ach, das ... das ist ...« Vor Begeisterung versagte ihr die Stimme.

»Mir tut das auch ganz gut«, sagte Gisela. »Hat mir heute richtig Spaß gemacht. Gehe ich halt etwas seltener zum Golfen. Und an den anderen Tagen gehen die Pferde auf die Koppel, und das könntest du eigentlich übernehmen, Felix.«

»Ich?« fragte Felix erstaunt.

»Warum nicht? Wenn du sowieso hier bist, kannst du doch die beiden Pferde morgens auf die Koppel bringen und abends wieder hereinholen. Und dazwischen mal den Striegel in die Hand nehmen. Irgend etwas kannst du schließlich tun.«

»Da oben hin?« fragte er, und seine Stimme klang schrill.

»Muß ja nicht die obere Koppel sein. Es gibt doch noch eine ziemlich große Koppel da östlich hinter dem Wäldchen.«

»Da ist der Zaun kaputt«, mischte sich Rosine ein, die Kaffee eingoß.

»Na, da wird der Zaun eben gerichtet.«

»Paul hatte vor, ihn in nächster Zeit auszubessern«, sagte Rosine ruhig. »Aber bis er wieder hier ist, wird es wohl zu lange dauern. Ich kenne einen im Dorf, der macht das.«

Es war seltsam, wie Rosine redete. Sie schien fest davon überzeugt, daß Paul in nicht zu ferner Zukunft wieder dasein würde. Auch Bert sah sie nachdenklich an, sagte aber nichts.

»Also schön, soweit wäre das klar«, fuhr Gisela fort.

»Morgen ist Irene noch da, da kann sie die Pferde nach der oberen Koppel bringen.« Und als sie meinen entsetzten Blick sah: »Also bitte, irgendwie müßt ihr wieder normal werden. Und das ist eine ganz normale Koppel, nur gerade daß der Weg ein bißchen weiter ist. Du bringst sie früh hinauf, Irene, vorausgesetzt, es regnet nicht, und holst sie runter, ehe du wegfährst. Montag nach der Schule kommen wir dann zum Reiten, Doris und ich, und so in etwa machen wir das weiter. Ich werde Felix schon beibringen, was er zu tun hat.« Das war wieder Gisela, wie ich sie kannte. »Nehmen wir halt inzwischen die kleine Koppel hinter dem Stall, inzwischen wird der Zaun auf der großen ausgebessert. Alles klar?«

Wir nickten stumm, und Bert sah seine Frau liebevoll an. Ich begriff, daß es für einen Mann ganz angenehm sein mußte, eine Frau zu haben, die Anordnungen treffen konnte und Ordnung in ihre Umwelt brachte. Vorausgesetzt, der Mann war so selbstbewußt und klug wie Bert.

»Ich werde die Pferde füttern und tränken«, sagte Rosine.

Gefüttert hatten wir sie an diesem Tag schon, und ehe die Kellers heimfuhren, gingen wir noch in den Stall und stellten Gero und Juscha einen Eimer mit Wasser in die Box. Eine Selbsttränke hatten wir in unserem Stall nicht.

»Vater wollte sie immer anlegen lassen«, sagte Gisela.

»Aber Paul hat gesagt, das sei nicht nötig. Zwei Pferde zu tränken, sei ja schließlich keine Arbeit.«

Dann wurde es still im Haus. Ich ging hinauf, legte mich hin und versuchte zu schlafen, was mir natürlich nicht gelang. Bis jetzt hatte ich Ablenkung gehabt, aber nun kam alles wieder. Das nächtliche Gespräch mit Felix. Die Verabredung mit Kommissar Graf.

Sollte ich ihm das erzählen? Wörtlich genau? Möglicherweise war gar nicht Felix der Anstifter gewesen, sondern seine doofe Elsa. Obwohl ich ihr das kaum zutraute. Aber Frauen, die ein Kind erwarten, kamen manchmal auf komische Ideen. Überhaupt so ein ausgeflippter Typ wie diese Elsa. Wußte ich denn, was in der ihrem Kopf vorging? Vielleicht sah sie sich hier als zukünftige Schloßherrin, und Cora war ihr im Weg gewesen. Beziehungsweise, wenn das Schloß verkauft wurde, konnte es auch keine Schloßherrin geben. Wohin sollte sie mit Felix und dem Kind? In die kleine Wohnung in Frankfurt oder sonstwo? Viel Geld bekamen sie aus wohlerwogenen Gründen von Jochen nicht. Allerdings würde nun für Felix auch wieder ein neuer Anteil an dem Erbe fällig werden. Möglicherweise hatte Elsa auch das bedacht. Was wußte ich denn von ihr? Vielleicht war sie hinter ihrem verschlafenen Äußeren gerissener, als ich dachte. Sie hatte den Plan gehabt, hatte ihn Felix schmackhaft gemacht, und der hatte ihn Paul eingeredet.

Ich merkte, daß ich einen Weg suchte, um meinen Bruder zu entlasten.

Und dann mußte ich an den Morgen denken, an den Freitagmorgen vor einer Woche, als wir beim Frühstück saßen, und Paul hereingestürzt kam, ganz entsetzt, und wie er stammelte: da oben, bei der oberen Koppel ...

War es möglich, daß Paul sich so verstellen konnte?

Ich stand wieder auf, mittlerweile war es fünf, in zwei Stunden würde er kommen, und was um Himmels willen sollte ich ihm sagen? Was würde er fragen? Was beschäftigte ihn so sehr, daß er mich treffen wollte?

Keine lästigen Fragen?

Das kann ich nicht versprechen.

Ich ging hinunter, vor die Tür, und wieder hinauf. Es regnete wieder. Und ich konnte nicht schließlich noch einmal mit Till draußen herumlaufen.

Und dann auf einmal kam mir der Gedanke: was ziehe ich eigentlich an?

Ein hübsches kleines Restaurant, in dem Sie gut zu essen bekommen.

Ich hatte kein Gepäck dabei. Die Hose, die Bluse, der Blazer, so saß ich im Wagen. Das dunkelgraue Kostüm, das ich bei der Beerdigung getragen hatte.

Ich zog es an und stellte mich vor den Spiegel in meinem Zimmer, der ein ganz gewöhnlicher Spiegel war. Aber immerhin sagte er mir, daß das Kostüm altmodisch und nicht sehr kleidsam war.

Ich hatte es ewig nicht mehr angehabt, aber für die Beerdigung mochte es gut genug gewesen sein. Abgesehen davon, daß er mich darin gesehen hatte, eben auf dem

Friedhof, gefiel ich mir nicht darin, und ihm sicher auch nicht. Aber was blieb mir anderes übrig, ich mußte den blöden Fetzen anziehen.

Also mußte wenigstens der Kopf etwas hergeben. Ich beschloß, mir die Haare zu waschen, dazu brauchte ich einen Fön. Cora hatte sicher einen.

Der Mensch ist ein wahnsinniges Wesen. Eine Frau sowieso. Minuten später stand ich ohne jede Hemmung in Coras Ankleidezimmer, dann in ihrem Bad. Ich fand den Fön, ich fand ein Duschgel, alles von der feinsten Sorte, und ich benützte alles.

Dann machte ich mich sorgfältig zurecht, da war es bereits dreiviertel sieben, ich zog das graue Kostüm an, zog es wieder aus, mein Gesicht war gut, mein Haar auch, das Kostüm jedoch unmöglich. Lieber noch die Hosen und den Blazer. Ich inspizierte die Bluse. Ganz frisch war sie nicht mehr. Wieso war ich nicht auf die Idee gekommen, mir eine zweite Bluse mitzunehmen? Aber Cora ...

In Coras Schränken hingen Dutzende von Blusen. Ich entsetzte mich über mich selbst, zog die Hand zurück.

Irene, schämst du dich nicht?

Und dann glitten meine Finger durch ihre Kleider, seidig, duftend, verführerisch. Ich war wie verhext.

Ich zog eines heraus, es war schwarz und schmal geschnitten, über der einen Schulter war der Stoff rot, die Seide hatte das Muster einer langgezogenen Blüte. Ich stieg in das Kleid, zog den Reißverschluß zu, es paßte wie angegossen. Es war todschick.

Irene, schämst du dich nicht? Du bist so was von geschmacklos. Ja, ich gebe es zu.

Ich zog das Kleid wieder aus, nicht ohne die Befriedigung zu verspüren, daß ich eine Mannequinfigur besaß.

Außerdem nützte das Kleid allein auch nichts, ich brauchte schwarze Pumps dazu.

Der Schuhschrank stand in dem kleinen Vorraum ihrer beiden Zimmer, und es befanden sich mindestens hundert Paar Schuhe darin. Schwarze Pumps in mehrfacher Ausführung, und sie paßten mir ebenfalls.

Der Teufel soll dich holen, Irene. Du bist geschmacklos, widerlich, du plünderst eine Tote aus, jetzt nimm sofort das graue Kostüm und verschwinde.

Ich zog das schwarze Kleid mit den roten Blüten auf der Schulter wieder an, behielt die Pumps an den Füßen, tupfte mir Coras Parfüm hinter die Ohren und rannte wie gejagt aus dem Zimmer. Wenn mich einer sah!

Es war sieben Uhr. Aus dem Fenster in meinem Zimmer sah ich den BMW heranrollen. Höchste Zeit, daß ich mich umzog. Das graue Kostüm ...

Ich stand wie festgenagelt, sah, wie der Wagen hielt, wie er ausstieg, wie Emilio hinter ihm aus dem Wagen hopste, dann gingen beide ins Haus, die Tür war wie immer unverschlossen.

Doch dann, schon auf dem langen Gang des Obergeschosses, hörte ich Rosines Stimme, die den Kommissar ruhig in die Halle bat, sie würde mir gleich Bescheid sagen, daß er da sei.

Rosine kannte das Kleid bestimmt. Ich kehrte um, rannte zum Ende des Ganges, die Hintertreppe hinab, und zu einer der Seitentüren hinaus ins Freie, um die Ecke, wo mein Wagen stand. Darin hatte ich immer einen alten zerknautschten Regenmantel liegen.

Den zog ich raus, zog ihn über, zurrte den Gürtel fest und kehrte gemessenen Schrittes ins Haus zurück.

Der Kommissar war allein in der Halle, das heißt nicht allein, Till und Emilio waren bei ihm und freuten sich über das Wiedersehen.

»Oh«, sagte ich, »Emilio begleitet uns.«

»Ja, er geht sehr gern in Restaurants. Guten Abend, Irene.« Irene sagte er. Einfach so.

Er beugte sich über meine Hand und küßte sie, auch sie duftete nach Coras Parfüm.

Er sah mich genau an, ich war gut geschminkt, mein Haar war duftig und weich, er nickte und lächelte.

»Sie sind schon fertig, wie ich sehe. Dann fahren wir.«

»Wenn Sie sonst niemand hier sprechen wollen ...«

»Nein, will ich nicht. Nur Sie.«

Wie er das sagt! Nur Sie. Und wie er mich ansieht.

Wie gut, daß ich das elegante Kleid anhabe. Cora, verzeih mir. Und ich danke dir. Aber verzeih mir bitte. Ich werde das nie im Leben einem Menschen erzählen. Und ich werde mich für den Rest meines Lebens dafür schämen, daß ich dein Kleid angezogen habe. Aber gerade jetzt bin ich sehr froh darüber, daß ich es anhabe.

Außerdienstlich

Irene war befangen, als sie im Auto saß. Teils wegen des Mannes, teils wegen des Kleides. Und dann die Szene der vergangenen Nacht! Konnte sie ihm das erzählen? Niemals. Auch Anstiftung zu einem Mord wurde bestraft. Und letztlich würde es nicht viel helfen, um Paul zu entlasten.

Sie rettete sich zu den Pferden. Was sie gestern bei Gisela und Bert gesprochen hatten, wie verstört das Kind Doris am Tisch saß, und wie das nun an diesem Tag gemacht worden war. Sie erzählte es langschweifig in allen Einzelheiten, es lenkte sie ab und brachte sie zu sich selbst zurück.

Sie erfuhr, daß er auch reiten konnte. Auf dem Gut eines Onkels in Holstein hatte er es schon als Kind gelernt, und heute noch, wenn er dort einen Urlaub verbrachte, ritt er jeden Tag.

»Und ich verbringe meinen Urlaub am liebsten dort. Ich liebe die Landschaft, ihre Harmonie und Heiterkeit. Das begreifen viele Leute nicht. Aber ich empfinde Ostholstein in der Ausgewogenheit seiner Landschaft, mit den Wäldern, den vielen Seen und dem fruchtbaren Boden als heiter, ich kann mir nicht helfen. Es ist eine stille Heiterkeit, die der Seele wohltut.«

Irene bekannte, daß sie zwar schon auf Sylt gewesen sei, doch noch nie im Land Ostholstein.

»Sie werden es kennenlernen«, sagte er ganz gelassen.

Und die kesse Frage: »Wollen Sie es mir zeigen?« kam ihr nicht über die Lippen, nicht bei diesem Mann.

»Ich habe viel von der Welt gesehen«, sagte er, »jedenfalls das meiste, was mich interessiert. Das habe ich gleich nach der Schule erledigt, da bin ich durch die Kontinente getrampt, nicht als Tourist, sondern auf sehr abenteuerliche Weise. Ich mußte jobben, um durchzukommen, ich habe wilde Sachen erlebt, aber es hat meine Neugier befriedigt, ich muß heute keine Charterreisen zu überfüllten Stränden machen. Das einzige Mal war vor zwei Jahren, da fuhr ich durch die Toscana, die ich noch nicht kannte, und landete dann auf Ischia. Und das hatte wiederum sein Gutes, denn dort lernte ich Emilio kennen und nahm ihn mit nach Deutschland. Nicht, du kleiner Schwarzer? Das war auch gut für dich und für mich.«

»Si, Signore«, sagte Emilio unhörbar.

»Wie war das mit Emilio?« wollte Irene wissen, und so unterhielt sie die Hundegeschichte nach den Pferdegeschichten, bis sie nach Frankfurt kamen.

Es nahm ihnen beiden jede Befangenheit, es war wirklich so, als hätten sich zwei Menschen, eine Frau und ein Mann, die sich gefielen, zu einem gemeinsamen Abend verabredet.

Das Restaurant hieß ›Le Midi‹, es lag im Westend, es war klein, ging rechtwinklig um die Ecke und hatte hübsche gemütliche Nischen.

Der Kommissar schien hier bekannt zu sein, er wurde empfangen wie ein Stammgast, man sprach ihn mit Herr

Doktor an, worüber sich Irene wunderte. Wußten die hier gar nicht, wer er war?

Er bemerkte ihren verwunderten Blick und sagte leichthin: »Ich war zweimal mit meinem Bruder hier, da wurde der Tisch für Dr. Graf bestellt«, und dann schämte er sich für die alberne Lüge, aber er hatte ihr schon viel von sich erzählt, alles auf einmal ging nun wirklich nicht.

Er sagte schnell: »Was für ein hübsches Kleid!« Denn man hatte ihr inzwischen den Mantel abgenommen, und nun war es an ihr, sich zu schämen.

Nein, so einfach war es für beide nicht, unbefangen zu sein. Da half zunächst einmal Emilio, der ebenfalls ein Stammgast war, und vom Kellner und dem Chef des Hauses freundlich begrüßt wurde, zugleich mit der Ankündigung, daß man ihm demnächst servieren werde.

Dann half die Beschäftigung mit der Speisekarte. Als Aperitiv tranken sie ein Glas Champagner, und Irene sagte, das wäre ihr das liebste, in München hielten sie es auch immer so.

»Gehen Sie viel aus in München?«

»In München gehen alle Leute viel aus. Es gibt unendlich viele Lokale, vom Nobelrestaurant bis zur kleinen Kneipe an der Ecke, und sie gehen alle gut. Ja, ich gehe oft aus. Seit ich geschieden bin, fühle ich mich abends manchmal einsam. Ich habe leider keinen Emilio. Kein Pferd, keinen Hund, das ist kein Zustand. Ich werde das ändern, gerade im Moment habe ich mir das vorgenommen. Warum soll ich keinen Hund haben? Er brauchte nicht einmal allein zu bleiben, er könnte bei mir im Geschäft sein, da würde er sich bestimmt wohl fühlen. Ich wohne nicht weit entfernt von meinem Laden, in Schwabing, ich brauche Gott sei Dank in der Stadt kein Auto. Das ist sehr angenehm.«

»Kein Pferd, kein Hund«, wiederholte er, »abends manchmal einsam. Also auch keinen Mann.«

»Ich habe eine ganze Menge Bekannte, auch ein paar gute Freunde; meine Freundin Linda, mit der ich sehr gut stehe, und ihr Mann, gehören dazu. Ja und sonst? Nein, so einen Mann, wie Sie meinen, habe ich derzeit nicht.«

Er lachte: »Es beruhigt mich, daß Sie derzeit sagen.«

»Nach meiner Scheidung gab es mal eine kurze Affäre. Es war blödsinnigerweise ein Freund meines Mannes. Er mochte mich ganz gern, wir hatten schon immer einen kleinen Flirt miteinander, und dann natürlich sah er sich veranlaßt, mich zu trösten. Trostbedürftig war ich, das stimmte. Aber er war in vieler Beziehung meinem geschiedenen Mann sehr ähnlich, und ich hielt nicht viel davon, vom Regen in die Traufe zu kommen. Es liegt mir nicht, leichtherzig die Männer zu wechseln. Wenn ich einen habe, dann meine ich es ernst, und wie gesagt, eine neue Auflage des eben Erlebten wünschte ich mir nicht.«

»Wie war dieser Mann, wenn Sie sagen, er war Ihrem geschiedenen Mann sehr ähnlich.«

»Unseriös. Sehr charmant, aber unseriös.«

Er betrachtete sie über den Tisch, sie blickten sich eine Weile in die Augen, und sie wußten beide, daß es mehr war als ein Flirt. Das Präludium Flirt hatten sie übersprungen, das lag an der Art ihrer Bekanntschaft.

Mit der Wahl des Menüs waren sie schnell fertig. Es war Spargelzeit, und sie wählten beide Kalbsfilet mit Spargel, als Vorspeise nahmen sie gebratene Wachtel auf Frühlingssalat. Dazwischen empfahl man ihnen noch ein Kressesüppchen, Irene zögerte, aber Graf sagte: »Die Süppchen in diesem Haus sind von der Art, daß man sie unbesorgt um die Linie essen kann. Ein paar Löffel nur, aber die sollte man nicht auslassen.«

Irene nickte, sah ihm dann zu, wie er die Weinkarte studierte. Sie legte die Hand an den Hals, sie spürte ihr Herz dort klopfen.

Es ist wohl das Idiotischste, was mir passieren konnte, dachte sie. Ich habe mich in einen Mann verliebt, der bei der Kriminalpolizei ist und einen Mord untersucht, der in meiner Familie stattgefunden hat. So etwas kann doch nur mir passieren. Es ist ein Verhängnis mit mir und den Männern.

Er sah auf, begegnete wieder ihrem Blick, der deutlich Verwirrung spiegelte.

»Ja?« fragte er. Es klang zärtlich.

Sie hob das Glas und nahm den letzten Schluck Champagner.

»Ich würde gern wissen, was Sie eben gedacht haben«, sagte er.

»Das werden Sie nie erfahren.«

Er lächelte. »Das glaube ich nicht. Sie werden es mir sehr bald sagen.«

Er kennt meine Gedanken und Gefühle sehr genau, dachte sie. Sie nahm die Schultern zurück, ihre Stimme war kühl, als sie sagte: »Es ist Ihr Beruf, anderen Leuten ihre Geheimnisse zu entreißen, wie?«

»Es ist ein Teil meines Berufes, ja. Aber Sie sind für mich nicht andere Leute. Welchen Wein mögen Sie? Einen Elsässer? Einen Loire-Wein? Burgunder? Sie haben hier einen sehr schönen Meursault. Oder lieber einen Pfälzer?«

»Zum Spargel sehr gern einen Loire-Wein«, sagte sie, bereit nun, den Kampf aufzunehmen.

Den Kampf, was für einen Kampf?

Den Kampf um ihre Selbstbehauptung. Sich nicht zu verlieren an einen Mann, den sie vermutlich heute zum letztenmal sah. Und bis jetzt blieb immer noch die Frage offen, warum er sie eingeladen hatte. Was er eigentlich von ihr wissen wollte. Am besten war es, auf irgendeinem Weg zur Sache zu kommen.

»Man kennt Sie gut in diesem Restaurant hier, wie ich gesehen habe. Weiß man eigentlich, wer Sie sind?«

»Nein. Das weiß man nicht. Und das ist auch nicht nötig. Meine Arbeit ist eine Sache, mein Privatleben eine andere.«

Das war ein gutes Stichwort. »Und wenn Sie nun mit mir hier sitzen, ist das Arbeit oder Privatleben?«

Er war so ehrlich, daß ihre Gegenwehr zerbrach.

»Beides, würde ich sagen.«

»Kommt es öfter vor, daß Sie mit einer des Mordes Verdächtigen zu Abend essen?«

»Versuchen Sie nicht, aggressiv zu sein, Irene. Über diese Phase sind wir hinaus.«

Wie meinte er das denn nun wieder? Sie schwieg hilflos. Während er mit dem Ober über den Wein verhandelte, sah sie ihn an. Sein Gesicht war ihr schon so vertraut, die Haltung des Kopfes, die gepflegten, ausdrucksvollen Hände. Was war das nur für ein Mann? Wenn sie morgen abend wieder in München war, würde sie an ihn denken. Und natürlich würde sie ihn wiedersehen, daran zweifelte sie nicht. Wenn nicht außerdienstlich, dann dienstlich.

Sie dachte das wörtlich so. Was für eine absurde Situation!

Nichts war klar, nichts war erledigt und abgetan, schon gar nicht Cora Ravinski, auch wenn sie nun begraben war. Die Wahrheit, die volle Wahrheit, sie kannte sie immer noch nicht. Nur ein ganz merkwürdiges Gefühl bewegte sie, überwältigte sie geradezu: Mitleid mit Cora. Und gleichzeitig Empörung über die feige Tat, die ihr Leben beendet hatte. Ich muß es wissen, dachte Irene. Ich muß es einfach wissen, wie es wirklich war.

Sie bemerkte, daß er sie ansah.

»Sie hatten gerade einen sehr finsteren Ausdruck im Gesicht. »Warum?«

»Oh, bitte nicht. Sprechen wir nicht davon. Lassen Sie uns noch ein wenig so tun, als wäre es Ihr Privatleben, wenn wir hier sitzen.«

»Aber es ist mein Privatleben. Denken Sie, ich will mir den Spaß am Essen verderben? Ich esse gern. Und gern gut. Das ist bei uns Familientradition.«

Sie griff bereitwillig das Stichwort auf. »Ach ja, das Gut in Ostholstein.«

»Das gehört meinem Onkel. Ich bin in Hamburg aufgewachsen. In einem schönen alten Haus an der Elbchaussee. Wenn Ihnen das etwas sagt.«

»Doch, das tut es. Da wohnen die feinsten der feinen Hanseaten.«

»Ich gehöre nur halb dazu. Meine Mutter ist Schwedin.«

»Das ist eine gute Mischung.«

»Das habe ich auch immer so empfunden.«

Emilio lag sehr artig unter dem Tisch, doch so, daß seine Schnauze vorn herausgeschoben war und seinem Blick nichts entging. Sein Hinterteil lag auf Irenes Füßen. Er schien sich wohl zu fühlen. Er war auch der erste, der etwas serviert bekam. Ein Schüsselchen mit einigen Stücken Filet für ihn kam noch vor den Wachteln.

Sigurd Graf erzählte von seinen Eltern, seinen Geschwistern, und den drei Polen, zwischen denen sich seine Jugend abgespielt hatte: Hamburg, Stockholm und das Gut in Holstein.

Irene sagte: »Seltsam, daß Sie nun in Frankfurt sind und das tun ... ich meine, daß Sie das geworden sind.« Sie drückte sich unbeholfen aus, aber er verstand sie genau.

»Daß ich bei der Kripo bin, meinen Sie. Sie sprechen meinem Vater aus der Seele. Aber viele von uns haben ihre Väter irgendwann geärgert. Sie ja auch.«

»O ja.«

»So ist das nun mal. Und ich tue meine Arbeit gern. Ich halte sie sogar für wichtig. Eines Tages, wenn ich genug Material habe, werde ich ein Buch schreiben über den Ursprung des Verbrechens und die Psyche des kriminell gewordenen Menschen. Es gibt so wenig Motive und dennoch so viele Variationen des Verbrechens, speziell des Mordes. Und immer wieder beschäftigt mich die Frage, wo die Schuld liegt, die Ursache, wenn ein Mensch zum Verbrecher wird.«

»Bei der Gesellschaft, wie man heute sagt.«

»Manchmal schon. Doch durchaus nicht immer. Sehr oft muß man die Kindheit und die Jugend eines Menschen kennen, um zu verstehen, versuchen zu verstehen, wie er geworden ist. Elsa ist ein gutes Beispiel dafür.«

Der Spargel war ausgezeichnet gewesen, der Sancerre fast ausgetrunken.

»Was ist mit Elsa?« fragte Irene.

»Sie wissen jetzt eine Menge von meinem Leben, von meiner Jugend. Und ich weiß eine ganze Menge von Ihrem Leben. Und von Ihrer Jugend ebenfalls. Aber was wissen Sie über Elsa?«

»Nichts. So gut wie nichts. Ich habe sie zum erstenmal gesehen bei der Beerdigung meines Vaters. Felix hatte sie mitgebracht, wohl um zu dokumentieren, daß sie zu ihm gehörte. Obwohl mein Vater gegen diese Verbindung war. Felix hat sie ja auch erst nach Vaters Tod geheiratet, doch er kannte sie wohl schon länger. Ich weiß nur, daß sie süchtig ist oder war, und ich vermute, daß Felix durch sie an die Drogen gekommen ist.«

»Was gab es sonst noch für Frauen im Leben Ihres Bruders?«

»Ich weiß von keiner. Nach dem Tod meiner Mutter, er war damals ein Junge mit dreizehn, fühlten wir Schwestern uns für ihn verantwortlich. Zumal das Verhältnis zwischen meinem Vater und Felix immer schlechter wurde. Er versagte in der Schule, ohne dumm zu sein. Er las sehr viel, er hat sich seine Bildung selbst besorgt. Und sehr bald schon wollte er Schriftsteller werden. Mein Vater fand das unsinnig, wenn ein so junger Mensch ohne Erfahrung, ohne Kenntnis des Lebens solche Pläne hatte. Mein Vater war ein Mann der Tat, der Leistung, und des Erfolges. Das alles war mein Bruder nicht, und vor allen Dingen, er wollte es nicht sein. Es fehlte ihm jeder Ehrgeiz. Mit achtzehn ging er nach Frankfurt. Gisela erzählte mir, er habe dort in so einer Art Kommune gelebt, das war ja eine Zeitlang große Mode. Sie hat ihn eigenhändig dort herausgeholt, und Vater schickte ihn nach London.«

»Was hat er dort gemacht?«

»Er bekam ausreichend Geld, er sollte sich im Land umsehen und Englisch lernen. Vater hatte da Bekannte, die ihn aufnahmen, aber er kam zurück und alles war wie zuvor. Irgendwann muß er dann Elsa kennengelernt haben. Was er vorher mit Frauen erlebt hat, ob überhaupt etwas, das weiß ich nicht.«

»Er kennt Elsa schon sehr lange. Er kannte sie, ehe er nach London ging. Möglicherweise ist sie die einzige Frau, die ihm etwas bedeutet hat.«

»Sie wissen, daß er sie schon vor dem Aufenthalt in London kannte?«

Graf nickte. »Es muß von Anfang an eine sehr enge Bindung gewesen sein. Für Elsa war es die Rettung, ehe sie ganz verlorenging. Sie wissen nichts über Elsas Leben?«

Irene schüttelte den Kopf.

»Sie ist die Tochter eines Schießbudenbesitzers.«

»Eines Schießbuden ...« Irene starrte Graf fassungslos an. »Das gibt es ja nicht. Aber dann ...«

»Sehr richtig. Schießen kann sie vermutlich. Ob gut oder schlecht, bleibt dahingestellt. Jedenfalls hat sie auf einen Menschen geschossen. Auf ihre Stiefmutter. Sie hat die Frau zwar nicht getötet, aber schwer verletzt.«

Er erzählte ihr, was er von seinem Kollegen erfahren hatte.

»Aber das ist ja furchtbar«, sagte Irene erschüttert.

»Das ist ja ein ganz neuer Gesichtspunkt. Sie wissen das? Seit wann?«

»Ich weiß es seit Montag. Also nachdem Hartwig sein Geständnis abgelegt hatte. Ich habe noch versucht, einiges zu ermitteln, doch die Auskünfte meines Kollegen waren präzise. Seit sie mit Ihrem Bruder zusammenlebte, erst recht, nachdem sie ihn geheiratet hatte, ist sie niemals mehr aufgefallen. In der Szene hat sie keiner mehr gesehen. Ich habe mich auch in dem Sanatorium erkundigt, wo die beiden zuletzt behandelt wurden. Sie waren zur Nachuntersuchung dort, und es heißt, Elsa ist los von den Drogen. Jedenfalls bis jetzt. Das bestätigt auch der Arzt, bei dem sie und Ihr Bruder in Behandlung sind. Das bestätigt auch der Gynäkologe, der ihre Schwangerschaft betreut.«

»Aber sie kann trotzdem Cora erschossen haben.«

»Es wäre möglich.«

»Warum lassen Sie Paul dann nicht frei?«

»Aus welchem Grund? Er hat den Mord gestanden.«

»Er hat gelogen.«

»Kann sein.«

»Und wenn er nicht gelogen hat, dann ist er zu diesem Mord angestiftet worden.«

»Von wem?«

»Mein Gott!« Irene schloß die Augen. »Da gibt es eigentlich nur zwei ... nur zwei, die dafür in Frage kommen.«

»Ich glaube, ziemlich genau zu wissen, was sich abgespielt hat. Und Sie wissen es nun auch. Es fehlt nur noch ein Mosaikstein, um das Puzzle zu vollenden.«

»Die Wahrheit. Das ist es, was fehlt. Ich habe das gestern schon zu Gisela gesagt. Und für mich ist das kein Spiel.«

»Entschuldigen Sie, das war ein dummer Ausdruck. Ein arbeitstechnischer gewissermaßen. Die Wahrheit, sagen Sie. Es gibt einige Leute, die sie kennen.«

»Paul. Und Rosine. Und Felix und Elsa. Dann hat es Paul doch getan, und sie haben ihn zu diesem Mord angestiftet. Aber so etwas ist doch auch strafbar.«

270

»Selbstverständlich. Nur müßte einer die Wahrheit bekennen. Aus Hartwig ist nichts herauszubekommen. Er bleibt bei dem, was er gesagt hat, erzählt ziemlich stumpfsinnig den Hergang der Tat, immer den gleichen Text, er verwickelt sich auch nicht in Widersprüche. Er macht das recht intelligent. Ich habe darauf verzichtet, seine Frau, die bestimmt weiß, wie es sich zugetragen hat, zu vernehmen. Ich habe auch Ihren Bruder und seine Frau die ganze Woche in Ruhe gelassen. Die Zeit kann manchmal ein sehr wertvoller Helfer sein. Zumindest Ihr Bruder ist nicht so nervenstark, daß er auf die Dauer schweigen kann.«

»Was werden Sie nun tun?«

»Ich muß gar nichts tun. Es liegt ein Geständnis vor, die weitere Ermittlung ist Sache des Untersuchungsrichters, später das Verfahren im Prozeß. Wenn sie bis dahin die Nerven behalten, was ich bezweifle, müssen sie zumindest dann unter Eid aussagen.«

»Auch Rosine.«

»Auch Rosine Hartwig, ja. Und Ihr Bruder. Und Elsa Ravinski.«

»Und wann wird das sein – ich meine, wann wird der Prozeß stattfinden?«

»Wohl erst nach den Gerichtsferien.«

»Der arme Paul! Eingesperrt. Und er war so gern im Wald. Und hat die Pferde so geliebt. Ich glaube einfach nicht, daß er geschossen hat.«

»Und wer dann?«

Gleich darauf tat es ihm leid, daß sie nun so unglücklich ihm gegenübersaß. Ihre Hände hatten sich zusammengekrampft, und er streckte die Hand aus und legte sie auf ihre Hände.

»Fahren Sie morgen nach München zurück?«

»Ja, das hatte ich vor. Aber kann ich denn ... ich kann sie doch nicht allein lassen.«

»Doch, fahren Sie, Irene. Sie würden sich aufregen, Sie würden vielleicht Fragen stellen, Sie würden immer wieder davon sprechen, das wäre nicht gut. Möglicherweise wäre es sogar gefährlich für Sie. Und darum müssen Sie mir versprechen, daß Sie alles, wovon wir heute abend gesprochen haben, für sich behalten. Versprechen Sie mir das?«

»Ja«, sagte Irene und starrte zur Tür. »Wissen Sie, wer soeben das Lokal betreten hat?«

»Herr Lorenz, nehme ich an.«

»Sie wußten, daß er kommt?«

»Ich hatte ihn telefonisch um eine Unterredung gebeten. Ich wollte ihn aufsuchen, ehe ich Sie abholte. Aber er sagte mir, daß er nach Frankfurt fahre. Und ich bat ihn, falls es ihm möglich sei, hier vorbeizukommen.«

Der Kommissar stand auf und wandte sich zur Tür. Irene fühlte Ärger in sich aufsteigen.

Privatleben! Alles war Theater, alles war eine Falle, alles war Lüge.

Kurt Lorenz schien nicht im geringsten verwundert zu sein, Irene in der Gesellschaft des Kommissars anzutreffen.

Er machte einen Diener und sagte, wie sehr es ihn freue, sie endlich wieder einmal zu sehen.

»Sie waren lange nicht in Grottenbrunn, Frau Domeck.«

»Nein, lange nicht.« Ihr fiel ein, daß sie ihn das letzte-mal bei der Beerdigung ihres Vaters gesehen hatte. Nein, das stimmte nicht, es war bei der Testamentseröffnung gewesen, denn Karl Ravinski hatte zwar seine Kinder auf das Pflichtteil gesetzt, jedoch für Lorenz eine gewisse Summe bestimmt, und das kleine Haus, in dem er nun so lange lebte und das ihnen in den Anfangsjahren als Zentrale der Fabrik gedient hatte, wurde Eigentum von Lorenz.

Lorenz hatte damals gesagt: »Ach, lieber Gott, wozu denn? Die paar Jahre, die ich noch lebe. Und Angehörige habe ich nicht.« Und hatte seinerseits ein Testament gemacht, daß das Häuschen an die Familie Ravinski zurück-fallen würde.

Jetzt stellte sich heraus, daß er zwar keine Angehörigen, aber doch Freunde besaß. Oder, wie er betonte, einen Freund, einen einzigen.

Nachdem er sich zu ihnen an den Tisch gesetzt hatte, sich umgesehen hatte, stellte er fest: »Das ist aber hübsch hier. Ich komme ja nie in ein Lokal.«

»Immerhin waren Sie heute in Frankfurt.«

»Ja, es tut mir leid, daß ich am Nachmittag nicht auf Sie warten konnte, aber es war gerade unser Tag, an dem wir uns treffen, Ewald und ich.«

»Was darf ich Ihnen bestellen?« fragte Graf.

»Danke, danke, ich habe ausgezeichnet gegessen Ewalds Frau ist eine hervorragende Köchin.«

»Vielleicht einen kleinen Nachtisch?«

»Ja, Herr Lorenz, etwas Süßes«, sagte Irene, die angesichts des vertrauten alten Gesichts mit der schiefen Nase ihren Ärger gegen den Kommissar bezwang. »Sie waren in unserer Kindheit ja die Quelle für Süßigkeiten. Sie hatten immer Schokolade in Ihrem Schreibtisch.«

»Stimmt, stimmt. Und das ist auch heute noch so.«

»Also, das ist ein Wort«, sagte Graf. »Wie war's mit einer Mousse au chocolat? Sie auch, Frau Domeck?«

»Danke, nein, für mich nicht.« Sie wich seinem Blick aus, er meinte freundlich: »Dann etwas anderes. Wir werden in die Karte schauen. Und dazu trinken Sie noch ein Glas Champagner. Sie auch, Herr Lorenz?«

»Nein, nein, danke für mich nicht. Mir bekommt so etwas nicht.«

»Ich möchte auch keinen Champagner«, sagte Irene, »ich nehme einen Espresso.«

Dann erzählte Herr Lorenz von Ewald, seinem Freund, seinem einzigen Freund.

»Wir waren zusammen im Lager, und wir haben es überlebt, das ist das Wunder dabei. Ewald stammt auch noch aus der guten alten Sozialdemokratie. Einmal im Monat treffen wir uns, immer am Samstag. Und seine Frau kocht etwas Gutes. Heute gab es Spargel.«

Graf nickte. »Und dann reden Sie über die alte Zeit?«

»Ach, nein, eigentlich nicht. Wir wollen am liebsten nicht mehr daran denken, geschweige denn, davon reden. Wir reden über die Zeit von heute, über Politik natürlich. Ich lese das ja nur in der Zeitung oder sehe es im Fernsehen, aber Ewald erlebt das alles hautnah mit.«

»Wie das?« fragte der Kommissar.

Lorenz kicherte. »Durch seinen Sohn. Der ist auch ein richtiger Sozialdemokrat, einer von der guten Sorte. Und seit der letzten Kommunalwahl ist er im Stadtrat. Ja. Er war sogar heute da, und wir haben natürlich von dem Fall gesprochen. Und auch von Ihnen, Herr Dr. Sigurd Graf.«

Lorenz blickte den Kommissar triumphierend an, und der machte nur: »Ach!«

Irene hörte mit Staunen zu und vergaß ihren Ärger nun vollends. Er schwindelte also auch, der Herr Kommissar.

»Der Friedrich kennt Sie. Dr. Friedrich Boldt, der Sohn vom Ewald. Er sagt, Sie kennen ihn auch.«

»So. Ja, kann sein.«

»Friedrich heißt er nach Ebert, dem ersten Reichspräsidenten der Republik. Nicht etwa nach einem deutschen Kaiser. Ja, ja, den Ebert, den verehren wir alle sehr.«

Bei den Anfangsjahren der Weimarer Republik hielt sich Herr Lorenz eine Weile auf, widmete sich dann seiner Mousse, die ganz vorzüglich sei, wie er mehrmals betonte.

»Und der Friedrich«, sagte Herr Lorenz schließlich, »unser Friedrich, wundert sich gar nicht, daß Sie mich zu einem Verhör in ein feines Restaurant bestellen. Er hat immer ungewöhnliche Methoden, dieser Graf, das wissen wir schon, hat er gesagt. Und darum wundere ich mich auch nicht, daß Sie Frau Domeck hier verhören.«

Diesmal war es an dem Kommissar, seinen Ärger herunterzuschlucken. War wohl keine gute Idee gewesen, Herrn Lorenz ins ›Le Midi‹ zu bitten.

»Es handelt sich um kein Verhör, Herr Lorenz. Weder was Sie, noch was Frau Domeck betrifft. Frau Domeck fährt morgen nach München zurück, und ich wollte sie vorher noch einmal sprechen, und zwar nicht in Grottenbrunn. Und Sie wollte ich auf dem Weg dorthin besuchen, auch nur, um mit Ihnen zu sprechen. Kein Verhör. Sie wissen, daß der Fall geklärt ist, Paul Hartwig hat den Mord gestanden.«

»Kaum zu glauben. Der Hartwig, so ein anständiger Mensch. Was würde Ihre Mutter dazu sagen, Irene?«

Er nannte sie auf einmal bei ihrem Vornamen, wie er es früher getan hatte, als sie ein Kind war und ein Stück Schokolade von ihm bekam.

Irene hob nur die Schultern, sie ersparte sich die Antwort.

»Aber er ist ein anständiger Mensch, der Hartwig. Er wollte wohl wieder Ordnung herstellen.«

»Ordnung?« fragte Graf. »Durch einen Mord?«

»Den Kindern zu ihrem Recht verhelfen. Und Grottenbrunn wieder zu Dorotheas Haus machen.«

»Wenn man bedenkt, was Sie alles durchgemacht haben, Herr Lorenz«, sagte der Kommissar, »kann man Ihre Ansichten höchst befremdlich finden.«

»Wieso?« fragte Lorenz unbeeindruckt. »Gerade weil ich viel durchgemacht habe, weiß ich, wie wichtig die Ordnung in unserer Welt ist. Und mit ihr liegt es sowieso im argen. Sehr im argen. Das werden Sie zugeben, Herr Dr. Graf.«

Der Kommissar ärgerte sich nun wirklich. Eine Schnapsidee, den Alten hierher zu bestellen. Er hatte neulich schon festgestellt, daß er ziemlich senil war. Und nun verdarb er den Abend mit Irene. Daß sie auf Distanz gegangen war, hatte er deutlich bemerkt.

Er trank seinen Espresso aus, hatte Lust auf einen Cognac, aber er würde ihn zu Hause trinken, er mußte fahren und durfte kein schlechtes Beispiel geben.

»Sie trinken noch einen Cognac, gnädige Frau?« fragte er, und Irene konstatierte amüsiert, daß er sie auf einmal mit gnädige Frau ansprach. Lorenz war ein Störenfried, und das geschah ihm ganz recht, daß er das empfand.

»Gern, Herr Doktor«, sagte sie liebenswürdig.

»Ich darf leider nicht, ich möchte Sie sicher nach Hause bringen.«

»Ich bin überzeugt, das würden Sie auch tun, wenn Sie einen Cognac getrunken hätten. Aber Grundsatz ist Grundsatz, ich werde dafür einen doppelten trinken.«

Nun sahen sie sich wieder an, er sah das ein wenig mokante Lächeln um ihren Mund, und sein Ärger verflog. Wichtigkeit! Da hatte etwas angefangen, und es würde weitergehen.

»Sie sind mit dem Wagen in der Stadt?« wandte er sich an Lorenz.

»Ich habe doch keinen. Nein, nein, dazu bin ich zu alt. Ich fahre immer mit dem Zug herein, ist ja nicht weit von Gelsen aus.«

»Dann fahren Sie aber heute mit mir, wenn ich Frau Domeck nach Hause bringe«, sagte er höflich.

»Wenn ich darf, gern. Sehr gern. Nun würde ich nur eins noch gern wissen, ich bin da etwas neugierig, ja, ist wahr, etwas neugierig bin ich schon. Warum wollten Sie mich sprechen heute?«

Genaugenommen wußte Graf das auch nicht mehr. Über Hartwig hatte er sprechen wollen, über die Familie, über alles, immer wieder und immer noch einmal. Ein Jäger, der unermüdlich seinem Wild nachstellt. Oder genau wie Irene zuvor gesagt hatte, einer, der um jeden Preis die Wahrheit wissen wollte. Die ganze Wahrheit.

Und da war immer noch irgendwo ein Loch.

»Ich wollte über Herrn Hartwig mit Ihnen sprechen«, sagte er ohne Umschweife. »Ob Sie es für möglich halten, daß er einen Mord begeht. Aber Sie haben mir ja die Antwort schon gegeben. Sie meinen, er hat mit einem Mord die Ordnung wiederhergestellt.«

»Nun, gar so kraß wollte ich es nicht ausdrücken. Ich habe nur versucht, mir vorzustellen, wie sich das ganze Geschehen, alles was sich in den vergangenen Jahren entwickelt hat, in einem primitiven Kopf widerspiegelt. Hartwig hängt an Grottenbrunn, er hängt an Felix. Er betete

Dorothea an. Er hat Karl Ravinskis zweite Ehe nicht gebilligt, keiner hat das getan. Er mag manchen Groll hinuntergeschluckt haben. Aber daß Grottenbrunn nun verkauft werden sollte, dieses unerwartete Ende, das auch für ihn und seine Frau ein Ende bedeutet hätte, hat ihm das Gewehr in die Hand gedrückt.«

Lorenz hatte zuletzt mit einem gewissen Pathos gesprochen, und Irene sah ihn mit Abneigung an. Und wieder empfand sie ein geradezu schwesterliches Mitgefühl mit Cora. Wie überheblich diese Männer waren! Wie selbstgerecht! Aber war sie anders gewesen?

Sie war ihr aus dem Weg gegangen, nun gut, das konnte sie halten, wie sie wollte. Paul und Rosine hatten seit Jahren in ihrer Nähe gelebt. Und plötzlich sollte Paul hingehen und diese Frau erschießen?

»Ich glaube es nicht«, sagte sie.

»Was, liebe Irene, glauben Sie nicht?« fragte Lorenz milde.

Sie sah, wie der Kommissar den Kopf schüttelte, also fügte sie hinzu: »Es kommt mir alles so unbegreiflich vor.«

»Gewiß, gewiß, wem nicht.«

Ihr Cognac kam, sie nahm einen kleinen Schluck, und dann sagte sie, betont, geradezu trotzig: »Mir tut Cora leid. Ich habe sie kaum gekannt. Aber ich beginne um ihren schrecklichen Tod zu trauern.«

Sie nahm eine Zigarette aus der Packung, die auf dem Tisch lag, Graf gab ihr Feuer, er strich danach leicht über ihre Hand, und sie las in seinem Blick, daß sie einander nahe waren.

»Nun, lassen wir es für heute«, sagte Graf ruhig. »Wir haben das Geständnis von Herrn Hartwig, und sein Motiv ist auch klar und begründet. Aber was wird nun aus Grottenbrunn? Es fehlt ein Mann im Haus, die Pferde müssen versorgt werden, im Wald gibt es Arbeit.«

»Ja, daran habe ich auch schon gedacht«, sagte Lorenz.

»Felix Ravinski ist wohl dazu nicht imstande, oder?«

»Kaum. Er ist ein Geistesmensch. Eine Künstlernatur«, sagte Lorenz, Bewunderung im Ton. »Er ist ganz und gar Dorotheas Sohn.«

»Meine Mutter war ein ordentlicher Mensch«, sagte Irene. »Ein Mensch, der gearbeitet hat, der für die anderen da war. Der die Menschen liebte.«

»Das tut Felix auch. Er hat sich mit seinem Vater nicht verstanden. Aber er liebt seine Frau, er liebt seine Schwestern, er liebt Rosa und Paul, und ein wenig mag er vielleicht auch mich. Er hat mich in letzter Zeit oft besucht.«

»Ach ja?« machte der Kommissar. »Und worüber haben Sie sich unterhalten?«

»Über alles mögliche. Wie es früher war. Wie es jetzt ist. Und über das Kind, das seine Frau erwartet.«

»Das hat er Ihnen erzählt?«

»Aber ja. In letzter Zeit hat er nur noch davon gesprochen. Früher hat er immer von den Büchern erzählt, die er schreiben wollte. Großartige Geschichten hat er erzählt. Schade, daß er nie ein Buch geschrieben hat.«

Irene trank ihren Cognac aus. »Ich möchte nach Hause fahren«, sagte sie.

»Ja, es ist spät«, sagte Graf. »Nur noch etwas würde mich interessieren, Herr Lorenz. Was hat Felix Ravinski eigentlich in England gemacht?«

Der Alte lachte und rieb seine schiefe Nase. »Nicht viel, er war ja auch nicht lange dort. Ich war mit ihm im Bunde, wissen Sie, ich mußte ihm ja immer Geld anweisen. Zunächst war er bei einer Familie in London, ein Freund von Baumgardts Vater, der ja Banker in Frankfurt ist. Felix gefiel es da nicht. Er ging für eine Weile nach Schottland. Zur Jagd.«

»Zur Jagd? Ich denke, er ging nicht gern auf die Jagd?«

»Früher nicht. Aber in Schottland gefiel es ihm. Er blieb da auch nicht lange, er fuhr dann nach Amsterdam.«

»Da war er ja am passenden Ort. Und sein Vater wußte das nicht?«

Lorenz kicherte. »Nein, das war so ein kleines Geheimnis zwischen Felix und mir. Wir hatten immer unsere kleinen Geheimnisse. Auch heute noch. Und nach Amsterdam ließ er dann Elsa nachkommen.«

Das war dem Kommissar neu.

»Er kannte sie also schon, ehe er nach England geschickt wurde.«

»Er kannte sie, seit er mit achtzehn nach Frankfurt kam.«

»Ein treuer Mensch.«

»Ja, ein sehr treuer Mensch. Genau wie seine Mutter.«

Und dann gab Lorenz eine Analyse über Felix Ravinski, die recht plausibel klang.

»Felix war ein scheues und liebebedürftiges Kind. Seine Mutter gab ihm die Liebe, die er brauchte, und schützte ihn vor der harten, oft unverständlichen Welt, zu der auch, das muß man leider sagen, sein Vater gehörte. Und das war es, was Felix suchte, nachdem er seine Mutter verloren hatte: Liebe, Schutz, Geborgenheit. Schutz vor der Welt bedeuteten wohl zunächst die Drogen. Liebe fand er bei Elsa. Sie ist ein ebenso schwacher Mensch wie er, und sie suchte das gleiche: Schutz und Hilfe und Liebe. Sie passen sehr gut zusammen. Darum war Felix ihr auch treu. Er wollte nie eine andere Frau haben.«

Später, als sie Lorenz vor seinem Häuschen abgesetzt hatten, der die ganze Fahrt von Frankfurt ununterbrochen geredet hatte, lehnte Irene den Kopf an die Rücklehne und sagte:

»Ich habe Kopfschmerzen.«

»Das kann ich verstehen. Ich muß mich bei Ihnen entschuldigen.«

»Dazu haben Sie allen Grund.«

»Aber es war ja auch wieder ganz aufschlußreich, nicht?«

»Sie verdächtigen meinen Bruder?«

»Sie nicht, Irene?«

»Ich fahre morgen fort«, sagte sie heftig, »und ich möchte von dem allem nichts mehr hören und sehen. Lorenz hat mich wahnsinnig gemacht.«

Graf fuhr an den Straßenrand und bremste weich.

»Aus einem bestimmten Grund?«

»Ja. Weil er immerzu Felix mit meiner Mutter verglichen hat. Da führt überhaupt kein Weg hin. Das ist geradezu kindisch. Und dann hat er meinen Vater belogen. Diese Sache mit England. Der alte Trottel ist schuld, daß Felix süchtig geworden ist.«

»Er hat keine Frau, keine Kinder, er hat nichts und niemand auf der Welt. Er hat Ihre Mutter geliebt, und hat diese Liebe dann auf Felix übertragen. So einfach ist das.«

»Sie verstehen immer alles«, sagte Irene erbost.

»Manches. Würden Sie einen Moment aussteigen?«

»Warum?«

»Es regnet nicht mehr, es ist ein schöner milder Abend, ein paar Züge Waldluft könnten uns guttun. Außerdem müßte Emilio mal in die Büsche.«

»Letzteres leuchtet mir ein.«

Sie gingen ein paar Schritte die leere Straße entlang, dann blieb er stehen, legte die Hand auf ihren Arm.

Sie blieb ebenfalls stehen und sah ihn an, es war dunkel, doch das Standlicht des Wagens reichte bis zu ihnen, sie sah sein Gesicht und wandte sich ihm zu.

»Und ich küsse auch nicht gern eine Frau im Auto. Jedenfalls nicht beim erstenmal«, sagte er.

Er nahm sie behutsam in die Arme, hielt sie eine Weile so, dann küßte er sie. Sanft, sehr zärtlich, und als er keinen Widerstand spürte, nahm er sie fester, sein Kuß wurde leidenschaftlich, auch Irene erwiderte ihn.

Nach einer Weile kam Emilio von seinem kurzen Spaziergang zurück und drängte sich zwischen sie.

Sie sprachen nicht, gingen langsam zum Wagen zurück. Dann küßte er sie wieder.

Er sagte: »Du hast mir von Anfang an gefallen. Aber daß du das vorhin gesagt hast ...« Er zog sie eng an sich, küßte sie, liebkoste ihren Mund, ihre Wangen, ihre Stirn.

»Daß ich was gesagt habe?«

»Mir tut Cora leid. Siehst du, das ist es. Man muß um beide trauern, um den Mörder und um sein Opfer. Aus welchem Motiv auch immer, man kann einen Mord nicht dulden und nicht vergeben. Darum muß ich wissen, wie es geschah, warum es geschah.«

»Wir wissen es noch nicht.«

»Nein.«

Der Spiegel der Wahrheit

Der Abschied vor dem Schloß ist kurz und sachlich, er steigt aus, bringt mich an die Tür, küßt meine Hand.

Ich habe ihm gesagt, daß ich am nächsten Tag gegen Mittag nach München fahre, er hat nicht gefragt, wann wir uns wiedersehen, ob wir uns wiedersehen. Wie kann er das auch?

Ich fahre weg und lasse alles hier so ungeordnet zurück. Ja, in dieser Beziehung hat Lorenz recht. Die Ordnung ist gestört. Und Paul hat sie mit dem Mord an Cora wieder-hergestellt? Kein Mord stellt Ordnung her.

Das sind alles so neue Gedanken für mich, wann habe ich jemals über Mord und Mörder nachgedacht, geschweige denn über das Opfer?

Ich habe gelegentlich einen Kriminalroman gelesen, ich habe das im Kino gesehen oder im Fernsehen. Das ist mehr oder weniger spannende Unterhaltung. Wenn man es selbst erlebt, ist es fürchterlich. Cora tut mir leid. Ich könnte weinen um Cora. Eine schöne junge Frau, und mein Vater hat sie geliebt. Meine Mutter war die Gute und Cora war die Böse. Aus. Fertig. So urteilt Lorenz. Ich kann so nicht urteilen. Nicht mehr. Jede hatte ihr Leben und jede hatte ihr Recht auf dieses Leben.

Cora hätte noch leben können. Meinetwegen mit dem Erbe, meinetwegen ohne Grottenbrunn. Mit einem anderen Mann. Wie sie wollte. Nur leben hätte sie noch dürfen. Auf ihre Art, na gut. Wer kann sich ein Urteil anmaßen über das Leben eines Menschen. Und wer darf ein Todesurteil aussprechen. Und es vollziehen.

Paul nicht. Lorenz nicht. Elsa nicht. Mein Bruder nicht. In der Halle ist Licht, im Kamin ist noch Feuer. Felix sitzt da und liest.

»Reichlich spät«, sagt er. »Gestern schon. Heute wieder. Du schläfst wenig, Irene.«

»Ich schlafe zur Zeit gar nicht.«

»War es nett mit deinem Kommissar?«

»Es war nicht nett. Und er ist nicht mein Kommissar.«

»Nicht? Ich habe das Gefühl, er gefällt dir recht gut.«

Ich nehme seinen leichten Ton auf. »Mir gefällt manchmal ein Mann. Das wechselt. Ich bin nicht so treu wie du.«

Er sitzt im Sessel, das Kaminfeuer färbt sein bleiches Gesicht ein wenig rosig, auf seinem Schoß liegt ein Buch.

Der Geschmack der Küsse auf meinen Lippen verfliegt, ich bin todtraurig, verzweifelt, aber ich weiß, was ich tun muß.

»Was liest du da?«

»Einen Kriminalroman.«

»Ausgerechnet.«

»Einen schönen gemütlichen Kriminalroman aus alter Zeit. Agatha Christie.« Er hebt das Buch hoch und zeigt mir den Einband.

»Das war alles so schön kompliziert. Und ließ sich so schön auflösen.«

»Ich ziehe Chandler vor«, sagte ich.

»Noch komplizierter. Aber dein Kommissar ist weder ein Marlowe noch ein Poirot.«

»Wieso? Er hat den Fall doch schnell gelöst.«

»Ja. Er war auch nicht kompliziert. Keiner in diesen Büchern bekommt so schnell ein Geständnis.«

»Dann wäre das Buch ja auch zu schnell zu Ende, nicht?«

»Eben. Ob ich auch mal einen Krimi schreibe?«

»Warum nicht? Aber nicht gerade den, den wir hier erleben.«

»Gefällt dir der Ausgang nicht?«

»Nein. Und dir auch nicht.«

Er steht auf und kommt auf mich zu. Ohne den Widerschein des Feuers ist sein Gesicht wieder blaß. Blaß wie das
eines Toten. »Felix! Was hast du getan?«

»Hat er dich beauftragt, mich das zu fragen?«

Er steht vor mir, wir sehen uns an, wir schweigen, wir
sind beide wie erstarrt.

Schließlich wende ich mich ab.

»Haben wir noch Whisky?«

»Du hast den letzten ausgetrunken gestern nacht. Trinkst
du immer soviel Whisky, Irene?«

»Nimmst du immer noch Drogen, Felix?«

»Das spielt bei mir keine Rolle mehr.«

Wieder Schweigen. Dann sagt er: »Es ist noch Cognac
da. Willst du ein Glas?«

»Bitte.«

Er holt die Flasche mit dem Remy, füllt für mich ein
Glas, auch eines für sich.

Wir trinken schweigend, das ganze Haus schweigt, es
liegt wie auf einem anderen Stern. Es ist so tot wie Mutter, wie Vater, wie Cora.

Auch das Grottenmännlein kann es nicht mehr zum Leben erwecken.

Meine Gedanken sind wirr, da ist dieser Mann, der mich
geküßt hat, und da ist mein Bruder, der einen Mord begangen hat. Ob von eigener Hand oder von bestellter Hand,
das weiß ich noch immer nicht.

Wir trinken einen zweiten Cognac, und dann sage ich:
»Felix, ich muß die Wahrheit wissen.«

»Die Wahrheit?«

»Wer hat Cora erschossen? Du? Oder war es wirklich Paul?«

»Er hat den Mord gestanden.«

»Ich glaube es nicht. Aber ich kann auch nicht glauben, daß du...«

Ich will auf ihn zugehen, er streckt mir abwehrend die Hand entgegen.

»Rühr mich nicht an, Irene. Aber wenn du willst, werden wir Mutter fragen.«

Ich stehe wie festgenagelt, denn er geht zur Tür, bleibt dort stehen, wendet sich zu mir um.

»Komm mit!«

Ich weiß, wohin er gehen will. Er geht voran, durch den Vorraum, durch die alte Gesindestube, durch die Küche, die leer und dunkel ist, er macht kein Licht, erst an der Treppe, die abwärts führt.

Ich bin ihm langsam gefolgt, meine Füße sind schwer wie Blei, und dann stehen wir vor dem Spiegel. Das Licht ist vage, der Spiegel schimmert dunkel in seinem schwarzen Rahmen.

»Was siehst du, Irene?«

Mein Hals ist wie zugeschnürt, ich bringe keinen Ton heraus.

»Siehst du Mutters Gesicht? Ich sehe es. Ihre Augen sind wie deine Augen, Irene. Ich konnte nie lügen, wenn sie mich ansah. Die Wahrheit. Paul wird nicht lange im Gefängnis bleiben müssen. Das weiß er.«

»Was weiß er?« Meine Stimme ist heiser, ich habe Angst.

»Nicht einmal ein Jahr. Ein halbes Jahr, ein wenig mehr vielleicht. Ich möchte noch erleben, wie das Kind geboren wird. Vielleicht ist es ein Monster, wie du gesagt hast. Dann kann es hier sein, in Grottenbrunn, und Rosine und Paul werden für das Kind sorgen. Und für Elsa. Vielleicht ist es aber auch gesund, Irene. Es kann ja auch gesund sein.«

Seine Stimme bricht, sein Gesicht im Spiegel schwankt.

»Ja«, wiederhole ich töricht, »es kann ja auch gesund sein. Wenn Elsa keine Drogen mehr nimmt. Und du ...«

»Ich habe meinen Paß in der Tasche. Ein halbes Jahr, ein paar Monate mehr. Ich habe AIDS. Seit ich es weiß, habe ich Elsa nicht mehr angerührt, nicht einmal mehr geküßt. Es kann trotzdem zu spät gewesen sein. Dann bringt Elsa ein krankes Kind zur Welt.«

»Und – sie weiß das?«

»Ja, sie weiß es. Rosine weiß es, Paul weiß es. Er wird nicht lange im Gefängnis bleiben müssen. Ich habe meinen Paß in der Tasche, Paul, habe ich ihm gesagt. Ich werde ihn bald brauchen.« Das war so ein Ausdruck von Mutter. Ich hörte ihn zum erstenmal, als die alte Baronin Keppler im Sterben lag.

»Sie hat ihren Paß schon lange in der Tasche«, sagte Mutter.

»Was für einen Paß, Mami?«

»Der uns allen einmal ausgestellt wird. Der Paß zur Reise aus dieser Welt in jene Welt.«

Und als sie dann so krank war, als sie wußte, daß sie sterben würde, sagte sie einmal: »Jetzt habe ich meinen Paß schon gekriegt. So bald schon.«

Ich kann das alles nicht so schnell begreifen, es kommt mir vor wie ein böser Traum.

»Du bist so krank, Felix. Warum hast du das nicht gesagt?«

»Nun sage ich es ja. Nun weißt du es auch. Paul kommt frei, sobald ich tot bin. Ich habe aufgeschrieben, wie es wirklich war. Lorenz hat es, *mein* Geständnis.«

»Lorenz?« flüsterte ich. »Er kennt die Wahrheit also auch?«

»Nein. Ich wollte ihn damit nicht belasten. Ich habe ihm nur einen versiegelten Brief gegeben. Wenn ich tot bin, soll er ihn Jochen geben. Vielleicht ahnt er etwas. Er hat mich sehr nachdenklich angesehen. Er hat ja immer mehr verstanden als alle anderen. Er hat auch mich verstanden.«

»Wir haben dich doch alle verstanden. Und Rosine und Paul vor allen anderen.«

»Ja, da hast du recht. Und darum schenkt mir Paul auch ein paar Monate seines Lebens.«

»Du hast Cora erschossen.«

»Ich habe Cora erschossen. Weil sie Grottenbrunn verkaufen wollte. Weil sie mein Kind heimatlos machen wollte. In diesem Haus lebt noch Mutters Geist, und der wird mein Kind beschützen.«

Er ist nicht mehr normal. Ich fürchte mich vor ihm.

»Du – du kannst doch gar nicht so gut schießen.«

»Ich kann sehr gut schießen. Paul hat es mir beigebracht. Ich habe mich nur verstellt, weil ich nicht auf die Jagd gehen wollte. Ich wollte die Tiere nicht töten.«

»Du hast einen Menschen getötet.«

»Das mußte sein.«

Mir läuft es kalt über den Rücken. Wie er das sagt – es mußte sein. Er tötet einen Menschen, mit der größten Selbstverständlichkeit, in aller Seelenruhe.

Es mußte sein. Denkt er denn, er kann sich die Gesundheit seines Kindes damit erkaufen, daß er einen anderen Menschen dafür tötet?

Er kann nicht mehr normal sein. Nicht nur sein Körper ist krank, auch sein Geist.

»Und wieso ... wieso wußte Paul das alles?«

»Er sah, wie ich mit dem Gewehr in den Stall kam und es dort versteckte. Das hat ihn gewundert, aber er hat nichts dazu gesagt. Später fand er Cora oben an der Koppel. Dann wußte er es.«

»Und dann?«

»Dann habe ich ihm alles erzählt. Ihm und Rosine.«

»Und hast du von ihm verlangt, daß er die Tat auf sich nimmt?«

»Ich habe nichts von ihm verlangt«, seine Stimme klingt jetzt ärgerlich. »Er hat es von selbst getan. Aber dann in der Nacht, ehe sie ihn abgeholt haben, war ich bei ihnen, und da haben wir alles genau besprochen. Was er sagen soll, wie er sich verhalten soll. Und daß es nicht lange dauern wird, dann ist er wieder frei. Und bei Lorenz liegt der versiegelte Brief, in dem die Wahrheit steht.«

Er dreht sich um, kehrt dem Spiegel den Rücken.

»Die Wahrheit. Die du so gern erfahren wolltest. Nun kennst du sie, Irene. Und du wirst schweigen wie Paul. Wie Rosine. Sie schenken mir ein paar Monate, die ich noch leben kann. Und du wirst sie mir auch schenken.«

Seine Augen sind starr, sein bleiches Gesicht ist voller Flecken, sein Mund zuckt.

Droht er mir?

»Komm«, sagt er sanft. »Gehen wir hinauf. Trinken wir noch einen Cognac. Wenn du das nächste Mal herkommst, wird Paul wieder dasein.«

Das letzte Kapitel

Wieder eine Nacht ohne Schlaf.

Sinnlos, überhaupt ins Bett zu gehen. Irene ging in ihrem Zimmer hin und her, sie wagte nicht in die Halle hinunterzugehen, sie wollte Felix nicht mehr begegnen. Am liebsten wäre sie mitten in der Nacht fortgefahren. Nur fort von hier, nur fort.

Doch dann ging sie in Coras Zimmer, hängte das Kleid wieder in den Schrank an seinen alten Platz, stellte die Schuhe in den Schuhschrank zurück. Und dann wagte sie sich nicht mehr aus diesem Zimmer heraus. Hatte sie

Schritte auf dem Gang gehört? Konnte Felix schlafen? Ging er rastlos und ruhelos durch das Haus, kam vielleicht in Coras Zimmer, ging er noch einmal zum Spiegel? Was ging in seinem armen Kopf vor?

Er wußte, daß er bald sterben würde. Vielleicht machte das einen Menschen gewissenlos. Grausam.

Dieses unselige Kind, das Elsa trug, war Coras Mörder. Ob Elsa die Wahrheit kannte? Paul kannte sie, und Rosine kannte sie.

Mutters Geist würde das Kind behüten. Was für ein Wahnsinn! Und jetzt dachte Irene nicht mehr an ihre Mutter, sie dachte an ihren Vater. Sie empfand auf einmal wilde Sehnsucht nach ihm. Wenn er noch lebte, wäre das alles nicht geschehen. Wie töricht sie sich benommen hatte!

»Vater, verzeih mir«, sagte sie laut und starrte aus dem Fenster in den dunklen Park hinaus.

Aber es war zu spät. Alles war zu spät. Da war kein Mensch auf dieser Welt, der ihr helfen konnte. Keiner, der ihr sagte, was sie tun sollte. Keiner, bei dem sie weinen konnte. Rosine.

Sie schlief doch sicher nicht. Was dachte sie, was fühlte sie? Die Hand schon auf der Klinke der Tür, blieb sie stehen.

Sie fürchtete den Gang durch die leeren dunklen Gänge, die Treppe hinunter, bis in Rosines Zimmer.

Ich muß mit Rosine sprechen, dachte sie. Nein, ich fahre morgen weg und komme nie wieder.

Sie mußte wiederkommen. Zu dem Prozeß. Wenn Felix tot war. Wenn alles vorbei war.

Vorbei? Nichts würde je vorbei sein.

Schließlich lag sie auf Coras Bett, schlaflos, tränenlos.

Irgendwann schlief sie dann doch ein, für eine kurze Weile, schreckte dann wieder hoch.

Sehr früh kam sie hinunter, das Haus war leer und still, aber Rosine war in der Küche.

»Du bist schon auf, Fräulein Irene«, sagte sie. »Ich mach dir gleich Kaffee. Und dann bringst du die Pferde auf die obere Koppel, wie wir es gestern besprochen haben. Gefüttert sind sie schon.«

»Die Pferde?«

Irene starrte Rosine an, als sähe sie sie zum erstenmal im Leben.

»Du siehst schlecht aus, Fräulein Irene.«

»Ich konnte nicht schlafen.«

Rosine nickte nur, verschwand in der Küche, eine Weile später kam sie mit dem Frühstück.

»Rosine!«

»Iß ordentlich, Fräulein Irene. Du willst ja heute nach München fahren.«

»Ja.«

»Aber erst die Pferde.«

»Rosine, ich weiß alles.«

»Ich will darüber nicht sprechen«, sagte Rosine abweisend.

»Aber Rosine ...«

294

Rosine verschwand aus dem Raum, ließ sie allein. Irene trank zwei Tassen Kaffee, würgte ein Brot hinunter. Und die ganze Zeit versuchte sie, einen klaren Gedanken zu fassen, zu einem Entschluß zu kommen, was sie tun sollte. Rosine wollte mit ihr nicht sprechen. Gut.

Gisela? Lorenz? Er hatte den Brief, aber er wußte nicht, was darin stand.

Bert, das war ein vernünftiger Mann, mit dem konnte sie reden. Mit Jochen auch. Die Männer mußten die Sache in die Hand nehmen. Sie würde die Pferde auf die Koppel bringen, und dann zu ihnen fahren. Ehe sie nach München fuhr.

München? Das lag für sie auf einem anderen Stern. An den Mann, der sie am Abend zuvor geküßt hatte, dachte sie nicht. Sie wollte ihn nie wiedersehen. Ihn zu belügen, würde unmöglich sein. Und die Wahrheit – er würde sie erfahren, eines Tages.

Sie ging in den Stall, und genau wie Cora an jenem Morgen, sattelte sie Gero, zäumte ihn auf, streifte der Stute das Halfter über, genau wie Cora ritt sie auf Gero den Feldweg entlang, dann zum Wald hinauf, die Stute lief nebenher.

Von der Stalltür aus sah Rosine ihnen nach. Und dann sah sie eine Gestalt, die seitwärts auf dem steilen direkten Weg durch den Wald ging. Und sie sah das Gewehr auf seiner Schulter. Rosine preßte beide Hände vor den Mund. Dann raste sie zum Telefon, sie mußte Gisela anrufen.

Doch ehe Gisela kam, kam der Kommissar Graf.

Er hatte auch eine ruhelose Nacht hinter sich, auch er hatte nicht schlafen können, und sein Instinkt für Gefahr war so ausgeprägt, daß er schon in aller Frühe seinen Wagen aus der Garage holte, Emilio hineinsetzte und losfuhr. Richtung Spessart. Er wußte nicht, was er eigentlich in Grottenbrunn wollte. Aber er mußte sie sehen und sprechen.

Die Wahrheit. Sie würde es nicht fertiggebracht haben, zu schweigen.

Als er in Grottenbrunn ankam, stand Rosine vor dem Haus, sie war aufgeregt, sie rief: »Schnell, schnell!«

»Wo ist Frau Domeck?«

»Hinauf zur oberen Koppel, mit den Pferden. Jemand ist ihr nachgegangen. Ich habe Gisela angerufen. Da!«

Sie wies ihm den Weg. »Da schräg durch den Wald, immer aufwärts, da sind Sie eher oben als Irene. Und nehmen Sie den Hund mit, er kennt den Weg.«

Jemand ist ihr nachgegangen, jemand, hatte sie gesagt. Wußte sie nicht, wer es war?

Aber er nahm sich nicht die Zeit zu einer Frage, er war schon auf dem Weg, er lief, dann rannte er, Till immer vor ihm her. Emilio hatte er vergessen, der saß im Wagen und wunderte sich. Er kam trotzdem zu spät oben an. Irene war schon da. Die Pferde grasten auf der Koppel, Irene stand an den Zaun gelehnt. Er atmete auf.

Aber dann sah er den Mann an dem Stamm der Esche. Es war Felix Ravinski, und er hatte das Gewehr in der Hand, nicht im Anschlag, er hielt es nur lose an der Seite.

Graf stoppte am Waldrand, es gelang ihm auch, den Hund am Halsband festzuhalten.

Die Schußrichtung zum Koppelzaun war offen, und nicht allzuweit entfernt war es bis zu der Frau, die dort lehnte.

Etwas weiter entfernt war es bis zum Waldrand, an dem er keuchend stand, aber für einen halbwegs guten Schützen bot auch er ein gutes Ziel.

In welcher Richtung würde er zuerst schießen? Zum Koppelzaun? Zum Waldrand?

Er trat vorsichtig ein paar Schritte auf die Lichtung hinaus; wenn der Mann an der Esche den Kopf drehte, mußte er ihn deutlich sehen.

Noch zwei Schritte, dann ließ er den Hund los, der beide Gestalten natürlich gesehen hatte, erst zögerte, dann auf Felix losraste. Und dann rannte Graf auch.

Felix fuhr herum, hob das Gewehr, legte es an.

Graf blieb stehen.

»Werfen Sie die Waffe weg, Herr Ravinski«, rief er. Irene war herumgefahren, sie schrie auf, stand bewegungslos.

Das Gewehr zielte nun in ihre Richtung, dann wieder auf den Kommissar, der Hund war bei Felix angekommen, sprang an ihm hoch und bellte.

»Felix!« schrie Irene. »Felix!«

»Werfen Sie das Gewehr weg, Ravinski. Sie können nur einen von uns töten.«

Felix nahm das Gewehr von der Schulter, er lächelte.

»Erst Sie, dann Irene«, rief er, es klang geradezu heiter. »Das ist kein Kunststück.«

Dann streckte er mit einer theatralischen Gebärde den rechten Arm weit zur Seite und ließ das Gewehr ins Gras fallen.

Streichelte den Hund und ging langsam auf Irene zu.

Graf kam gleichzeitig mit ihm bei Irene an, wollte sich schützend vor sie stellen, doch Felix schüttelte nur den Kopf.

»Dachten Sie, ich will meine Schwester töten, Herr Kommissar?«

»Und was soll diese Szene dann bedeuten?« fragte Graf, und er fühlte sein Herz im Hals klopfen. Felix lächelte.

»Felix!« flüsterte Irene. »Warum ... was wolltest du denn tun?«

»Nichts. Gar nichts. Ein gewisser Sinn für Dramatik, weißt du. Der Kommissar hat es richtig bezeichnet, die Szene noch einmal stellen. Du warst doch so begierig auf die Wahrheit.«

Irenes Augen füllten sich mit Tränen, sie streckte die Hand nach Felix aus, doch der wich zurück.

»Ich gehe noch ein wenig spazieren. Wir sehen uns dann beim Frühstück.«

Er wandte sich, ging ein paar Schritte in Richtung Wald, dann blieb er stehen und sagte über die Schulter: »Erzähl es ihm!«

Irene stieß einen dumpfen Laut aus, dann fiel sie vornüber, Graf fing sie auf, nahm sie fest in die Arme und wartete, bis ihr verzweifeltes Weinen nachließ.

Er sah Felix im Wald verschwinden, der Hund folgte ihm. Im Gras neben der Esche lag das Gewehr.

»Ich kann nicht«, schluchzte Irene. »Ich kann nicht.«

»Schon gut«, sagte er, den Mund in ihrem Haar. »Ich weiß ja schon alles.«

Felix war nicht mehr zu sehen, er war im Wald verschwunden. Graf schob Irene sanft von sich.

»Ich muß ihm nach. Er wird sich etwas antun.«

Irene schüttelte den Kopf.

»Nein. Das hat er nicht mehr nötig. Er hat den Paß schon in der Tasche.«

»Wie meinst du das? Was für einen Paß?«

Irene lehnte ihr Gesicht an seine Wange.

»Das ist so ein Ausdruck, den Mutter gebrauchte.«

Herz
&schmerz

Lassen Sie sich in ferne
Länder entführen, lassen
Sie sich verzaubern von
heilen Welten und geben
Sie sich leidenden
Herzen hin. Angesagt ist
Entspannung durch
unterhaltsame Lektüre.

Nicht nur nachlassende
Sehkraft oder altersbe-
dingte Augenleiden
schmälern die Freude
am Lesen, sondern auch
die übermäßige
Belastung durch Arbeit
am Computer und
zunehmender Alltags-
streß erschweren die
Leselust.

gross·druck
K·G·Saur

Bücher in größerer Schrift:
...aus purer Lust am Lesen!

Charlotte Link, 1964 in Frankfurt am Main geboren, begann mit 16 Jahren ihren ersten Roman „Cromwells Traum oder die schöne Helena".
Seitdem ist sie ständiger Gast auf den Bestsellerlisten. „Der Verehrer" lief in diesem Frühjahr zur Primetime als ZDF-Sonntagsfilm.

Stefanie Zweig sättigt die Sinne. Farbig und expressiv verknüpft sie Worte zu Klangteppichen und läßt ihre Leser teilhaben an der Bildhaftigkeit der afrikanischen Sprachen.
Recklinghauser Zeitung

Elke Heidenreich kann dem Genre
Geschichten neues Ansehen ver-
schaffen: Sie erzählt mit Leichtigkeit
und einer unimitierbaren Linearität.
Die ZEIT

gross·druck
K·G·Saur